主　编

孟庆枢　刘　研

编委会

丁　卓　高文汉　韩丹星　靳丛林　林　岚　刘金举
刘　研　吕书宝　孟庆枢　潘力本　秦　刚　商雨虹
陶赋雯　王向远　王　宁　于长敏　张福贵　张中良
祝力新　周　群

感谢机构

杭州量子泛娱影视文化传媒股份有限公司
心象天地株式会社
北京多点乐科技有限公司

跨海建桥

新时代中日科幻研究

孟庆枢　刘　研／主编

全国百佳图书出版单位
吉林出版集团股份有限公司

图书在版编目（CIP）数据

跨海建桥：新时代中日科幻研究 / 孟庆枢，刘研主编. -- 长春：吉林出版集团股份有限公司，2021.9
ISBN 978-7-5731-0476-2

Ⅰ. ①跨… Ⅱ. ①孟… ②刘… Ⅲ. ①幻想小说－小说研究－中国、日本 Ⅳ. ①I207.42②I313.45

中国版本图书馆CIP数据核字(2021)第194302号

KUAHAI JIANQIAO XINSHIDAI ZHONGRI KEHUAN YANJIU
跨海建桥——新时代中日科幻研究

主　　编：孟庆枢　刘　研
编　　委：丁　卓　高文汉　韩丹星　靳丛林　林　岚　刘金举
　　　　　刘　研　吕书宝　孟庆枢　潘力本　秦　刚　商雨虹
　　　　　陶赋雯　王向远　王　宁　于长敏　张福贵　张中良
　　　　　祝力新　周　群
责任编辑：韩劲松　孙琳琳
技术编辑：王会莲
封面设计：冯冯翼
开　　本：720mm×1000mm 1/16
字　　数：300千字
印　　张：17
版　　次：2021年9月第1版
印　　次：2021年10月第1次印刷

出　　版：吉林出版集团股份有限公司
发　　行：吉林出版集团外语教育有限公司
地　　址：长春市福祉大路5788号龙腾国际大厦B座7层
电　　话：0431-81629929
印　　刷：吉林省创美堂印刷有限公司

ISBN 978-7-5731-0476-2　定价：68.00元

CONTENTS
目 录

1◎ 小松左京专题

2●守魂、创新：与时代同行的小松左京

　　　——纪念小松左京诞辰九十周年、逝世十周年……………………孟庆枢

32●科幻访谈：小松左京与中国科幻的未来…… 王晋康　丁　卓　　丁　卓　整理

45●《日本沉没》中科技解说对自然科学视域的展示机制………………丁　卓

61●《日本沉没》的文本背后

　　　——灾难与战争的关联…………………………………………宋祥玉

81◎ 日本科幻与动漫

82●爱森斯坦与迪士尼的野合

　　　——日本漫画和动画的非日本式起源… [日]大塚英志　著　　靳丽芳　译

96●从日本人对水的敬畏来重新思考人类与水的关系………………于长敏

104●哥斯拉电影诞生的"战后"动因解析 ………………………刘　健

115●日本战后科幻的融媒体发展与后疫情时代科幻产业化 ……… 祝力新　张鹤凡

128●从动漫电影《鬼灭之刃》看鬼怪世界的独特风景 ………………周美童

137●《蒲生邸事件》：记忆之场 …………………………………刘　研

151●冲方丁文学世界的存在主义思考 ………………………………曲　宁

特约英文编辑 邹云敏

165◎ 新时代中国科幻展望

166● 走向世界的中国科幻 ……………………………………………… 王侃瑜

172● 从乌托邦文学到新人文主义：科幻文学的源头和未来 ……… 齐秀丽　王　雨

187◎ 书　评

188● 不忘初心　白首穷经

　　　　——评孟庆枢教授《回声·镜鉴·对话——中日文化与文学》…… 韦　华

195● 毁灭与新生的应许之地

　　　　——《怨仇星域Ⅰ：挪亚方舟》的三大看点……………………… 伊库塔

205◎ 博硕论坛

206● 固本求新，交流互鉴

　　　　——2020年中国日本学方向博士论文综述……………………… 孙胜广

216● 2020年中国日本学方向博士论文目录 ………………………… 孙胜广　整理

219◎ 附　录

221● 小松左京作品列表 ………………………… 刘　健　整理　李向格　编译

260◎ 后　记

小松左京专题

守魂、创新：与时代同行的小松左京

——纪念小松左京诞辰九十周年、逝世十周年

孟庆枢[①]

【摘要】本文从小松左京的科幻文学与理论实践出发，追溯小松左京作为科幻作家的成长经历，细心品悟小松科幻文学最入心的现实主义特色，展示他一以贯之的奉"人"与"生命"为至尊的SF之魂，跟踪数字化时代融媒体与SF结合让时代出彩的未来发展趋向，发掘小松左京科幻文学"预言"的特征及其哲学思考的重要的思想史价值，呈现作家在不断地"思考实验"的创新追求中，为时代把脉，守史护魂，以思想者的姿态，打造"大科幻"的创作与理论平台，突显其特色。

【关键词】小松左京　守护SF之魂　创新追求　跨越时空交流

---

① [作者简介]孟庆枢，1943年生，吉林长春人。东北师范大学首批资深教授，长春大学孟庆枢学术中心教授，博士生导师。曾赴日本国学院大学研读日本近现代文学与中日比较文学，师从长谷川泉、阿部正路教授；赴莫斯科大学研读中俄比较文学。改革开放后最早从事比较文学教学与研究的学者之一。在中日比较文学、中俄比较文学、比较文学理论和科幻文学译介、研究领域做出了突出贡献。译介评析了许多前沿的日本文学文化现象，产生了广泛的国内外影响。首次译介日本SF四大天王之首星新一的超短篇科幻选，首次译介苏联科幻小说选，合作译介了苏联科幻大师别里亚耶夫八卷集。近年作为中国科普作协科幻基地顾问积极推进我国科幻作家的作品在日本的传播，取得欣喜成果。迄今承担的国家级项目共三项、国际合作及省部级项目六项，均已完成。牵头承担了2019社科基金项目《当代日本科幻文学研究》。出版专著六册，主编教育部统编教材《西方文论》。在《人民日报》《光明日报》《人民政协报》《外国文学评论》《外国文学研究》《社会科学战线》《日本学刊》《中国比较文学》等国内刊物和日本《近代文学》（早稻田大学）等发表论文150余篇，新华文摘、人大复印资料等多次转载。出版译著360万字（译自俄文、日文）。
[基金项目]本文系国家社科基金项目"日本当代科幻文学研究"（19BWW027）中期成果。

Sakyo Komatsu, a Soul-keeper and Innovator Who Keeps up with the Times

MENG Qingshu

Abstract: This article traces Komatsu's growth and his experience as a science fiction（SF）writer by studying his science fiction（SF）literary works and theories. It makes a profound probe into Komatsu's most appreciated realistic characteristics of SF literature, while foregrounding his constant emphasis on the essence of SF — "human" and "life". The combination of integrated media and SF in the digital era leads to a potential prosperity in the future, and by studying this trend, we can specify the traits of Komatsu's SF "prophecies" and the value of his philosophical thoughts in ideological history. This paper also investigates the process and characteristics of Komatsu's creation and his theories of "grand SF", in which the writer is a soul-keeper of history and a sophisticated meditator, vibrating with the times and pursuing "thinking experiment".

Key words: Sakyo Komatsu　essence of SF　Innovation　Communication across time and space

在当今世界面临转型剧变的时点，科幻引人瞩目。科幻文学是科技快速发展的产物，"对科幻小说来说，其重点甚至是关键点在于对技术变革的觉察，我们的政治家、实业家，我们每个人都要有科学幻想式的思维方式，而不管这个人是否知道这种思维方式。"[1]由此出发，它凸显创新精神，跨越时空、地域与广泛的读者（观众）交流互动正在不断焕发出不息的生命力。在SF二百年左右的发展历程中，涌现出了众多优秀的科幻作家，他们也是我们不应忽视的思想家、哲学家，时至今日仍然和我们同行。小松左京（1931—2011）就是其中的一位。这位被誉为日本SF界"御三家"之一的科幻大家，在我国也耳熟能详，颇具影响力。

出生于日本大阪，在京都大学学习意大利语的小松左京，在传记《SF魂》当中，他用适应数字化时代的写法，总结他一生创作的成果，向读者交上了一份厚重的答卷。据统计，他的著述，"长篇17部，中短篇269部，超短篇199部。仅小说单行本就有62册，此外随笔、评论、报道等单行本也有68册之多。"[2]4城西国际大学出版会出版了他的50卷全集。

他的著述不仅数量惊人，而且闻名世界。其中包括我们大家所熟知的《日本沉没》这样的超畅销作品，以及最近几年无论是在纸质文本还是在影视方面，他的一些代表作都不断引起人们的关注，更让人惊叹。今年是小松左京诞辰90周年、病逝10周年，在一篇文章里想要全面地介绍小松左京，那是非常困难的。但我们仍然希望能够通过探讨他SF创作当中的一些最值得借鉴的经验，围绕"生命意识""创新意识""矛盾统一意识""回归意识"，用他山之石来促进我国科幻事业的进一步发展和中日人民之间的文化交流。

我们是在后疫情时代来重新研究、阐释小松左京的。日本在最近的两三年可以说又掀起了"小松左京热"，这里尤被关注的当属他最主要的代表性作品、也是在我国影响最广的扛鼎之作——《日本沉没》。2006年，他的这部作品第二次被翻拍成同名电影，导演是日本知名导演樋口真嗣。同时他的这部作品又以融媒体的形式进行了多方面的改编，影响巨大。

2011年9月，笠井洁、巽孝之等人主编出版《3·11的未来：日本、科幻、创造力》（作品社）一书，以小松左京为首，对日本科幻的灾难题材作品进行了更加深入的结合现实的研究。如此综合性的研究，在日本科幻界和日本文学界来说都是浓墨重彩的一笔。

从2019年下半年开始，日本再次对小松左京作品予以关注，如教育节目、文学奖、音乐会、漫画、动画等频繁提及和出现他的作品。2020年，日本又重新关注小松左京的第二部长篇小说《复活之日》。这部小说是以无名病毒"xx病毒"在全球蔓延、给地球造成了极具毁灭性的攻击为题材。《复活之日》创作于1964年8月，正值日本东京召开首届奥运会之时。于2020年新冠病毒肆虐地球之际，再度出版发行，具有戏剧性，警示意义则更强。正是基于此，其作品在日本乃至在我国又引起相当的关注，这也是很好理解的。

小松左京在日本每个巨变的关节点都凸显出一种锐敏，立足前沿仿佛一位充满哲学睿思的报警人，预告可能出现的风险。当然，他作为一位思想家、作家、艺术家不是从政治层面去表述，而是邀你进入动态的网状文本进行对话。

本文将从五个方面展开：追溯小松左京作为科幻作家的成长经历，他的创作经历可谓"变"字当头，与时俱进；考察其建构"大科幻理论"的过程与特色，他的创作离开战争历史将无以言说；文本细读，体会小松科幻文学最入心的现实主义特色；分析主题，展示"人"与"生命"的至尊是小松左京一以贯之的SF魂；在数字化时代融媒体与SF结合让时代出彩的发展趋向在许多国家和地区得以彰显。本文将通过深入探讨小松左京终其一生不断创新的宏伟的"思考实验"，剖析其"大科幻文化"的内涵与深刻启示，开启重新认识"文学"的契机，在新时代调动各种积极因素，创建具有中国特色的SF，为中华民族伟大复兴服务。

一、时代选择与小松左京对时代选择的应对

时势造英雄，英雄适时势。这种"适"是应对时代需要的创造，是古往今来各行各业都接受的硬道理。在某种意义上，人和身外世界犹如钻木取火，迸发的火种是一种合力的结果。

对于个人的成长，我们不可简单化、公式化、概念化地去贴标签，而是需要客观忠实地追溯他的人生历程的一些重要节点加以深入思考。小松左京为什么能从一个"没心没肺""乐天喜人"的孩子成为日本战后科幻的领军人物？恐怕他从少年时代开始，就形成了一种能够独立思考、有个性、富有想象力、敢于创新的品格。就其家世而言，小松家庭条件较为优裕，家庭成员基本都是理科出身，父亲从事化学机械专业。小松左京从小阅读广泛，跟随父亲阅读了日本的传统文学，还格外喜欢侦探小说，养成了良好的阅读习惯，博览群书是他的生活常态。另外，他邂逅了一批堪称"高人"的良师益友为他保驾护航，同时各种社会时代下的机遇也不断锤炼着年轻的小松，让他吃过各种苦，目睹人生实况，再把它们沉淀为自己的"知"与"情"。正是这些共同打造了他这个"人"。

为了简明扼要，我们不妨以作家在回答记者提问的25个问题中"您成为作家前都对哪些小说感兴趣？"的回答作为重要参考窥探他的读书生活。[3]63-64 小

松回忆说："青少年时代喜欢夏目漱石的《我是猫》，这是最使我动心的，还有《草枕》《梦十夜》《伦敦塔》我都相当喜欢。在那场战争当中，兰郁三郎、海野十三的作品也都看过。虽然对威尔斯的小说不那么喜欢，但对《世界文化史大系》中的作品都十分爱读，小说阅读还是进入三高以后，倾心于陀思妥耶夫斯基全集，从头到尾都读过。还有基德、托马斯·曼也很倾心。次于陀思妥耶夫斯基，我最热衷的是威廉·福克纳。萨特、加缪当时很流行，我也很倾心。在这期间，爱伦堡（苏联作家，引者注）和恰佩克也都读过了。对威廉·格林、斯威夫特、笛福、斯蒂芬的作品也很感兴趣，读莎士比亚的作品是在高中毕业之后。在大学时代专攻但丁、皮兰德娄、哈克斯里《对位法》、赫胥黎《美丽的新世界》、弥尔顿《失乐园》、歌德《浮士德》与《荷马》、乔伊斯《尤利西斯》，对那种恣肆跃动的文学性强的小说特别喜欢。从昭和24年（1949年）开始成为安部公房的铁粉，在这期间的友人们崇拜里尔克、立原道造，我也如此。当安部公房获芥川奖后，我半夜到友人家，从侧门敲门让他起床，借那些书来看。"[3]5

在日本文学方面，他如数家珍，对埴谷雄高、谷崎润一郎、椎名麟三、坂口安吾等作家的作品多有涉猎。虽然那个时候自然主义文学和白桦派的文学正当其时，但是他对这些东西不怎么感兴趣，只是认真通读了其中志贺直哉的《暗夜行路》，因为志贺直哉当时名气太大。另外，他谈到自己受到花田清辉的影响很大，着迷于花田以文艺复兴的一些巨人为题材的著作《文艺复兴精神》，小松自称读了很多遍，因为通过探讨文艺复兴来思考日本战后的文化复兴，给他带来一种冲动和诸多启发。

在灿若繁星的文学作品当中，对小松左京产生重要影响的首当其冲当属陀思妥耶夫斯基的《卡拉马佐夫兄弟》。他在高中的图书馆偶然看到有陀思妥耶夫斯基全集，立刻不间歇地两个月不到就全部读完。陀思妥耶夫斯基的作品既多又比较难读，完成这一阅读量足见喜爱之深。接着他又沿着文学史的脉络，读法国的左拉、司汤达和巴尔扎克，俄罗斯的果戈里、屠格涅夫、托尔斯泰，以及德国的歌德、托马斯·曼等。在考取大学这个人生关键时刻之前，他怀着一种随便阅读的很自由宽松的心态，花费一年时间进行了广泛阅读。小松左京回忆道，他的高中时代好像踏入了另一个世界。青春期的朦胧阶段以后，必然逐渐过渡、走向成人期，在人生历程当中，这一阶段非常重要，而小松左京正是在这一阶段充分享有了一种解放感，在书籍的海洋中尽情遨游，以开放的心态，以本民族的文化为根基，积极吸收外国优秀文化。世界文学的广泛阅读为他之后走上创作之路奠定了扎实的基础。

除了文学方面的阅读，小松左京还在很小的时候就对哲学、哲学性书籍很感兴趣（当然在这里，我们还是相对划一下"文学""哲学"的标识，严格讲它们混融一体，小松是坚持这一看法的），哲学也是铸就他科幻灵魂的重要一环。从哲学或者文学结合这个层面来说，小松高中时正是存在主义文学在日本传播的鼎盛时期。刚入大学他又迷上了胡塞尔的纯粹现象学，曾认真地做过三册读书札记。小松对胡塞尔的哲学著作的研读，对存在主义的接受，对马克思主义的感动与接受，对爱因斯坦理论的前沿理解，与他在20世纪60年代初在SF上出道有着非同一般的密切联系。在某种意义上讲，小松左京从小就拥有哲思，他首先是一位思想家、哲人，然后才是一位优秀的SF经典作家。

小松左京的学习也从来不局限于书本与校内，并不存在所谓"内""外"的严格区分。小松提到在京都大学学习的过程中已经埋下了科幻的种子。他说："从我来说，与其是说在校学习，不如说，我是毕业之后才开始与京大的老师们的交流才开始越发地深刻了。京都大学的'知'，它的特征是什么呢？我认为无论是文科系也好，还是理科系也好，这种两分法的概括都无法奏效，这种科际之间的所谓的知，都有一种综合起来的特点。" [2]47

小松左京的传奇人生与文学创作活动有很多节点都颇具研究和启示意义。如小松左京在其回忆录、自传等多个作品中，都饶有兴致地回忆了自己对汤山秀树的采访，对当时还在为迈入科幻世界做准备的小松而言，这显然是他人生中的大事件。汤山秀树，日本第一位物理学诺贝尔奖得主，无论是学术造诣还是人品影响力，都堪称真正的世界一流学者。他在总结学术之道时坦言："做学问不是求胜负。但是气场是重中之重。学问与艺术还是不同的，搞学问一旦认定，就矢志不移，这种精气神来自何处？它常被作为科学精神来理解。" [4]他同时指出，培养学生打破文理界限，学理科要有文学素养，学文科也要爱好自然科学，是京都大学的良好传统。同是京大出身的小松左京获得了采访汤山秀树的机会，自然非常兴奋。采访伊始，他便问汤山："最近在思考一些什么重要的问题？"正在关注量子力学的汤山却没有马上回答什么具体问题，而是给小松吟诵了一首和歌考问他："月华虽已过，春天是否昔日春，我身悟我在，还是那个身，等你到天明"（笔者自译）。小松立即作答："是在原业平的和歌。"汤川秀树高兴地说："你还真知道啊。"在原业平（825-880）的和歌世界和汤川秀树的量子力学的研究似乎没有任何关系，但是汤川说他当时的量子力学研究就是从这首和歌中得到的启发。小松左京与汤山秀树两人的跨界交流与惺惺相惜说明，跨越学科的科际融会贯通才是创新的必由之路，这一科学与文坛的邂逅佳话也为我们构建"科幻大文化"提供了借鉴。

日本战败时，小松左京不过14岁，作为处于青春期的青少年，经历了巨大的社会转折，这段经历对研究他的思想和作品有重要作用。如果他再年长一些，恐怕要实质性地参加战争了，那么对战争的认识就和他当时的认知截然不同；而如果比他的年龄再小些，对战争的体会就没有那样深。总之，对于这个年龄的小松左京来讲，他深刻地感受到了时代的巨变、战争的残酷、人生的变幻莫测，日本战后国内各种变化，在他面前，大千世界，林林总总，都是变字当头，而且瞬息万变，这在他的年少的心灵中留下刻骨铭心的印象，更重要的是，这种"变"，不仅是时代的"变"，而且也是人对人的认识的"变"。因此，在这个时期，他对社会变化的感悟，对"文学是什么""人是什么""你从哪里来""你到哪里去"的思考交织到一起。

日本战败后，除了生活的残酷，由美军带来的科幻题材的漫画等大众文化的兴起也对小松左京产生了巨大的影响。因此从创作伊始，他就介入多媒体，他不是局限于纸质文本的作家，而是利用多媒体开展创作的实践者。

小松左京在20世纪60年代初出道前，从事了各种各样的工作。比如说经济杂志的记者，给广播电台写单口相声、脱口秀那样的台词等等，他都尝试过。他一个人办杂志，从封面设计、绘制插画和文字排版等都是一手包办。这很显然对他了解社会人生、体悟文学都打下了很好的基础，也说明他是一个知行一致的人。

由于对战争的厌恶、对和平的需求，小松参加了日共，并广交朋友，这其中有许多人都是各个领域的专家学者。这样在小松身边就聚集了一批各行各业的顶尖级专家。他参与筹备大阪的花草世博会，朝日新闻社给他提供到国外采访的机会，他到过美国的密西西比河流域，还到过中国的黄河，以及到苏联的伏尔加河，他书写的《大河文化纪行》，具有很高的艺术和思想价值。小松左京曾经有一次约齐了十位各个领域的专家，他做主持人，他说："这是十个贤者加上一个蠢人"，是给他开的专门的培训课，这个说法特别幽默。但是他得到非常高明的专家的点拨，这是他人生当中非常难得的一次机会，我觉得中国科幻作家应该能够有尽量多的这样的机会。

理科出身者多向人文科学的人学习，同时人文科学的作家多向理工科或者其他有关科系的学者学习。各方面专家组成的团队，他进入其中，既能尽自己所长，又能克服自己的短板。所以小松左京在哲学、历史还是自然科学诸领域，都堪称一位博物学者（naturalist），他将自然理性和人文知性融于一身，"在小说家框架内是无法理解小松左京的多面性的。他是日本有学识者，不间断地使用推动日本社会前行的各种媒体进行创作。他也是思想家、社会活动家。"这与洛特曼谈20世纪人类知识的融合与转折是一致的。有这样的综合资源，小松左京的科幻创作自然水到渠成。

小松左京说："当然对我来说，从学科这个角度来说，无论是哪个学科，我都是毛头孩子，可是这种教养类型的DNA，大概是在年轻时候，就恐怕已经是深埋其中了。"（重点号为引者所加）[3]47同样是日本，不同的地域、不同的学校、不同的背景，结合个人经历，成长小环境还是千差万别的，所以研究小松左京，也要更接近客观地考虑他成长为一个科幻作家的这种特殊性。总之，小松左京是日本战后多种文化素养综合培育的，是各种宝贵的书籍与丰富的阅历，共同搭建起了他日后攀上高峰的阶梯。

二、科幻理论宣言与"带电脑的推土机"

日本SF界把小松左京视为他们的头脑与灵魂。创新最突出的体现是人与外界碰撞交融后对"自明"的克服，是思维模式的不断更新。小松左京从他出道伊始（20世纪60年代）就在SF理论和创作中探求与创新并行。他在理论方面的一个突出展现是，1963年他给苏联SF大师伊·安·叶菲列莫夫发表在1962年的《社会主义科幻论》的批评公开信《社会主义科幻论的驳论》，他在这封信里与其说是批评叶氏，莫不如说他是借这种形式阐述自己的与时俱进的SF理论。对此宫崎哲弥给予了高度的评价，说这是一篇"带有宣言性的科幻论，通过这篇宣言式的论文，我们可以看到日后小松左京的科幻创作的主流"[5]7。在文学与科学的关系、SF与其他人文领域的关系、科幻与古代神话的关系等讨论中，他把从少年时代阅读、面对SF独立思考的成果诉诸笔端。可以说，它不仅是战后新时代日本SF的宝贵财富，在今天有许多方面对我们仍有重要的参考价值和现实意义。

小松左京有些自诩地对叶菲列莫夫说："许多经典作家是革新的，现在也还是经典作家——如爱伦·坡、斯威夫特、托马斯·曼、莫尔、但丁等人，在他们所处的时代的科学认识的总体里，不是已成为他们文学的源泉了吗？这些都是确凿佐证自不待言，对于您这位生活在社会主义国家的人来说，讲这些是班门弄斧了。"[6]60这两位大师级的人物，在对科幻小说的执着追求与遵循科学性方面，他们既相通，又各有千秋。叶菲列莫夫是一位杰出的科学家，据材料记载他是三个新兴学科的开创者。小松左京，虽然专业是文科意大利语，可是他在诸多自然科学领域都具有很深的造诣。但是，在这里，小松左京不同意的或者是说所要警惕的是，叶菲列莫夫的《社会主义科幻论》作为一个模式、一种纯正的规范模式束缚了科幻自身的发展。叶菲列莫夫把科学的"知"作为最高、最"纯"的标志列于科幻的皇冠，其他则等而下之。小松主张科幻小说的多面性，并将之作为整个科幻事业的方向来看取。

因此，虽然小松左京科幻小说中科学性的呈现问题时有争议，但单独强调小松左京创作中的某一种倾向是不全面的，无论是看他最有代表性的作品《日本沉没》还是考察其他作品，其作品的科学性还是非常突出的。当然，最主要的是他把自然科学和人文科学交织融通表现得非常完美。不仅如此，他还把当代的科幻和远古的神话结合起来统一思考，把当代的人、远古神话中的妖魔鬼怪放在一个场域当中，强调现代人和古代人的血脉相通的关系和作用，这一点让人拍案叫绝。我的理解是，小松左京的理论和系列作品对我提出的文学艺术必然要反映人的回归意识是非常难得的佐证。为什么这么说？因为宫崎哲弥说，科幻是非常近似于神话的，在神已经死了的现代，古代的神话传说还有中世纪的叙事诗不可能就是原原本本地反复，但是要说明世界存在的理由，宇宙存在的结构，都要通过个人存在的意味来把它阐释清楚。在近代担任这种阐释清楚任务的就只能是科幻。[5]5

1964年，小松左京正式拉开自己科幻创作的大幕，他所创作的不同文本都涉及他在这篇论述当中的观点。按照宫崎的观点，小松左京的现代科幻论是非常前沿的。小松左京在谈到科幻理论的时候，有几个关键词可以有助于我们理解得更全面一些。

一是"思考实验"。在思想方面给予自由度，可以充分地联想，放飞思想。人如果被束缚得很厉害，思想被禁锢，就很难能够有新思想，有创新的东西，而带有创造性的思想必须通过思考实验的方式产生。

二是"相对化"的问题。他把科学相对化、文学相对化等量观之，人类长时间发展过程当中湮没掉的一些原初元点的东西失去了它应有的价值与活力，这种相对化实际上就是返归元点，重新回归、激活，与先祖接上血脉。比如说在人类最古老的时候，文学、科学等等是不分开的，音乐、舞蹈、诗也是不分家的。因此，返回到那种状态下进行人的内心世界和与外部关系的美学再现，正是科幻世界现在所应重新追求的，抓住这个纲，就得到了要领。

关于这一点，小松左京应该是得到了汤川秀树的真传。汤川秀树在战后初期的1946年发表了一系列的札记，其中他在《物质文明与精神文明》这篇作品中特别指出，科学进步及其普遍性在世界范围短时期内即可达成物质文明的新阶段，并赋予全球一种唯一的、平均化的发展规范，即进入人们所说的原子时代。与之相反，精神文明的发展，有着自己的特性，呈现一种多样性的态势，因为人的精神运动本身是复杂多样的。汤川秀树认为，"对物质世界宏观、远距离的探求应该与对人类内心世界的近距离的微观探求相结合，二者缺一不可。"[4]24-25

小松左京在《鸟和人》（1992）这篇随笔中写道："文化史、经济学、生物学、动物生态学等，所有的这些通道，谈鸟和人的关系，我是在喜马拉雅上空，在飞机上看到了这么一个情节所引发的。"触发这篇随笔的灵感来自从泰国出发飞往奥斯陆的旅程，这架飞机在飞越喜马拉雅山的时候，在海拔6000多米的地方，他从窗口看见外面还有鸟飞，估计就是像鹫、鹰这样的猛禽了，他感到非常震惊，对鸟进化到这种程度非常感慨。但是他接着产生了一种"逍遥游"式的联想。他说鸟进化得这么好，在这方面来说，比人类厉害。在喜马拉雅山，要是到海拔6000米就是珠峰的大本营的高度了，到达那里对于人而言是非常困难的，鸟却可以自由地飞翔。不过小松左京接着说："但是鸟是不能够到达宇宙中去的。宇宙只能是人类可以去。这种不懈的追求实乃人类的宿命。也许作为地球生命的一个义务，就是要走向宇宙。"[2]175

在1980年，小松左京写了一篇『はみ出し生物学』，意为"冒出头来的生物学"，也就是不经意之间从里头冒出来的生物学。他通过介绍威尔斯，并把DNA加上以后，从它和进化论的关系入手进行论述。一些顶尖级专家看到小松左京的科幻作品时指出他是用提纲代替作品，是画的略图，是专业札记。但是，那些非常认真敬业的学者却又写不出来。权威生物学家松尾佐助先生指出，"要从学问这个角度来说，是相当优秀的一个作品，将达尔文、威尔斯和小松左京他们是可以并列在一起的。"[3]20这个评价相当之高，也道出了优秀SF之价值。在《继承者是谁》当中，普遍生物学及最近的复杂系统也引起了他的注意。"地球社会学的构想"以及1979年"机械化人类学"等理念相继推出，不是要让人类机械化，而是机械化人类的学问。这之前，还有"汽车生态学""电脑社会学"以及"电脑社会生态学"等也提出了类似的提案。正是由于这些理论和观念的普及，当今社会对世界的认识、对人类社会的认识、对地球的认识等模式都发生了巨大的变化。

这些应该是整个社会学所不可缺少的了。在江户时代，大众出版开始以后，人们对社会的认识发生了激变，技术进一步进化。而技术的进步，也必然使人类发生过去不曾有的巨大变化。"纵观当今世界，宗教、民族等，对于他们的历史的身份的执着追求，这是现在存在的事实。现今世上众多地域都是如此。但是，如何在这框架内逆向思考，同时又超越这样的方法，是我们必须做的。既要有各自的身份，同时能够一起跨越，对此来支撑学问的范式。"[2]172-173

这里有坚持多元、和而不同的见解。对于这些时代提出的哲学宗教问题，他大胆地做了回答。

为什么这么说呢？"无论是民族的历史，还是生物的产生，从它开始的这种地球历史，就是人类社会的历史和社会史的组成部分，即进化史。总的说，科学、技术浸润人类生活的各个层面，所引起的变化也是全方位的。不同的人类在地球上出现，是作为生物的一个个体这样的认识，建立起这样的知性，是必须有这样的考虑。如果不这样的话，那么战争、环境、贫困、饥饿等问题，都无法解决。" [2]173 小松左京对科幻的认识，在他的回忆录中有所表述："SF被视为用科学的体裁而创作的文学，其实并非如此，而是遵循科学的方法，经过深度地思考而写的文学。不是科学的文学，而是文学的科学。""不知道从什么时期开始，科学和文学分家了，我们被SF吸引的是，文学和科学可不可以再一次地在哲学的统率下完成二者的一体化。" [6]47 这段表述很重要，文学是什么呢？要是进一步探求的话，我们就会注意到，主要是文学"物语性"，就是情节，还有历史，这些都是"物语"的词源。人类，就是通过语言表达开始书写历史，有人类，就会不断地产生新的故事。

二十世纪六十年代伊始，小松左京并行不悖、知行合一、筚路蓝缕也进行理论探索与对科幻创作的开拓，逐渐在SF领域独领风骚。在理论上探求，符合逻辑、符合小松左京本人实际的是，甫一创作，小松左京对科幻并没有一个固定的看法，或者说他一开始只是确定了他的科幻方向而已。但是，小松左京对科幻的探索有一点是非常明确的，即确认科幻具有极大的可能性，SF具有"别的文学形式没有的表现上的自由与快乐，而且包含未来的可能性。它有近代文学的正统力量所无视的文学要素，在大众当中却充溢着充满活力的自由，在怪异之感和敞开心扉的哄笑里，不是充斥了无尽的解放想象力的可能性吗？" [2]5 他充分认识到了科幻潜在的巨大变量与自由度，他在《大地与和平》这部作品中再次强调这种形式（科幻小说）有别的小说所没有的表现自由，蕴含着探求的可能性，而这也正是文学创新的"源头活水"。

三、SF：最入心的现实主义

放飞梦想，心系寰宇，双脚却永远踏在生育自己的家园。小松左京于20世纪60年代迈入科幻领域，并且即将以此作为终生的职业。他在放飞理想的同时，仰望星空、面对寰宇，可是他的双脚紧踏着大地。他非常敏锐地把整个世界看作一个动态的场，人们也是在这个动态场中的一个不断和各方面的因素互动的节点，按照这种态势，进行趋时应变的创作活动。总的来说日本科幻作家，以对近未来的构建来进行创作者多，小松左京也是其中的重要代表。他说："要没有那场战争的话，我就不会成为科幻作家"[2]14，这是他的发自内心的创作谈，也是走进小松科幻世界的钥匙。

小松左京1963年发表处女作《日本阿帕奇族》，在科幻创作上出道。就其创作意识而言，他半个世纪以来始终孜孜以求科幻当中所蕴藏的丰富性里所具有的巨大可能性，无论是对文明之旅的探求，还是对宇宙与生命的关系的思考，都一以贯之。学界对《日本阿帕奇族》的娱乐性关注较多，他本人谈的是为了赎回妻子的收音机赶制了这篇小说，没想到居然大获成功。但是这部看似荒诞的（颇有些黑色幽默的味道）的作品恰恰是他经历的战败前后普通日本人可能经历的极权主义命运之下的"思考实验"的产物。如果"一亿玉碎"，日本民族就会异变为"吃铁屑为生"的怪物，顺着这个思路思考他的这部处女作，不是可以感觉到作家紧盯时代焦点的内心世界吗？不是让人感到恐怖吗？

《复活之日》作为小松左京的第二部长篇小说，描述了在1964年苏美两个超级大国围绕古巴爆发的核危机后，苏联领导人赫鲁晓夫叫板美国总统肯尼迪，将世界推向使用核武器的边缘。小松自传中提到"ABC兵器"，A是指原子、核武器，B是指病毒，C是指化学武器，具体说明了原子和病毒之间的差异，并强调使用病毒作为武器对人类来说更为残忍。使用核武器，把人类从核武器的威胁中解救出来这是一个极大的讽刺。人类产生的文明由于核武器的出现反而导致了人类的危亡。即便可以理性对待，但是在伦理道德方面，并没有出现转机。制造核武器和使用核武器，往往使人类忽视了科学给人类带来的危害，小松提到的

"恶魔"的科学恰恰是强调科学给人类带来认识不到的危害性。小松用貌似开玩笑式的口吻讲述故事，但让人从内心深处感到科学成果的过度使用给人们生活带来的威胁，这也是小松创作一系列科幻的底色。《复活之日》主要是受到加缪《鼠疫》的影响，但它与《鼠疫》的构思和情节相反。这个作品在后疫情时代的日本又引起热议，相关影视作品推向前台。因此，今天重读这个作品是有意义的。它越发促使我们意识到：运用科技创造推动人类文明的产物，既可能给人类带来福祉，也可能给人类带来灾难。

谈及体现社会时代最为突出的创作，当属他最著名的作品《日本沉没》，可以说他在《日本沉没》中脚踏社会生活实际，不隔断历史、不悬置历史，但却以幻想的形式，想象日本在处于20世纪70年代经济上升的黄金时期，遭遇即将沉没的突发事件。《日本沉没》这一"思考实验"，首先是立足于现实的故事，日本岛国自身所存在的、有产生一些灾难的科学根据，台风、地震、火山爆发，一直威胁日本的四个主要岛屿。比如说62岁的田所博士和小野寺，他们首先发现了日本海下面发生了移动，并能够导致日本列岛下沉的巨大的危险性。因为很多人都很熟悉《日本沉没》，我没有必要进行情节的介绍，而且这种介绍如果文字过于简练的话，也容易损伤文本很复杂的结构。

《日本沉没》介绍到我国的时间较早（1973），译者对它的理解却大相径庭。《日本沉没》的主旨不止于自然科学，如地质、海洋、板块移动的威胁，而是对日本现实社会如历史问题、民族精神负荷，以及人类最应该珍惜的超越物质财富的文化积淀、精神财富或者虚拟世界的深刻思考。

《日本沉没》的结尾章节在后来发现了有删削的异文。评论家东浩纪在《小松左京悼念会》专号中公布了这些重要的文字。在东浩纪的解说中写道："田所博士与渡老人在老人宅邸的谈话，并以此为基础的草稿。田所博士是最早发觉日本沉没的科学家。渡老人是掌控灾难对策总部的幕后大佬。小松在已完成的小说里，让田所尽力隐蔽这一厄运的真相，拖延公布时间。他宁肯自己承担罪责。渡老人则讲出自己实际不是日本人这一很有冲击力的告白。"[3]10

小说的最高潮部分的对话草稿中，可以明确看到是相当不同的异文。"第一，田所的调查、探险是出于科学的伦理观的所作所为，把日本人论删除掉了。

第二，东西日比较论已有相当字数，但是在定稿时全部删去了。渡老人作为外国人的设定没有在定稿中被采纳。"[3]11从这两点可以看出：一方面，小松推敲的过程使对日本人论的纯化的指向更加清晰，这对深究《日本沉没》执笔动机是重要资料。小松左京着重谈的不是纯科学的预警，而是对社会前景的质疑。渡老人的中国血统（与渡来人有着密切关系），也许会过于敏感，当然作品中也没有回避邻国（包括中国）的态度；他立足于脚下的"思考实验"的特点更为鲜明。另一方面，小松左京科幻理论的本质就是比较文化论，他的创作理念对构建中国特色科幻理论体系具有突出的现实意义。

那么在这里面就不能不涉及日本的历史、日本的当下和日本的将来。在作品当中，整个日本列岛沉没已经是完全摆在眼前的情况，日本政府领导机构的一些要人在非常紧张的情况下进行了激烈的讨论，甚至是争吵。当下有一个最重要的问题，是如何让遭难的日本国民撤离本土，向他国求援、求生。如此一来就面临着日本如何反思自己，也是对历史的反思，其中最典型的就是在野党的一名委员说的那段话，"明治维新以后，日本就把这些最靠近自己的所有近邻视为敌人，要么进行经济侵略或者军事侵略，要么冷战外交，成为别国的军事基地。无论哪件事，都是接二连三地搞帝国主义侵略。"[7]这一切都是重蹈帝国主义侵略的覆辙。他接着认为日本是把自己孤立起来，变成了亚洲的孤儿，这种情况下日本如何脱离亚洲而独立存在？日本一直进行政治扩张和战争侵略，二战后没有对自己的战争行为在国家层面进行深入反省，于是总得不到其他国家的谅解，作为一个永远不服输的强者，在超级严重的自然灾害面前，会被其他国家怎么样对待？这个问题自然而然就和中国也有着密切的关系。因此日本对于中国的态度是矛盾的，既想得到中国的援助，又忌惮和中国的真实的关系。也就是说，日本处在一个坐立不安、左右为难的状态。在这种情况下，救援中比较受夸奖的是蒙古，拥有150多万平方公里的土地、三百多万人口的国家，能够超出联合国的规定，多收留日本人。这方面就涉及这部重要作品的思想或者是意识形态方面的倾向，所以在开始介绍和译介这本书的年代，曾经有的人把它看作是要复活日本军国主义，即对日本的军国主义精神还是死抱不放，显然这种评价是离开文本和作家本人简单化的界定，而且以删削本行世，这也是中日文化交流史上的一个特例。

日本著名科幻作家、评论家笠井洁是小松左京的至交，在纪念小松左京逝世的专号上，笠井洁说："一般来说，中学生要对战争的失败担负什么责任的话，这肯定是没有必要的。在战火当中死是完全可能的。这种对战争很惨烈的思考，虽然让人揪心，但是面向复兴的傻乎乎的生存劲头，在世界当中也是不知怎么样莫名其妙地产生。而且正是这种傻乎乎的所谓的一种冲动，对于作为中学三年级学生的小松来说，是要吞到肚子里面去的，也就是要承受它……但是小松的心底里面这种惨痛的回忆，或者说惨痛的回忆和傻乎乎地活的勇气这种两重性，两个灵魂，是没有办法并且不容易把它们消减的，它们是纠结在一起的，这就是令大学时代的小松左京参加共产党活动的原因。小松左京是从对共产党的同情开始，参加了共产党的活动。主要是对于反战和平的主张有同感，后来包括在国际上，对美国、对英国也不可能不讨厌，加强了他参加共产党的这种愿望……战后驱赶日本人的断断续续的反美的斗争，实际是希望能够在本土决战未遂的无意识的一种国民的扭曲心理。在吉本（隆明）和井上光晴他们这一代人的心灵当中刻印的对战死者有责任的负疚，尽管形式改变了，但是对后续的一些比他小一代的人，应该说还都是共有的，而且是继续的。" [8]160-163

小松左京毕竟不是热心于政治运动的人，他在1953年就离开了日共，不参加日共的任何活动了。但是，小松左京坚决地反对军国主义，重新思考认识日本的历史，并且得出了非常确切的答案，这是毋庸置疑的。因为小松左京至少写出了能够很明确地反对军国主义的、讽刺军国主义的《征兵令》这样的科幻小说。在短篇科幻小说《征兵令》的结尾，那个恣意发动侵略战争、具有无限法力的老人，无人能够制约住他，他实际上给日本人民、给日本本土带来了灾难。像这样的作品，反对日本军国主义那场侵略战争的倾向，应该说还是很明显的。因此这个时候比较简单地做结论的话，我觉得不是阅读小松左京的正确方法。同时，我们应该尽可能地接近作者本身，同时结合作者的整个思考乃至他的人生、结合日本战后思想史来思考小松左京，见仁见智，并不等于任由自己随意侃谈。同样是书写日本战争，较之比他年长的川端康成，小松左京的态度是明确的（值得注意的是未见小松提及川端康成的文字）。川端康成对那场战争的态度，我在几篇论文当中已经写得很清楚了，川端坚持用一种以自己民族文化的传统，以传统之美，以女性的无私奉献精神，来拯救自己的民族。这在《古都》中得到了集中体现。结合极端的三岛由纪夫，小松左京的定位就清晰了。

小松左京以历史、社会学、思想上的睿智剖析了青年一代对"国家""民族"的贷借关系的形成及其特点。因此，这很真实地反映了一直到现在的日本文化，我们是寄托日本人民不断地融入世界的主流。像里面也提到了对人类命运共同体这个问题的考虑（《日本沉没》里提到的"人类命运共同体"这个表述的参见中文译本358页）。此处使用的是译林出版社的版本，因为这一话语是比较关键的。怎么样能够实现这一点？走正确的道路，同时也不能不让人们担心历史的重演。能够达到这两个方面的思考，我们就不能简单地寄希望于小松左京发出和中国读者完全相同的声音，更不能简单地把它列为我们批判的对象，那是不公平的。

围绕《日本沉没》，可以把上面说的观点再深入地探讨一下，能够把科幻这种后发展起来的一种特殊的文学类型，表达作者或者说文体是立于现实的，不管如何畅游寰宇、天马行空，还是踏踏实实立于这个所生活的社会，我觉得这是小松左京一个非常突出的特点。

那么在《日本沉没》当中，在某种意义上来说，他以科技和文艺的高度融合的方式来书写的是什么呢？我认为是将日本社会现实作为基点，是回忆日本走过来的历史，应该说至少百年的历史，同时也在向前前瞻，推测未来，书写精神史。实际上这种方法和他常说的相对化意思相同，就是说不是用一般的文学作品或者说纪实性使用的方式，对某段历史进行一种叙述，而是用一种科幻的形式，带有前瞻性地来进行一种逻辑上的想象，用想象力进行一种推导。因此在某种意义上说，利用这种科幻的独特手段，就能够剖析出用其他的办法不易深入透彻书写的一些问题。

因此，《日本沉没》主要展示的是日本有可能遭到自然界给予的不可逃脱的灾难。当然这个灾难是有可能的（它的预测也许有一语中的可能，但SF高手也不必或不可能承担这个任务），因为如果这方面没有根据的话，也不会吸引那么多读者。但是我认为更重要的一面是用这种手法揭示出日本社会一直积累的历史问题，而且这种积累越来越沉重，越来越成为日本人的精神压力，乃至于成为国家精神危机。所以说与其把《日本沉没》说成是灾难小说，我认为莫不如说是警世小说，即用幻想的形式、科幻的形式写的警世小说，这样就能更好地理解《日本沉没》的实质和价值。在作品里，作者展现的日本的生存现状，如官僚体制中的各色官员，平民当中出现的爱国、生命至上、为普通民众舍生取义的精英和草根，工于心计、比精致的个人主义还凶残地为了自己的最高的私利玩政治的日本代首相。同时围绕日本展现了世界各国，当然不是全部国家，但有相当多的相关国家，也把日本和国际网络的复杂展现出来。当然小松对中国的态度，还是很有分寸的。首先谈到了日本是造成中日关系至今不能很好理顺的源头，起始点是在日本，没有甩锅。因此说《日本沉没》是鼓吹军国主义，或者是弘扬武士道，这么说的话无论是从文本阅读上来看，还是联系小松左京更多的作品，比如说我上面提到的《征兵令》，恐怕这种结论是不客观的，没有说服力。但现在我们也不必按照一种很简单的办法，就像有人过去评论中岛敦的东西，看到中岛敦作《山月记》，就一厢情愿地说，中岛敦是反战作家，和这个是一样的。因此，说日本文学是脱政治性的，从科幻来说也是毫无道理的。而是要说，日本文学所谈的政治性，和我们所认定的政治性还是有差别的。但是不管怎么样，都是要把本民族及自己的国家的最紧要的问题作为自己反映的焦点。在这一方面来说，我觉得日本文学其实乃至于西方文学，包括美国文学均是如此，比如南北战争时候《汤姆大叔的小屋》被认为是一个女士发动了一场战争，就得到了林肯的充分的赞扬。

　　小松左京走上文坛是二十世纪的六十年代初。当时的日本已从战败的满目疮痍、一片废墟中，作为美国的盟友走上了复兴之路，从表面上看是一片繁荣的景象。1964年成功举办奥运会（亚洲第一次），1968年GDP进入世界第二，1970年举行世博会等等，在这种形势下掩盖的日本社会的深层问题却越发突出，依靠经济腾飞，人民生活富裕是不是可以揭开历史新的一页呢？小松左京从那时一直到逝世前的2011年3·11东北大灾难之后的绝笔作都非常清晰地表明了他的清醒认知："很困难。"说得直白一点就是对于国家的那段军国主义历史，给世界带来的灾难（特别是邻国）根本没有认真解决，把它扔给全体国民，然而问题并不随年月递增而泯灭，相反越发沉重。二十世纪七十年代三岛由纪夫就是另一极端的代表。也就是说总有一种不可预测的灾难会爆发。正如笠井洁总结说："3·11后的日本，与8·15之后的日本显然是不同的，把它作为'另一个战后重新选择'，这就和少年小松体验的'天崩地裂'引发的恐怖对应的地震、海啸、原子弹泄露辐射的恐怖一样。" [8]166即是说从3·11看到的是整个日本国家被隐藏的灾难，而且他很有见解地指出，从处女作《日本阿帕奇族》开始，实际上写的就是战争，一直到他的后续作品，这是一个被这一思想穿起来的大系列。

让人唏嘘的是他在2011年3·11后的绝笔《序言——面对3·11之后的未来》。小松左京还是希望假以天年期待自己的同胞找出解决的良策。在这本名为《小松左京的射程——围绕〈日本沉没〉第二部的座谈》中，座谈者指出：小松出道后写的《日本阿帕奇族》"充满了无秩序的能量，实乃这个废墟的物语。……废墟本身还有另外一个未来，也许还有一个可能性。" [9]147藤田直哉认为："我觉得小松对原子能、技术的两义性的认识相当重要。" [9]148他对1995年初发生的阪神大地震格外关注，扔掉其他计划而使出浑身解数投入写作。谷甲州作为小松看准的续写《日本沉没》（第二部）的合作者，他说小松曾设想地球寒冷化失去土地如何生存的构思，"他说出大的框架，文案细节任由我去做，我觉得日本人'加油'就是他的思考。" [9]148

选中谷甲州的原因在于小松看中了他有多年赴尼泊尔作援外公益事业的经历，小松对日本民族性、如何与其他民族相处，包括与以色列人比较等反复进行"思考试验"。森下一仁指出："第二部突出了日本人的意识描写。日本人在世界生存时，光考虑自己的团体性可以吗？必须同时具有世界当中的团体性才行。" [9]150究其实质，第二部的核心旨意是探讨日本如何与世界各国，尤其是与第三世界国家和平相处，建构新的家园。

小谷真理女士指出小松显示出"世界主义"观念："本书主要看点是日本人的生存之基础土地沉没之后，还怎样成为一个共同体。" [9]151因为"世界主义"原产欧洲，以色列奉为信条，日本适用吗？《日本沉没》的现实性是非常复杂的，它会让我们就许多当下问题做出思考。这样的作品的价值如何呢？围绕《日本沉没》第二部也讨论了国际主义问题。座谈者回顾日本历史，这是至今仍未解决的历史问题。本书没有给出答案，但是没有简单化。

科幻和现实的关系折射着国家和人民生活社会的关系，既然现代科学技术如同小松左京讲的，已经极大地改变了社会，包括人们的生活方式、思维方式都发生了大的变化，一些大的事件，带来的变化的影响力就会更大，那么作为一个作家，不管是写科幻还是写什么，这些东西不可能不诉诸笔端，从这个意义上来讲，我认为没有脱离社会乃至于政治，不写这些倒不是"现实主义"，而这些沁人心脾的倒是入心的现实主义，当下从西方设定的术语去再分类，是很难走出既有概念的禁锢的。

四、"人"与"生命"的至尊是小松左京一以贯之的SF魂

小松左京早在2006年新潮社出版的《SF魂》中的"开头语"中有这样一段话："另外，'SF魂'这一书名是编辑部给拟加的，当然您可以读作'SFコン'……但是我是要用'SFだましい'的。"[2]6显然，由于日本文字、文化的特殊性，小松强调的读音既突出了日本民族文化的自身特点，又符合他对人的生命（包括灵魂）的认识，具有忘乎一切、全力拼搏为之奉献之意。小松左京SF一以贯之的是对"人"与"生命"的至尊追求。

小松左京就是在这样的一个视野之中，来思考他的整个人生问题或者终极思考，当然也包括整个科幻创作都在内了。下面这一段话引人瞩目。"为什么我们人类产生了？对宇宙来说，以知性为捕获物的'文学'到底是什么？我对这个问题始终是想要知道，到现在的话，一直苦苦思索。"他说，"40年前，那应该是在1966年左右，在《未来的思想》的题辞中本人曾写道：'你是谁？你从哪里来?你到哪里去？'这个思考一直非常强劲地萦绕于我的头脑，一直到现在也没有变。""宇宙里除地球之外是否有生命还不得而知，虽然有让人寂寥之感，但至今还未发现实证。那么为什么地球40亿年前产生了生命，生命到底是什么？繁殖与遗传基因的机制，在自然当中是如何产生的？进化的结果？人为什么具有了复杂的大脑，乃至有过剩的知性，成为指向宇宙的生物？"[2]174

终极关怀，这应该是小松的SF魂。也就是说，小松左京所思考的，是他创

作意识的对人的终极关怀，生命至上，人类至上，对人不断地全方位地追求，他把它放在宇宙当中的场域作为一个鲜活的节点，全方位地进行跨越时空的思考。恐怕这种天马行空的思考，对我们东方文化来说，在老庄的这个阶段，特别是庄子哲学当中，是体现得最好的。从这个意义上来讲，小松左京和道家文化相通。

小松左京的自传最后一节，"SF乃是文学中的文学"，具有总结性价值：

> SF的思考方法的特征是相对化的，我想是可以这样思考的。我为什么在《SF》杂志创刊号之后，有这样的想法，假如说SF的话，那么也是可以把历史相对化的，有这样的一种第一感觉。大概是因为这是读了胡塞尔的关系吧，受他的影响而出发的。我在学生时代的话，对于胡塞尔的《纯粹现象学》，做了三本札记的深度阅读，可以说是进行了精读。由于这个原因，对于透过现象来捕捉现象，那在思想方面就可以相对化，以此来探讨的一种方法，我也萌生了这样的想法。[2]174

这一段小松的话中的"历史相对化"，是一种科幻的思想哲学实验，提出一种假设，假如说历史向另外一个方向发展会是如何呢？但是首先关于辩证唯物主义，历史事实是不能假设的，对于这一点小松左京受胡塞尔现象学影响，并没有滑到历史虚无主义的那一边去。小松左京回忆道，"那么这样的话，我在写作科幻历史的时候回头看的话，恐怕我也是可以这样来操作的。如果要是这样的话，它蕴藏着的丰富的、巨大的可能性，使我真是眼花缭乱，感到它这种可能性是可以上下求索，我为它进行了半个世纪的努力，在我的心目当中，比如说在写《日本沉没》《历史和文明之旅》《宇宙和生命的思考》都是如此。历史的事实，现实的社会，去进行相对化。这个从一开始我就能做了。那么《日本沉没》和《首都消失》，是把现实相对化的一种构思、一种想象，这是一种思考实验。思考实验最初是从哲学产生的，但是要结合科学，将当时刚刚开创出的量子力学、爱因斯坦的相对论，在文学当中怎么能够把它变成现实，只有用SF来表现。""SF很像数学当中的负数，负数在符号里面写出来的话是'–'，'2×–'是作为0，在中学里面是学过的。"[2]176

　　为了更清楚小松左京的论述，我们把他的论述多加引证一些：

　　SF经常被说成荒诞无稽，其实文学原来本意也是荒诞无稽，虚构在拉丁语当中就是说谎。创作出来的文学，就是很有趣的谎话，王道、理性主义和自然主义的艺术是没有的。但是童话等等，全都是这样的。王道，在理性主义、自然主义的艺术当中没有，但是在童话、幻想和口承文学当中含有这一古代的传统，在远古传统文学当中有。在《神曲》《浮士德》，还有《旧约》《新约》里，也是如此。[2]176

　　可以说如今SF的这种手法已经是浸透到各种形式当中去了。

　　这就是所谓的科幻史学。在当今文艺史学里，这个理论我认为是共同的，也就是说，都需要科幻这种特质。因此小松左京以诗意的语言作如下表述："过去野田昌宏先生说过一句名言，'SF是画'，这让我去怎样思考呢？SF是一种思考实验。"[2]178 "SF就是文明论，SF是哲学，SF也是历史，SF是落语，SF是脱口秀，SF也是音乐，SF是怪谈，SF是艺术，SF是野外考察的笔记本。到了今天，我认为还是具体可以说真是什么都可以是科幻。SF是文学中的文学，同时SF也是希望。"[2]178 小松左京讲了SF也是野外旅游、考察的记录。当今是变字当头，客观说，我认为虽然说没有给SF定性，但是说得很透。

　　一般来讲，讨论《日本沉没》的时候，往往更多的是说自然灾害和大自然的矛盾。在我看来，还是对于"人祸"——当年的日本军国主义给日本带来的民族灭亡的恐怖这一方面考虑得更多一些。在《日本沉没》小说的结尾两大章里面可以看出来：以田所和小野寺为代表的正直的日本知识分子，或者说草根里面的觉悟者，他们是真正为日本人而生存，是对生命至尊的这个理念的真正的实践者。他们能够舍生取义，而不是对天皇尽忠，我觉得是对日本人民、日本土地尽忠。一直到死而没有结婚的田所，可以说他深刻地爱恋着自己的土地，把它当成自己的母亲，是为它而尽忠的。我想这个思想是没什么可说的，因为任何一个民族的成员，都要爱自己的故土、爱自己的国家，爱世界。小野寺本来可以得到幸福的一切，他可以和热恋的对象、刚刚结婚的妻子逃往国外到瑞士，到安全幸福的地方去，可是他抛弃了这一切，选择和他的乡亲一起存亡，和他的故土一起存亡，这相当感人。他是为了让他的乡亲、父母兄弟，当然这里就指更广义的父母兄弟，能够得以存在和延续。他们和执政者争吵，田所为了做出贡献，甚至故意让社会和他个人产生非难，为的是能够争取时间，能够让人们及时得到准确的信息。在一定意义上来讲，就是吹哨人，然而，吹哨太早了不行，吹哨晚了一天的话，就兴许要使本土的人多死10万、20万。这些数字落实到每一个人，就是一个活生生的生命，就涉及一个家庭的欢乐和悲剧。

《日本沉没》的这种创作理念对人的尊重的旨意，还是非常深刻的。可以说这是他追求中最核心的一个，也是贯穿他半个世纪创作始终的一个理念。我觉得在这一点上还是要给予格外的注意。

当然因为日本军国主义在20世纪的那场战争，对亚洲的很多国家，特别是对我国、朝鲜半岛犯下了滔天罪行，这一点没有什么商量余地，历史必须得承认，我觉得在《日本沉没》当中，对这一点是承认的，特别是通过在野党的领导人敲着桌子所陈述的那些国际上怎么看日本，是有根据的。那么我们要求提出的就是以史为鉴，双方对这个问题都要牢记历史教训，尊重历史，历史绝对不能重演。

作为科幻小说，特别是小松左京的科幻小说，我觉得有一个值得我们现在还应该好好思考和借鉴的，就是这个作品里面的人逐渐发展，是以宇宙、整个自然界外界为背景的新人、大写的人的形象。他最重要的创作是《宇宙喜剧》。

另外，他在太平洋会议中围绕海洋所谈的一些见解，我觉得这是涉及自然人类学、自然地理学和黄色人种的移动问题，谈了海洋和人类的这种特殊关系。他谈到太平洋培养了我们的意识。不是狭隘的所有权的问题，而是在当中的伙伴意识，是寻找人类的共同性的认识。

所以对一些国家来说，海洋不是作为培养人类、一带一路、海上丝绸之路这种和平交流的渠道，这些国家是想通过海洋遏制其他的国家，来实行一种霸权的政策。这不是搞人类命运共同体，是绝对与人类本性相左的。在小松左京身上体现出的精气神与当下SF作家具有相同的气场。他的全方位的探求，让人惊叹的追求显示了21世纪人的生命力。我多次谈及的人的四大元点即"生命意识、创新意识、矛盾统一意识、回归意识",在他的文本中给予了拍案叫绝的佐证。他很早就关注海洋,大海是人类的家园。某种意义上说,陆地生活为主使人类淡化了自己的故乡。但是,近些年来,对海洋的关注急剧升温,不仅是为了生存的需求,亦有人类回归本源的渴望。在谈及航海问题时,小松不同意把西方(如哥伦布等)作为世界的先驱来对待,指出:"哥伦布发现新大陆是在1492年,但是中国明朝的郑和下西洋却早于他们80年,第一次大航海是在1405年。"[10]33他一再提醒人类关心、爱护这一共同家园,并且将之视为SF的重大主题(日本SF作家藤野慎吾已有《深海大战》共三卷,业已在我国付梓)。

小松左京在他的科幻作品的文本和他的理论著述、包括他的个人的一些实践当中,他尊重生命、生命至上,对人类真正地发出发自肺腑的赞歌。总而言之,应该是包括自然界所有的生物在内的这种整体的生命概念。我们所说的草木有情、万物有灵,可以说是现代版,他没有简单地重复,却体现了对爱的守护,大爱无疆。这一理念在《日本沉没》,包括出道之作《大地与和平》当中体现得非常清楚动人。

当然对这一点,我们不能要求小松左京和我们的看法之间天衣无缝地衔接,这是不客观的。但是,小松左京写《文明与大河》这样的随笔,还有他谈海洋,在某种意义上来说,都是对人的束缚的一种解脱,是人的开放思想,这一点是正确的。当代的人类,就要在时代的发展的过程当中,首先是给自己松绑,把过去束缚人类正确发展以及向这个正确方向前进的各种各样的束缚障碍解脱。小松左京对日本战前战后的体会还是深刻的。日本一方面来讲经济高度发展,有一些方面的繁荣,但是对于日本潜在的危机,他是非常清醒的,他认为应该挣脱好多假象对人的束缚,能够扩大自己的视野、有正确的观点。

五、数字化时代:融媒体与SF结合让时代出彩

小松左京的创作追求,是在其创作中甫一开始就克服"自明",把"人"与"我"都置于"人"与"寰宇"的这一整体的动态的场域之中。法国著名理论家贝尔唐·韦斯特法尔在《子午线的牢笼——全球化时代的文学与当代艺术》中

指出，"全世界范围内的整齐划一化（uniformisation）带来了停滞（arrêt），而艺术是可以摆脱停滞的东西。整齐划一化从来都不是和谐化（harmonisation）的代名词，在和谐化背后是和谐，而和谐与任何形式的停滞都是不兼容的。艺术正是可以摆脱这种停滞的东西，它是越界性的载体。" [11]331-332

小松左京作为一位代表性的科幻大师，他出道之时就有这样一个明确的观念：科幻是一个整合，整合近代以来自然科学、社会科学、人文科学、文艺以及多种融媒体，用它们的合力打造出一个文学的新品种，或者说科幻是过去的所谓"文学"涅槃之后的新生。无论是从纯文学界，还是从科幻界，以及其他领域来看，小松左京的文学创作都可以灵活切换、自由跨界。正是他的这种跨界性使得这位作家经受住了时代历史的考验。今天重读他的作品，以小松研究为切入点，可以沟通"纯文学"、科幻文学、影视媒体等，使得我们在时代巨变当中重新认识文学、认识人和文学的关系、认识人和世界的关系，当然也包含宇宙本身。包括《日本沉没》这样我们所熟知的超级畅销作品在内，最近几年在纸质文本或影视方面，他的一些代表作，经常会再次引起人们的关注。

日本当代科幻在形式上求新求变，最显著的转换是日本科幻的电影化与动漫化。这两种艺术形式从20世纪初至今一直有强劲的表现，与科幻文学一起揭示了日本现代文化的新特质。日本科幻题材的电影和动漫显示了对未来的诉求与意愿，通过预构未来社会的基本形态，表现人与科学技术的关系与变化，最终探索人的进化方式和人的本质内涵。这一方面得益于日本文化自身的底蕴，另一方面也与战后美国科幻文学的影响有重大关系，与美国科幻杂志和著作在日本战败后登陆日本一致，科幻电影和漫画也成为两国文化交流中的重要一环，在互动中双方相互借鉴，增强了相互了解和认同，在日本著名的科幻电影《哥斯拉》问世之前，美国已经制作了电影《原子怪兽》，而日本的这头"巨型怪兽"则是日本遭受原子弹轰炸后被催醒的，因此它不仅是无法抗衡的力量的化身，也隐喻其是轰炸的受难者或牺牲品。在大灾难中探讨人的生存价值符合当代文化潮流的基本趋向，因此《哥斯拉》不仅成为首部在美国主流市场上映的日本科幻电影，而且在日美两国受到热捧，苏珊·桑塔格甚至为其写了《惨剧的想象》进行专门评述。《哥斯拉》电影的意义是其对日本科幻文学转换形式的最终定型，《攻壳机动队》《杀戮都市》《机动战士高达》《银河英雄传说》《EVA》《盗梦侦探》等一大批科幻电影和动漫相继登场，可以说，在科幻的改编上它们遵循同一条标准，那就是高效地将科幻文学的内核与日本民族文化进行影像化整合，并在资本的推动下迅速打开市场，推向全世界，从而打造了日本现代社会的新神话。

研究小松左京和科幻，或者说研究日本科幻文学，都离不开日本动漫（也包括漫画）。这是一个很重要的方面，这也是日本科幻或者日本科幻文化的一大特点。近些年，一直活跃的日本科幻界的代表作家，比如说像藤井太洋，他们都指出日本的科幻在某种意义上讲，是在日本漫画所涉及的一些题材的周边，认为日本漫画还没有进行很好的创作。日本科幻和日本动漫之间，就有种"谁为主、谁为辅"的问题，对于这一问题恐怕难以厘清，但是至少说明了日本科幻和日本动漫、漫画彼此之间不可分离的特殊关系。这和中国是不一样的。我们看到小松左京的自传《SF魂》，可以感受到小松左京本人是从少年时代培养起来，直到他走入科幻界，或者说是创作界，他都是个多面手。

根据日本科幻史家长山靖生的研究，小松左京对漫画大师手塚治虫寄予了很大的厚望，小松是想把他自己所积攒起来的一切都交给手塚。手塚本人也说过，小松是给他一生确定方向的人。长山靖生也指出，到了战后，日本的科幻创作和战前的科学小说，逐渐断绝了关系，主要的原因是因为借鉴了美国的科幻小说，进入了真正意义上的日本科幻小说的蓄水期。按照这个评论来看，小松和手塚也促进了日本科幻小说的最初形成。手塚治虫在《追悼小松左京》的文集中写了《小松左京——佩萨罗天鹅的怪物》一文，回忆了他和小松的具有历史意义的交往。虽然表面上小松给人一种高贵绅士派头、功成名就达观之人的姿态，但是一经接触，了解其创作和内心世界，就切感他作品的"独创性、深湛无底、非常专业、敬业的气场，即使早已威名远播，他仍旧让你拥有无法捉摸得来的艰辛。"[3]46这是跨界人士的真本事，永远是水到渠成，而不是着意打造。他说，"看到小松左京、筒井康隆、眉村卓极为关西风格，感到有共通的'世界主义'的特质。这是关西气质从内心的浸透、打造出来的。"小松左京的一心多用，同时干好几件事情的本事让手塚治虫叹为观止，他还说："小松左京是一心可以多用的人。"[3]47手塚治虫亲眼见到小松左京用下巴夹着电话和来电者有条不紊地交谈，面对来访的客人还能够用眼神交流，然后用手中笔继续创作作品。为此我们着眼日本SF与漫画、动漫的结合还是先从打造精品、一种以生命为艺术出彩的精神开始才是抓到本质。

把漫画和创作密切地结合起来，小松后来成了出色的科幻作家，乃至成为大师级人物，这都是难得的条件。如前文介绍了他的读书和成长过程。我们必须要强调小松独特的科幻文化观，科幻与文学这两者常常被区分开来，而小松左京在论述科学和文学的互相助力的关系时，他在自传里有一些很精辟的论述。编辑八代佳美有一篇回忆录，题名为《对小松左京来说科学是什么？》，她在其中谈了一些很重要的想法。小松可以说对于他那个时代，也就是说他刚刚出道的20世纪60年代初，他已经是站在了当时的自然科学、社会科学乃至哲学思潮的前沿去思考一些问题。比如说他和当时在各个领域的精英、顶尖的学者们，访谈交流。在这些随笔当中，可以说蕴藏着小松左京的重要的科幻论，也是文学论。

小松左京和生物学家谈论达尔文的进化论。小松认为达尔文的进化论中有一种潜在的目的论，他对这一点是不予认可的。因此，小松左京在他的科幻作品《不尽长河的尽头》中，最后没有完成那个虚无的回答。可以说，在这些科幻作品当中，小松的哲学思想一直贯穿始终。小松往往深入地思考，从更高层次去超越，去思考进化。这一点也是后来在日本学界，包括哲学界所探讨问题的话题。小松左京和这些来自自然科学或者哲学界的学者们都有深入的对谈，包括日本的禅学、中国的道教思想等等，往往是经过了消化理解以后之后的探讨。因此我们研究小松左京的理论，必须结合他的文本。如果要离开这些去谈论小松，那是很难深入的。

《日本沉没》在小说热卖后先后两次被推上银幕，一次被改造成动漫剧集，加上其他周边产品和研究评论，使之成为日本当代科幻中"现象级"的经典作品。日本影视界名导樋口真嗣（2006年版《日本沉没》的导演）论述，日本为成为文化强国，科幻、动漫整合作为文化产业，是在与美、欧文化竞争中砥砺前行的，在这当中积累了很多宝贵的经验。他阐述了图画、影视的视角感受与文字阅读之不同。在当今时代更为突出。樋口真嗣说，"通过插图被想象出来的真正的细节而打造出的描写，让人感到历史为之一变，充满活力，彰显的物语可以造就光辉的未来，用科学武器去解开宇宙史之谜，人类可以从宇宙的高度来为所取得的成就而放声歌唱，不是逃向幻想世界，而是通过认真、细致地学习，通过调查与预测精细的世界。这是欧美所制作的SF所没有的，我想这是日本SF的个性。" [3]43发挥东方人的工匠精神，拿出寿司王做精品寿司的工匠精神打造SF与动漫。结合作品，瞄准欧美作品之长而学习，同时深悟其短而超越，这是正确的选择。

无论是电影还是动漫，影像化的《日本沉没》有三大特点，即叙事层面的直接呈现，抒情层面的图像表达，主题层面的浅显单一。这就是说，相比于小说原著，电影不再进行大量的铺垫，杜绝"慢热"，而是简单直接地直入核心情节，展开对 "沉没"本身的刻画；而在表现人物之间的感情时，大量带有感染力的情感画面铺陈开来，抓住观众并迅速催生其产生共鸣；在主题方面，电影和动漫都突出强烈的平民英雄主义精神，宣扬博爱、牺牲、真情和奉献，这不仅翻新了日本传统文化，也与世界电影和动漫接轨。然而必须看到的是，《日本沉没》《复活之日》等影视意象虽然再现了小说的壮观恢宏与惊悚之感，但实际上小松文学还充溢着深刻的哲学思辨，最前沿的科学文明论，哲学、宗教的造诣遥深，这是作品的产生之源。而电影和动漫作品对原著中社会批判和科学探索这两大维度的缺失，丧失了对小松左京创作意图的把握，尽管电影和动漫被现代观众所认可，却无法成为电影和动漫史上的里程碑。当然，《日本沉没》不是个案，实际上，在小说与其他艺术形式的转化过程中，必然有舍有增，科幻文学的融媒体之路还很漫长，尚未形成某些相对优秀的模式或可靠的经验。但有一条绝不能被忽视，那就是在面对不确定的未来时，人们必须放下偏见和敌视，结成强大的共同体，保护生命价值，延续或超越地球文明，实现身体的进化和精神的超越。

值得注意的是，他关注的东日本大震灾不仅仅由于其强烈，海啸的凶猛，核电泄露的突发，更有遍及全球的网络信息的汹涌、影视化对人类心灵的冲击是过去不曾有的。一定意义上讲，数字化时代网络已经成为深入人思维、生活的重要一面。受过原子弹灾害的日本人，高度发达追逐科技前沿的日本人对于这里的双重性思考更显困惑。

我们可以看一下小松左京写的序，他这个序的题目是《面向3·11以后的未来》，就是面向或者通向3·11以后的未来。小松左京说："3·11是接续关东大震灾的9月1号，战败的8·15。是体现日本文明大变革的日子，是人们一定要产生这样的回忆，至少对日本人来说，像这样意识到要发生大的变革，在这方面来说日本是必须接受的。"[9]要认清数字化时代网络信息给社会、人类带来的能量是不可掉以轻心的。

小松左京在序言里通过日本"东北大地震"、日本福岛核电站泄漏以及海啸等灾难，提出问题：对于这个世界来说，人们开始思考什么？即是关于能源政策的问题，人们在科学技术这方面也认识到科技的"双刃剑"性质。

所以，我前几年发表在《科普创作》上的文章，谈到日本当代科幻文学，我力图从一个新的角度出发，从人的四大精神元点——生命意识、创新意识、矛盾统一意识、回归意识，来看日本科幻的追求。这是日本科幻界和评论家没有写到的，是我的体会。或者说，从这四个方面来看日本科幻在战后的一个趋势，也就是说不要把它再放到过去的那个文学的框架之中。因为文学框架再拿它来框定日本当代科幻，无论是作家还是理论者，让他们进到这个笼子里面去的话，他们恐怕已经是很难被纳入了，而且有一种拒绝感。

在小松左京的绝笔之作的序之中，他说："我对人类的自信和日本人的内心世界还是要相信的。现在所出现的一些问题，怎么样解决它，我还真是想继续，如果能生存的话，还是想看到的。"他对未来和对他追求的还是在实际上寄托希望，不是一种失望，有的时候，悲观实际在某种意义上来讲还是内心的一种追求。我想对这一点，看到小松左京的警示也好，悲观也好，他的出发点还是爱人，希望日本人和世界上的人都能够活下去。

我们研究小松左京也好，研究日本科幻也好，都要把它放在日本当代思想史，乃至历史发展进程当中进行考虑，进行历史的考量，而且是与时俱进地发展变化的，是和国际国内各方相互联系的关系网络当中的一种考量。我们刚刚开始了对作家小松左京的研究评论，幕布刚刚拉开，我们期待能够进一步把握我们所研究的对象，而且和它是同时共振，进入到这个场域中为人类的未来展开更为恢宏与深入的对话。

参考文献：

[1][美]艾萨克·阿西莫夫. 阿西莫夫论科幻小说[M]. 涂明求 胡俊 姜男译. 合肥: 安徽文艺出版社, 2011: 5.

[2][日]小松左京. SF魂[M]. 东京: 新潮社, 2006.

[3][日]文艺别册 追悼小松左京. [C]. 东京: 河出书房, 2011.

[4][日]汤川秀树. 汤川秀树著作集4[M]. 东京: 岩波书店, 1989.

[5][日]宫崎哲弥. 小松左京特别篇[M]. NHK, 2019.

[6][日]巽孝之编.日本SF论争史[C]. 东京: 劲草书房, 2015.

[7][日]小松左京.日本沉没[M]. 高晓钢 张平 陈晓琴译, 上海: 译林出版社, 2020: 386.

[8][日]笠井洁. 战争与和平——小松左京的两个魂[A]. 再见, 小松左京(完全读本) [C]. 德间书店, 2011.

[9][日]谷甲州等. 小松左京的射程——围绕〈日本沉没〉第二部的座谈[A]. 笠井洁 巽孝之监修 海老原丰 藤田直哉编集. 3·11的未来 日本·SF·创造力[C]. 东京: 作品社, 2011.

[10][日]小松左京. 座谈会 人类与太平洋[C]. (日本)太平洋学会, 1984: 33.

[11][法]韦斯特法尔. 子午线的牢笼——全球化时代的文学与当代艺术[M]. 张蔷译. 福州: 福建教育出版社, 2021: 386.

科幻访谈：小松左京与中国科幻的未来

王晋康　丁　卓①

丁　卓　整理

【摘要】当下科幻文学对社会发展和认知人性的意义日益彰显。小松左京作为日本科幻文学大师，通过《日本沉没》等代表作描写危难以警示世人，揭示日本的历史与现实问题，反思民族精神文化并追寻人类未来希望，因而对中国科幻具有重要的借鉴价值。在新时代，中国科幻面临鼓舞民族复兴、宣传科学理性、弘扬人文精神等多重任务。本文邀请"中国科幻思想者"、著名科幻作家王晋康，以小松左京为切入点，从作家创作、人物构建、哲学思考、文学批评等角度探讨科幻的科学与审美内涵、对社会的意义和中国科幻发展之路，为动态多元地探索中国科幻文学文化增蓄力量。

【关键词】科幻文学　小松左京　中国科幻

---

① [作者简介]王晋康，1948年生，河南省南阳人，中国当代科幻代表作家，从事创作20余年，出版《生死平衡》《十字》《蚁生》《与吾同在》《逃出母宇宙》《古蜀》等10余部长篇小说，发表《亚当回归》《生命之歌》《七重外壳》《养蜂人》《替天行道》《水星播种》等87篇短篇小说，计500余万字，获奖无数，深受读者喜爱。其作品语言流畅，结构精致，构思奇巧，善于设悬，风格苍凉沉郁，冷峻峭拔，富含哲理，是严肃文学和通俗文学完美结合的典范。
丁卓，1980年生，吉林省长春人，吉林大学比较文学与世界文学博士，吉林外国语大学国际传媒学院副教授，长春大学网络安全学院硕士生导师，中国科普作协会员，研究方向：欧美文学、科幻文学。近年在《东北师大学报》《华南师范大学学报》《长春大学学报》《长春师范大学学报》《科普创作》《科幻世界》《文艺报》和中国作家网上发表论文多篇，出版学术专著《乔治·奥威尔三十年代小说研究》。

[基金项目]国家社会科学基金一般项目"日本当代科幻文学研究"（19BWW027）中期成果；吉林省高教学会立项课题"高校科幻符号课程建设"（JGJX2021D453）阶段性成果。

SF Interview: Sakyo Komatsu and the Future of Chinese Science Fiction

WANG Jinkang DING Zhuo

Abstract: The significance of science fiction to social development and cognition of human nature is becoming increasingly obvious. Sakyo Komatsu, a master of science fiction in Japan, describes threats and crises in his representative works like *The Sinking of Japan*, and warns the people living in this world. He reveals Japan's historical and practical problems, reflects on the national spirits and culture, and cherishes hope for mankind's future. In this sense, Komatsu is of great importance, serving as a reference for Chinese science fiction writers. In the new era, Chinese science fiction faces multiple tasks, including national rejuvenation, epidemic prevention and resistance, to publicize scientific rationality and to propagate humanistic spirit. This is an interview with Wang Jinkang, a "Chinese SF thinker" and famous SF writer, who reviewed Komatsu and examined the scientific and aesthetic connotation of his science fiction, its significance to the society and the development of Chinese SF from such perspectives as writing practice, character shaping, philosophical thinking, and literary criticism. This interview contributes to the dynamic and diversified studies of Chinese SF culture.

Key words: Science fiction   Sakyo Komatsu   Chinese SF

一、科学之思，科幻之美

丁卓（以下简称丁）：科幻对当代中国的作用日益突出，有必要深入探讨。近邻日本作为近代以来中国的参照系，一直发挥着独特作用。从科幻文学领域看，小松左京是日本当代科幻大师，他对自然科学与社会科学知识有广泛涉猎和大量积累，博采众长，为他的科幻文学创作打下了坚实基础。我们不妨以小松左京的代表作《日本沉没》等小说为切入点，首先谈谈科学如何能与文学更好地结合？如何用科幻演绎科学的神奇，这其中具体的方法或机制是什么？

王晋康（以下简称王）：我初读《日本沉没》已是三十多岁，作为中国读者，很鲜明的阅读感受是"亲切感"。科幻对日本也是舶来品，二战后日本科幻的兴盛是从美国大兵带来的科幻廉价杂志开始的。但《日本沉没》这部作品已经完成了本土化，是典型的日本科幻或东方科幻，达到炉火纯青的程度。

这本小说充分表现了你说的特点，作者用大量翔实的地质学知识，为读者构建了一次"真实的"地质灾变，体现了作者深厚的科学素养。这种"科学童子功"至少对我这一代的中国作家来说是难以达到的。《日本沉没》中，其科幻构思始终是小说情节发展的内在推动力，而不是可有可无的背景或点缀。我觉得，科幻小说只有做到这一点，才能让科学与文学水乳交融。至于你说的"演绎科学的神奇"，依我个人经验，主要取决于作者对大自然的敏锐感觉，作者自己必须充分感受大自然的美，感受到其深层机理的简约深刻，感受到科学的巨大震撼力，他的作品才能感动读者。我曾有一个比喻，科幻在某种程度上类似于圣经故事，虽然作者表面上是在讲故事，但内心是想宣扬上帝（科学）的荣光。

我历来赞成，从接受美学的角度看，只要是读者喜欢的科幻就是好科幻。因为科幻本来就是一种模糊集合，无法严格做出定义，更无需对科幻作品的主题、风格等做出严格限定。但科幻作为一个文学品种，就整体而言应该有一个核心，有一个坚硬的骨架。这个核心，或骨架，与科学体系和科学理性密切相关，这类作品能最充分地发挥科幻的独特优势，比如充分使用"科幻构思"这样一个科幻独有的文学手段，展现科学本身的魅力，对人性和科学进行深刻反思。

但这个"核心或骨架"的说法并不涉及作品的高下，实际上，那些比较"软"的、非核心的科幻同样能出经典作品。

丁：是的，小松左京也主张科幻小说的多面性，这也是他科幻创作的方向。从思想领域给予文学创作更大的自由，让人能充分放飞想象力，否则，人的思想受到严重桎梏，难以求新求变，人的精神就死了，人成了行尸走肉，有"病"的人不得不苦寻疗愈的方法，却无法成功，这是当代社会最典型的异化。

王：科幻文学首先是文学，但其文学想象力是从科学的平台上起飞，要遵从科学的理性。正像小松左京说的那样，科幻是"遵循科学的方法，深度地思考而写的文学。不是科学的文学，而是文学的科学。"所以科学思想与科幻的想象力、震撼性、审美感是一致的，共同面对的是人类的终极问题："我是谁？从哪里来？到哪里去？"

丁：科幻文学对人物的塑造有独特性，以小松左京作品为例，他的小说中经常出现老人形象，有时是智慧的象征，有时是权威的比喻，《日本沉没》《无尽长河的尽头》和《日本的阿帕奇族》是代表，您的作品中也经常具有象征意味的老人，请谈谈你对这种巧合的看法。

王：对这一点我过去倒没有意识到，但你说得对，我的作品里确实有很多老人形象，如《生命之歌》中的孔教授、《新安魂曲》中的周涵宇、《与吾同在》中的外星"上帝"，等等。这可能多少与我的创作年龄偏大有关。不过也许更重要的因素是，我的作品多为"哲理科幻"，那么，作品中设置一个睿智的老人形象，有助于阐述相关哲思，起到事半功倍的效果。《日本沉没》中的渡老人也是如此，这个人物可以说是整部小说的哲理之魂。

就我个人的"哲理科幻"而言，作品有时过于注重哲思，人物形象常常以"理性人物"为主，类似于福斯特说的"扁平人物"，这是哲理科幻的不足之处。当然，哲理科幻更有利于表达科学的震撼力，也有独特的优势，有时能部分弥补人物刻画的不足，尤其是在短篇中。但对于长篇小说来讲，在科幻构思具有足够震撼力的同时，对人物的塑造也必须厚重多彩，单薄的人物形象无法支撑起长篇作品的结构。

丁：小松左京的作品有一定的谱系性，形成同一主题的多部曲，您的创作中也有类似现象，比如我在研究中发现您的《天河相会》《西奈噩梦》《生死平衡》构成"中东三部曲"，当时的创作意图是什么？

王：小松左京的很多作品都是他"思考实验"的结晶，所以能形成作品的谱系。至于我的这三部作品，称为"中东三部曲"也未尝不可，不过我并非有意而为之。以中东题材创作小说的原因，主要因为是中东地区有各种复杂的民族宗教政治矛盾，更容易在小说中构建矛盾和冲突，比如我的《西奈噩梦》中，一个无比仇恨犹太人的阿拉伯间谍在时间旅行中竟然来了一个身份互换，变成了一个无比仇恨阿拉伯人的犹太间谍，两种仇恨都是那么"正义"，但当两种身份叠印在一个人身上后，就充分表现了民族仇恨的荒诞；而历史上犹太和阿拉伯两个民族确实是同一个起源，所以这个科幻构思就不仅是文学上的虚构，而天然具有历史的厚重。

　　既然说到中东，我就多说两句。小松左京有著名的国外考察经历，还创作了具有很高思想文化价值的纪实性文字。相对来说，我对中东的了解更多来自于阅读，"纸上得来终觉浅"。但不管怎样，我个人对犹太民族有特殊的情愫。犹太民族和汉族一样，极为重视教育，坚守民族特性，有强大的民族韧性，长期处于颠沛流离状态，屡屡遭到排斥、侮辱与屠杀。中国又何尝不是如此，尤其是近代以来，积贫积弱，屡遭浩劫。好在我们人口基数足够大，又一直扎根在华夏大地，有代表整个中华民族利益的坚强力量的领导，终于迎来今天的和平崛起。相比之下，现代以色列建国后，历经坎坷，终于形成对周边阿拉伯国家的碾压性优势；但之后过分迷信武力，把历史上自身所遭受的苦难又带给了周边国家。这种处于仇恨海洋里的少数族裔的统治从本质上说是不稳定的，无法实现利益平衡，恐怕难以持久，我真诚地为以色列人的未来担忧。也许他们该从华夏民族中学习一些民族生存智慧。

二、现实、历史与科幻

　　丁：小松左京的科幻创作实际上是对战后日本社会的描摹，反映了他对发展现实的忧虑和反思，有很强的科幻现实主义风格，由此出发，如何用科幻文学反映社会现实，尤其是应对时事世势的变化？如何与时俱进地反映中国社会变化？

　　王：《日本沉没》是对我影响最大的外国科幻作品之一。给我最深的印象是整部小说透露着一种难以抚平的苍凉感。小说中锋正笔，叙事内敛不张扬，对核心科幻构思精雕细刻。孟庆枢教授曾经指出，小松左京的科幻之魂是对人生存价值的捍卫。我深以为然。正是对生命价值的尊崇，从而形成了小松左京对整个人类的忧患意识，这正是中国古往今来的仁人志士所倡导的"先天下忧"。《日本沉没》展示了相对传统的家庭观和爱情观及民族韧性，这些都与中国文化有相通之处，或者说是东方文化的共性。在我十几年后开始科幻创作时，我发现自己实际是在走小松先生的路，无论是作品风格还是思想倾向都有相近之处。这倒不是刻意模仿，而是文化思想基因的天然相似。中日两国原本一衣带水，文化亲缘，休戚与共，表现在很多方面。比如，在《日本沉没》中没有美国那种拯救世界的个人主义英雄，小说着力塑造的是集体主义精神的平民英雄，包括我前边提过的那位渡老人。小松左京设定他具有中国血统，这给我留下很特殊的印象，倒不是因为这个设定能引发粗浅的民族自豪感，而是欣喜地看到小松左京对儒家和老庄思想的继承。这个设定与全文的哲思氛围是无缝衔接的。这不奇怪，孔孟、老庄、鉴真、王阳明等已经进入日本文化的血脉骨髓，正如佛教文化已经进入中华文化的内里。

相对于原著，在同名电影中这个"中国血统"的设定取消了，这也正常。自美国"黑船事件"后，日本经过两百年的发展，尤其是二战后的脱亚入欧美，西方文化已经"夺淮入海"，年轻的电影观众不会对这个"中国僧人后代"的设定产生共鸣，甚至会有不适感。但是，无论是小说原著还是电影动漫，其内在的运演机理是一致的，那就是文化对人的塑形。文化让我们连接成整体，山川异域，风月同天，心心相印，共同开创人类未来的新希望。我总觉得，也许在不远的将来，日本人血脉骨髓里的东方文化基因会迎来一波复苏的浪潮。

科幻本来就是面向未来的文学品种，在所有文学品种中能最敏锐地反映社会的新变化，甚至做出某种预警，所谓"春江水暖鸭先知"。举一个例子，在人类围棋棋王柯洁败于人工智能后，我写了一部短篇《天图》，描写了人类精英包括科学家们的挫败感和失落感——这种挫败感在今天只是苗头，但明天可能会普遍化。科幻的魅力也就在此，预先设计未来可能发生的故事，警示世人，趋利避害。

丁：人生、道德、情感都密不可分，没有深刻的哲学精神与道德意识的科幻不是好科幻，您的作品在叙述林林总总表象的背后，是深刻的哲学感悟和道德关怀，请谈谈如何将科幻与道德、哲思、情感融合在一起？

王：我的作品里对生命的思考，常常基于对整体和个体关系的思考。整体利益与个体利益既有统一又有矛盾，本身就具有悖论属性。现代西方国家较为重视个体，虽然这在历史上是一个巨大的进步，但是所有的事物都有一个平衡点。

如果过分强调个体利益而忽视整体利益，实际上最终也损害了组成整体的每一个体。由此就引出关于道德的深层次探讨：当危机出现时，应该怎样保护整体和个体的利益。这种哲理思考实际上具有很强的现实性，正像有些人说的，科幻文学实际是现实主义文学。

科幻从不排斥爱情，也承载人间真情。科幻文学同样是"人学"，只是我们在写人的时候，常常把其放在更广阔的背景中，放在人类整体的大背景中，放在历史演化甚至生物演化的大过程中。爱情和情爱是人类最本质的活动之一，当然在科幻小说中也是不可或缺的要素。只是就我个人而言，在我"带红薯味儿的"作品中，更偏爱那种比较传统的甚至有点儿老套的爱情。

丁：传统未必就是老套，也可能意味着历史沉淀，中国科幻人更应该思考深沉的历史责任感和科幻创作的未来感怎样能够合二为一。

王：我常说一句话：科幻作家要用上帝的目光来看世界。这不是自嗨，科幻所依据的是博大深邃的科学体系，是站在巨人肩上看世界，所以眼光比一般人要远一些、广一些。我还说过一句话：年轻科幻作家是站在未来看未来，刘慈欣一代的中年作家是站在现在看未来，而我这样年纪的作家，世界观定型是在改革开放以前，多少有些遗老味儿，所以在写作时难免要站在过去看未来。这就自然而然地在作品中历史感更浓一些，未来感稍弱一些。三种写法各有优势。

不少人提倡"中国特色科幻"，对这个提法我倒不太赞成。科幻文学本身是最具世界性的文学品种，因为它所依靠的科学体系本身没有东方与西方的差别，具有唯一性。当然，作者是有民族和国家属性的，我们有这么大的人口体量、文化体量和历史体量，当中国科幻发展壮大后，其作品就整体而言必然具有中国气质，这是自然而然就出现的，不必刻意提倡。对于传统文化资源融入科幻创作，作家不同，融入的程度也不同，比如刘慈欣作品中有比较多的西方典故，我的作品中更多引用中国典故，这与作者一生的知识体系有关，是血液中形成的本能，写作时就自动浮现出来，不可强求，也无高下之分。比如我的短篇小说《百年守望》，原本是作为美国科幻电影《月球》的续篇，创作时沿用了原作的故事线索，连人物的名字都是借用原来的。但在写作深入下去后，越来越觉得这种西方式的故事写着不顺手，最后还是推倒重写，借用了嫦娥、吴刚的中国神话，写成了一个完全中国化的科幻故事。

所以，其实不用刻意去提"弘扬华夏文化传统"，所谓树大自直，华夏文化已经融化在每一个中国人心中。我们只需要做到一点：由于在中国科幻发展的早期，西方科幻曾是碾压性的存在，难免在中国作家中形成"仰视西方"的思想惯性，而现在，我们只需要自觉地、尽早地去除这种思想惯性，把仰视改为平视就行了。

丁：日本是中国发展的参照系，小松左京的科幻创作将书写人的生命内涵作为他科幻创作的核心，孟庆枢教授提出人的四大精神元点：生命意识、对立统一意识、创新意识、回归意识，这是立足当代对人深层内涵的重要认识，请从科学和人文的关系角度谈谈人的内涵。

王：优秀的科幻作品中，两个最核心的特征是科学理性与人文精神，《日本沉没》中两者都非常突出，可以说是一个完美的交织，这就反映出对人的认识的当代特征，科学与人文的互动形成我们认识人的前提和方向，因而《日本沉没》就成为科幻经典作品，不会有异议。但我想提醒一点：科幻中对人文精神的诠释与一般文学作品还是有区别的。在科幻中所探讨的对象不仅包括人类的生命，还包括整个宇宙的生命；不光关注个体生命，同样关注种族的整体。公众心目中定义的"人"实际只是人类进化的一个短暂阶段，更是生命进化的极小一段，所以人的定义（包括人类道德伦理）肯定会有变化。举个例子，如果随着科学技术尤其是人工智能的发展，人类大脑的物理局限已经成了文明进步的瓶颈，那么我们该怎么办？依今天的人类伦理，不可能允许对大脑进行基因编辑或嵌入芯片，这是对的，具有当下的合理性。但从历史的角度看，在大脑中植入芯片以形成人机结合体，或进行基因编辑以强化大脑的能力等，这些"异化"具有历史的合理性。这类情节也在科幻小说中司空见惯。

丁：是的，小松左京也主张机械的人化，而不是人的机械化，这真是一语中的，针对虚拟时代具有启发性。您的《七重外壳》和筒井康隆的《盗梦侦探》让人们穿行在现实和虚拟世界中，尽管有迷失的危险，但都宣扬一个共同的观点：哪里能实现生命价值和生存意义，哪里就是人的"故乡"，而最可怕的是有人像对待虚拟物一样对待其他人。

王：是这样。实际上在科幻作家心中，人文主义是建立在"生存第一"的前提之下。甚至在某些历史阶段所发生的邪恶，也有历史的合理性。科幻努力预言未来，让人类尽可能趋利避害，这当然是对的；但是如果俯瞰人类整个历史，它的演化是理性的还是随机的？恐怕只能得出一个结论，是随机的。就如同生命进化一样，没有上帝规定的方向，往哪个方向进化都是随机的变异，生命适应变化的环境就生存，适应不了就灭亡。科学让人深刻地认识宇宙，努力帮助人类进入自由世界，但对宇宙的认知是无限的，人永远也不能完全把握宇宙。所以，从某种角度看，科学最终复活了宿命论。但是人们就放弃努力、放弃自我、放弃开创美好未来的希望吗？不能。越是知晓宇宙的无尽，我们越要追求未来理想的世界。这就是悖论，悖论无处不在，人类历史就是悖论的历史。

丁：有人说碳基生命不过是硅基生命的过渡阶段，即使硅基生命仍然能延续所有碳基生命的优点，比如情感、信仰、直觉等，但那个硅基社会还是有其局限性包括寿命局限。在我们生活的宇宙中，人类于其中不过是星光一闪，个人就更微不足道了，但即使如此，我们仍然要在生存中创造更大的价值。这可能是我们生而为人的使命。小松左京和其他科幻大师们早已知道自己和人类都有上限，却矢志不渝地相信世界终究是有意义的，他在晚年想看到更多未来的景象，思索人类的明天。

王：小松左京的心胸不仅装得下日本、地球，也装得下宇宙，他的《无尽长河的尽头》探讨的是宇宙尺度上人类的终极进化问题。人要站在历史反思自我，也要站在未来反观自身。但是谁能真正预言未来？没人可以。再睿智的哲人，也只能依据历史的归纳，做出有限的推论，也就是最多预测近未来。宇宙从诞生到现在有138亿年的历史，而人类进化不过区区数百万年，只是宇宙生命很小的片段。由此看来，人类的未来是碳基生命还是硅基生命，或其他生命形态，至少今天的人类难以预料。但你说得对，即使如此，我们仍然要在生存中创造更大的价值，这是生而为人的使命。

三、科幻与人类未来

丁：社会要发展，必然有代价，当今人类的科学技术在以往的积累上取得了划时代的进步，人类社会处于加速发展中，但也带来更多的弊病和危机，有发展必然伴随危机灾难，人类灭亡的概率增大，这是一个悖论，小松左京的《日本沉没》是用日本列岛的沉陷激发日本人的生命意识，开创民族的未来，那么我们如何解决社会发展中的悖论问题呢？

王：小松左京的《日本沉没》对灾难的描写确实有其深意，是立足于他生长的土地，面向未来，激发出民族的斗志。小松左京的科幻作品不是纯科学的预警，而是对社会未来保持怀疑态度，仔细审视，一丝不苟，这是有良知的科幻作家的共性，阿西莫夫、克拉克等人莫不如此。

文明演化中的悖论也是能破解的，但必须有革命性的变化，也就是将整个系统推倒重建。比如在有理数范围内，"根号2"问题就是无法解决的悖论，甚至逼得一代数学大师杀人灭口。但只要承认无理数的存在，这个问题就迎刃而解了。不过，旧的悖论解决了，新的悖论又会出现，永远无法"毕其功于一役"。

文明发展之中的悖论之难，关键在于人们过于理想化，习惯于非黑即白的绝对思维。我们现在制定种种决策，想一劳永逸地解决所有的社会问题是不可能的，对问题的解决常常是随机性、阶段性的。比如，人工智能的发展已经形成一个新的悖论。既然在围棋领域，人工智已经碾压人类，那么在其他领域，人工智能的全面胜利也只是一个时间问题。但人类现在该怎么办？因为恐惧把而所有电脑砸掉，然后宣布人工智能时代终止？这当然是不可能的。我们只能沿着发展人工智能这条路走下去，人类被自己的发明物所代替的悖论只能由未来建立一种新的社会架构后才能够解决。尽管危机重重，但我们更要不断思考，永远奋斗，我的《生命之歌》就是这一思考的结果。

丁：可是，在您的这部小说里，女主人公孔宪云最后手提激光枪陷入迷惘中，是不是说明这种思考远没有终结？对于许多问题，科幻文学都只是提出线索。文学本身就是只提出某些解决问题的构思或规划，启发人们面对危难，寻找希望。

王：是的，科幻只能尽自己的微薄之力提出设想，设想101种未来，但真正通往未来的只有一条路。但这不是文学的局限，反而蕴含着巨大的生机。只要有科幻，人类就不会缺少对未来的探索。

丁：但人类曾经受到自然灾害和战争的巨大威胁，二战以后又面临冷战核阴云，此后更危险的是生化危机。您对生物医学问题也有很多思考，小松左京的《复活之日》等作品也是如此，科幻中的生物学题材对当前防疫抗疫有哪些帮助？

王：我对生物和医学题材比较感兴趣，相应的作品有《生死平衡》《十字》《水星播种》等。在我的短篇小说《替天行道》中，批判了基因公司对大自然秩序过于暴烈的破坏，其中那个使用"自杀种子"技术的MSD公司实际是指孟山都公司。其实对这个问题我的态度也是矛盾的。作为商业公司来说，为了保证良种研究能够进行下去，使用"自杀种子"技术是必需的，具有当下的合理性。但是事物的发展必须有度，像孟山都公司这样，把生物的命门完全维系在金钱之上，甚至把其他国家的发展都捏在自己的手里，这就过了红线，甚至会在生物网络上引发巨大的灾难，所以，这种行为在上帝的眼中是罪恶的（小说中我把上帝设定为一个满脸皱纹的中国老农）。这不仅是道德问题，更是人类生死存亡的问题了。人类对基因的研究才200年时间，远远称不上深刻。可能一个决策错误就会造成无辜生命的大毁灭。

最近《生化危机》游戏衍生动漫又流行起来，小松左京《日本沉没》《复活之日》的热卖。我在《十字》《生死平衡》中也直接以天花病毒为题材。类似科幻作品主要是起警醒作用，比如我在《生死平衡》中警告，2038年会有一种超级病原体的大灾疫。在如何防范疫病方面，科幻作家也贡献了自己的思考，诸如：如何从生物演化的全局来认识某种特定的病毒病菌；如何提高人类自身免疫力；重视中药对防治灾疫的作用；可否在自然界人为培养"温和病毒"以占据致命病毒的生态位，等等。但要说明的是，科幻的功能只是进行思考实验，并不是防病治病的可操技术。

四、中国科幻文学未来构想

丁：即使是小松左京，他的科幻创作历程也很艰辛，不断与反对者论战，捍卫科幻文学阵地和发展空间，这一点在中国也是如此，虽然有资本注入科幻艺术领域，《流浪地球》开创中国科幻电影元年，但社会上对科幻并不完全看好，误解较多，隔阂不少。对于科幻文学的未来，王老师有哪些最新的主张？

王：科幻文学的兴盛，从外因看主要取决于社会科技和经济的发展，从内因看还是要靠作品的力量。当然中国也有特殊情况，由于二十世纪八十年代那场不公平的批判，科幻长期被当作异类，在社会的最边缘野生野长，但即使如此，中国科幻还是坚持下来并达到初步的繁荣，说明这个文学品种的存在和发展是社会的客观需要，有其无法取代的独特价值。随着中国科技与经济的腾飞，中国科幻的外部环境会越来越好，在这样的环境下，科幻作者最需要的是沉静，既要适应这个日新月异的商业社会，又要保持一定的超然性，用俯瞰和远眺的目光来看世界，这样才能充分发挥科幻文学独特的优势。小松左京已经这样做了，中国科幻必须迎头赶上，时不我待，多出优秀成果，为中华民族伟大复兴做出贡献。

丁：创作与研究必须携手同行，从作家的角度看，您认为科幻文学研究如何为科幻助力？您有哪些期待和要求？或者说您需要文学研究界做哪些工作？

王：我写科幻是半路出家，凭直觉写作，科幻理论方面涉猎很少，不敢置喙。如果单从个人的期待来说，我希望科幻研究者要理科思维和文科思维并重，毕竟科幻不同于其他文学品种，它与科学体系有深层的关联，除了文学上的共性，还有很多科幻独有的价值、文学理念和文学技巧。再一个期待是，科幻文学研究除了宏观的、总览性的研究外，也要重视对某一具体作品的"实战性"的剖析，作者可能受益更大。

丁：中国科幻必须跨海越洋，对中国科幻文学向世界传播的构想是什么？对中国科幻的前景有哪些设想？中国科幻文学为中国的崛起能做出哪些贡献？

王：中国科幻向世界的传播，除了作品本身的力量外，更大程度上取决于中外文化尤其是中西文化的大趋势。长期以来，作为弱势文化，中国作品（包括

43

主流文学作品）很难在西方的强势文化环境中立足，《三体》的成功有其特殊性，难以复制。特别是鉴于目前的"准冷战"环境，恐怕在短时期内这种局势难以改变。我们现在能做的是练好内力，包括提高作品质量，发展国内的科幻生态，厚积薄发，总有一天强弱之势会改变的，也许为时不会太长。至于中国科幻的前景，我是比较乐观的。科幻的发展与社会、经济、科技和发展呈很强的正相关，只要中国崛起的历史进程不中断，那么，在不太长的时间内，中国科幻有可能与美国科幻并肩，成为辉耀在科幻天空的双子星座。

至于你说的"对中国崛起的贡献"，科幻作者一般没有这样大的抱负。尽力写出好作品，赢得读者的喜爱就满足了。当然，作为一个文学品种来说，它肯定有存在的价值，有独特的社会功能，比如：在青少年心灵中种下"爱科学"的种子，激发他们的想象力，对社会做出反思和预警等等。这和其他社会分工，如科学家，工程师，教师，农民，环卫工人……都是一样的，各有其存在价值和功能。

丁：请列举最喜爱的三部科幻作品，您最满意自己的三部作品。

王：这个简单问题实际上很难回答，科幻作品有各种题材各种风格，无法给出绝对的答案。我把此刻想到的答案写出来，但下一次的回答就可能有所不同。

最喜爱的三部短篇科幻：《昔日之光》《魔弹》《你们这些回魂尸》。

最喜爱的三部长篇科幻：《日本沉没》《海底两万里》《三体》。

最满意自己的三部短篇作品：《生命之歌》《养蜂人》《替天行道》。

最满意自己的三部长篇作品：《蚁生》《天父地母》《逃出母宇宙》。

《日本沉没》中科技解说对自然科学视域的展示机制

丁　卓①

（吉林外国语大学国际传媒学院　吉林长春　130117）

【摘要】《日本沉没》是日本当代科幻"御三家"之一小松左京的代表作。科幻文学的核心特质是探索人与科学的关系，科学在科幻作品中的载体是阐发科学技术背景而形成的科技解说。《日本沉没》中的科技解说形成以地理学为主，交通学、信息学为辅的三大知识系统，架构起整部作品的理论背景，也造就了多学科交叉综合的解说态势。科技解说展示自然科学视域机制的基本内涵，是在文本的局部形成学科"小综合"，在文本的全局形成学科"大综合"，"小综合"与"大综合"相互协调，三大系统形成交叉学科体系，共同指向"日本沉没"这一核心主题。这种展示机制具有"当下性"的本质，其深层表现揭示出科学技术无法全面有效认知地球和宇宙的运行规律，也不能从根本上保障社会持久的安全发展，但通过为日本在地球中寻找新坐标，自然科学视域与悲天悯人的人文之思有机联系在一起，弹奏出救世情怀最强音。

【关键词】《日本沉没》　科技解说　自然科学视域　展示机制

---

① [作者简介]丁卓，1980年生，满族，吉林长春人，吉林大学比较文学与世界文学博士，吉林外国语大学国际传媒学院副教授，中国科普作协会员，研究方向：欧美文学、科幻文学。近年在《东北师大学报》《华南师范大学学报》《长春大学学报》《长春师范大学学报》《科普创作》《科幻世界》《文艺报》和中国作家网上发表论文多篇，出版学术专著《乔治·奥威尔三十年代小说研究》。
[基金项目]本文系国家社会基金项目"日本当代科幻文学研究"（19BWW027）中期成果；吉林省高教学会立项课题"高校科幻符号课程建设"（JGJX2021D453）阶段性成果。

The Systematical Sci-tech Explanation of Natural Science in *The Sinking of Japan*

DING Zhuo

（Ji Lin International Studies University, Changchun 130117）

Abstract: *The Sinking of Japan* is Sakyo Komatsu's masterpiece. Investigating the human-nature relation is an essential characteristic of science fiction literature, where science is represented in the form of the background sci-tech explanation. In *The Sinking of Japan*, sci-tech explanation forms three knowledge systems, with geography taking the lead, followed by transportation and information science. Thus, theoretical background of the whole writing is constructed, along with a presentation of multi-disciplinary and comprehensive interpretation. The basic connotation of the systematical sci-tech explanation is to form a "small synthesis" among disciplines concerning parts of the text and a "big synthesis" of disciplines across the whole text. The two collaborate to form a cross-disciplinary system involving the three disciplines, so as to highlight the theme, "the sinking of Japan". Sci-tech explanation is fundamentally "of the moment", making it impossible to fully and effectively acknowledge the laws of the earth and the universe, or to guarantee the sustainable and safe development of society. His writing creates a new coordinate for Japan on the earth and plays the strongest tune of salvation by elaborately linking natural science with compassionate humanistic thinking.

Key words: *The Sinking of Japan*　Sci-tech Explanation　Systematical Display

　　《日本沉没》无论在小松左京的创作历程还是在日本当代科幻文学史上，都堪称巅峰之作，同时为日本科幻赢得了国际声誉，称之为科幻文学经典名著实至名归。该作于1973年出版，此后不断再版，发行数百万册；出版当年和2006年两度翻拍成电影，此外还衍生有电视剧、广播剧和漫画，2020年又被改编成动漫剧集，受到新老读者和观众的热切关注。《日本沉没》与小松左京的其他作品不断被重读重印，成为科幻文学中"现象级"的作品。1976年出版英译本，此后被译成多国文字世界发行，在中国，于1975、1986和2005年出版三个中译本，影响了不少中国科幻作家的创作。《日本沉没》原著分上下两卷共七章，主要情节并不复杂，避开了宇宙战争或时空冒险的故事模式，重点描述近未来日本沉没的预兆和沉没过程，作品的主旨是根据日本地震火山多发的事实，通过勾画一场巨型灾难，激发日本国民团结奋进的民族精神，同时也表达出对日本文化的深沉热爱，因而具有强烈的象征意义和现实指向性。《日本沉没》是一座富矿，值得我们深入挖掘，通过认识其艺术和思想价值，为科幻文学经典化建设增益助力，而首当其冲的是选取合适的研究视点。

一、《日本沉没》中科技解说的表现形态

1. 科技解说内涵与特征

科幻文学的核心特质之一，是探索人与科学的关系并以此设定未来，体现出在科学理性与人文精神双重浇灌下"人的在世生存"，因此科幻"是以一个科学所追求的世界为题材而展开创作的，这个世界在基督教或者佛教的世界以外拓展。"[1]86科学，指相应的团体以理性为基础面对自然和社会危机，通过观测、实验、数据分析和假定性阐发，探索自然规律的人类意识行为。科学在科幻作品中的载体，是集中或分散地阐发科学技术背景而形成的"科技解说"。科技解说，指科幻小说以自然科学理论或工程技术实践为基础，对自然现象或技术现象进行专业化的解释说明。一方面，在科幻文学文本内，科技解说形成对科学的当下性总结或前瞻性建构，若干部作品的科技解说在构造出科学理论背景，同时也勾画了科幻文学的科技谱系；另一方面，在科幻文学文本外，科技解说揭示人对未知领域的探索程度，体现社会科技的发展水平，展现对未来的预构和对现实的反思。科幻是科学的文学化。科幻文本的叙事动态生成两种符号结构，即审美讲述与科技解说。一般来讲，审美讲述以"描述—抒情"的方式建构艺术形象，具有强烈的求美倾向与情感诉求，展示人文反思视域。相比之下，科技解说以"说明—议论"的方式诠释科学理论，具有明确的求真倾向和理性准则。其特征具体

在于：其一，从功能上看，科技解说由自然科学理论或技术实践经验直接衍生，在文本中探究现象的发生原因、演变历程和实际影响，总结或预测人类社会的发展变化，在逻辑性和专业化的基础上，揭示自然规律和世界本质，最终为科幻文本建构理论背景和学科层级，展示自然科学视域。其二，从模式上看，科技解说对现象的观测、实验、统计、解析过程进行说明和议论，尽管可以使用文字、数字、公式、图形、表格等符号形式推导出结论，但由于聚焦视野或理论背景的差异，呈现出不同的解说模式，但解说的主体是科技精英。其三，从形态上看，科技解说以多种类型、集中或分散的状态存在于科幻文本中，且大部分和审美讲述相互交织、彼此嵌入，共同展现作品的思想价值。

从整个日本科幻发展史看，自1857年日本首部科幻严桓月洲的《西征快心篇》以来，科技解说一直贯穿于日本科幻近未来的政治批判、时空探索、灾难预测和文化反思等维度，彰显科学理性精神。从世界科幻文学演进史看，科幻诞生至今，科技解说提供了科幻安身立命的根据与边界，没有科技解说则很难界定科幻作品的内涵，科技解说的专业程度反映了科幻文学科学理论性的水平，科技解说体现的人文底蕴标志着科幻文学艺术性的高度。可以说，正是科技解说最具体地显示了科幻文学的独特品质。进一步来讲，科幻作品中专业、集中、饱满的科技解说是所谓的"硬科幻"的标志，而缺少明显的科技解说的科幻作品则体现出"软科幻"的趋势。由此看，由于《日本沉没》存在复杂的专业化科技解说，其被称为"硬科幻"是有一定依据的，但是，小松左京的科技解说不仅是其科学知识的综合，也源于日本科幻传统的浇灌，更是他思考社会的思想结晶，因而在所谓的"硬核"之中又体现出更深刻的思想文化内涵，这是小松左京的科幻创作与世界科幻接轨的重要原因之一。

2. 核心解说的符号结构

《日本沉没》中最为"硬核"的科技解说，是田所博士描述日本沉没的地质灾变过程，这段长达25页的"地质灾变"解说，[①]烦琐复杂，专业化较强，令不少研究者难以卒读，却是这部小说不可或缺的部分，上承小野寺俊夫等人驾驶

---

① 由于1975和1986版的中译本对这部分科技解说全部删除，本论文选取2016年天津人民出版社再版的全译本作为研究底本。

深潜器进行海底调查，下启"第二次关东大地震"的巨大灾难，为引出日本全面沉没做好了充足的铺垫。由于它最集中地解说了日本沉没根本原因，所以是文本的"核心解说"（Core Explanation），即集中完整地表述整部作品理论背景的科技解说。现将《日本沉没》的核心解说分为两个阶段、15个小节，作为研究科幻作品科技解说符号结构的范本。

G阶段，日本沉没地理学背景（Geography）。

G1：研究范围。田所博士以海底火山学、海底山脉学、海底地质学、海底构造学为研究范围，确定了解说的疆界，这是他十多年研究成果的策源地，同时也成为科技解说结构的生成留下了线索。

G2：人员构成。田所博士是"解说者"，讲解相关知识，发出信息；由他领导的D计划①行动小组成员幸长、小野寺俊夫、中田一成、邦枝、片冈、安川等人是"领受者"，接收并反馈信息。

G3：地质异象。田所观测和总结了近期日本近海出现重力值、地电流、地磁力、地热流的多种异常现象，同时出现了小岛沉没事件。

G4：地幔对流。核心解说开始即直奔主题——日本列岛出现重大变故的根本原因。田所指出，针对地质异象而指向地幔对流。但在听众中，首相府秘书邦枝对"地幔对流"提问，这当然是作品站在读者的角度为进一步解说做的铺垫，同时也以问答的方式推动解说的进行。

G5：地球构造。田所的回答既专业又有层次性：首先，从地球内部构造入手，具体描述地核热量在宽广的地幔中的传导，表明在经过漫长的传输过程后热量才到达并突破薄膜般的地壳。其次，着眼于海底构造和地质特点，强调由于海底地壳仅5公里厚，所以相比于30公里厚的大陆地壳，热量更容易喷薄而出，由此形成海底裂谷和山脉——前者是热量涌出的裂口，后者是涌出后推开的地壳隆起。最后，以最具典型特征的大西洋海岭为例，补充说明以上论述的可靠性。幸长对此先知先觉，醒悟到田所的解说是暗示日本将遭受一场巨型灾难，但他又不

① 小说中所谓的"D计划"是指调查和对抗日本毁灭的研究计划，暗示在"Destruction"（毁灭）中进行"Decentralization"（分散转移），以此进一步"Development"（发展）。"D计划"分为两个部分，"D-1计划"与"D-2计划"。前者是关于"Destruction"的调查，后者是"Decentralization"的具体实施策略，核心是日本国民安置和国家财富处置。

愿让田所的解说成真，这是作品以人物的心理犹疑推动解说的进行。

G6：大洋平移。田所进行的解说从大西洋平移到太平洋。这一平移实现了解说视域的第一次转换，在现代地理学发展的早期阶段，以欧美学者为研究主力，以欧洲、美洲及大西洋为主要研究对象，而从大西洋转换到日本所在的太平洋，凸显了作品以日本为首要关注对象的潜在意识。

G7：解说转换。但在解说视域转换后，田所在提出"太平洋的情形怎样呢"这一问题后，科技解说出现第一次暂时中止，在终止过程中，科技解说的解说者转换为领受者，值得注意的是，首先接替解说者的是叙述者，叙述者站在"听众"的角度描述太平洋的恢宏壮丽、辽阔深邃，同时解读全息投影显示太平洋的图像。其次，以片冈和小野寺的赞叹作为补充，然后由片冈提出"为何太平洋海底有众多沟壑？"的问题，加重解说力度，小野寺当即为其回答，引出"海底断层"问题，也重启了田所的讲解。

G8：海底断层。田所指出，海底断层实际上是地幔对流的结果，呼应了核心解说的主题。田所不仅严谨地分析海底地质情况，紧紧围绕地幔对流问题，而且承接片冈和小野寺的对话，为海底断层提供现实案例，即太平洋底的四大海底断层，并将这四大断层联系在一起，重新审视海底和地球演变，将解说引向更宏大的"星球—宇宙地理学"。

G9：地幔断层。小野寺的提问推动解说重回主题，田所以太平洋海底地壳变化为接续点，突出强调太平洋板块不是浑然一体，在漫长的地质变动中，由于东南太平洋板块的南部隆起，表现为土阿莫土群岛、圣诞岛、夏威夷群岛的生成，这一板块撞击并挤压西北太平洋板块后，造成东南太平洋板块的北部下沉，而西北太平洋板块的南部隆起，分别形成马里亚纳海沟和马里亚纳群岛、小笠原群岛，但西北太平洋板块北部在此次撞击和欧亚大陆板块的挤压下不断下沉，形成深度不等的地震带，反过来又加剧西太平洋板块的北部钻入欧亚大陆板块内部，使欧亚大陆板块的东南部不断抬升，日本海区域进一步扩大，并造成日本列岛从直线型变成弧形。其直接原因来自于地幔对流作用下形成的"地幔断层"。

G10：气象比喻。地幔断层是地幔对流的结果，也催生出海底断层，对地球地质构造影响极大，是核心解说的关键。为了能解说清楚这一概念，田所转变解说策略，向小野寺和幸长进行提问，同时接受片冈的提问，最后以气象学中的对流现象对"地幔断层"进行形象化说明。大气中的冷暖气团相遇，冷气团会以大俯角迅速沉降至暖气团下，暖气团以小仰角缓慢抬升到冷气团上，在冷暖气团交汇的斜面上形成降水。对于地幔断裂带来说，在欧亚大陆下的地幔相当于暖气团，太平洋西北部板块下的地幔相当于冷气团。这是由于大陆板块内由花岗岩组成，放射性元素多，产生的热量也多，保温效果好，加之地幔对流效应，使地热更为充足。反之，海洋板块由玄武岩组成，放射性元素少，产生的热量也少，保温性能差，因此地热相对不足。田所进一步将地幔断裂带比喻为气象学上的"锢囚锋"，在此处，叙述者再次登场加大从气象学进行解说的力度，并得到了小野寺和片冈的补充与回应，田所的解说也第二次暂时中止。到此，核心解说完成了对日本沉没地理学背景的概括。

S阶段，日本沉没的必然前景（Sinking）。

S1：解说停滞。在S阶段开始，田所在对日本沉没进行阐述时，解说却出现停滞，这不是解说暂时中止，也不是解说结束，而是对解说本身存在犹疑。

S2：解说协同。解说的开展不是仅由解说者一方决定，领受者的作用同样重要，中田、小野寺、邦枝等人的连续提问推动解说停滞的化解。田所对日本沉没的原因开始暗示性说明：西北太平洋板块在挤压中，其北部钻入欧亚大陆板块下，这两个板块所属的地幔也呈现出相同的嵌顿状态，因此欧亚大陆板块抬升和西北太平洋北部板块下沉不可避免，而日本正处在二者交接处，必然被抬升中的欧亚大陆板块推顶、又受到西北太平洋板块牵拽。与田所的暗示性解说相一致，幸长也跟进解说，但他不是进行语言表述，而是以心中回忆和所想配合田所，包括回述此前对无名小岛沉没事件的调查，更重要的是将板块与地幔运动的终极原因与地幔对流联系在一起。由此，多人连续的"问"、田所暗示的"说"、幸长心中的"想"，再次形成解说的协同状态，一致表明日本沉没已确定无疑。此处也完成了解说视域的第二次转换，即从太平洋转移到日本列岛。

S3：热能运动。田所向幸长进行提问，以加重解说力度为明确地幔对流的实质做准备，他从长期观测和数据总结中指出，在地球形成并稳定下来后，地核热量以流动状态沿地幔向地表运动，在此过程中热流形成一个巨大的热流漩涡，作用到地壳板块，使地球海面以上区域凝聚为一块完整的古大陆，然后在地球赤道处单一的热流漩涡裂变为两极分流，当达到"钱德拉塞卡极限"后，两极分流转变为更小的漩涡，造成完整的古大陆分裂，形成今天地球的可拼接地貌，这成为学术界"大陆漂移学说"的主要内容。因此，地幔对流的实质是热能运动。

S4：解说悖论。日本未来可能遭受地核热量喷发带来的灾难。田所接着列举了北海道昭新山升高、印尼坦博火山、爪哇喀拉喀托火山、马提尼克岛珀列火山和关东大地震等事件，尽管它们给人类带来惨重损失，但放到漫长的地球演化史中，不值一提，反过来说，地球演化进程中即使也有类似事件，人类也不可能知道，无法给未来预测以任何确定启示。田所的解说有陷入悖论的可能，一方面，如果他仅仅通过现有现象和理论得出日本沉没的结果，那么解说将失去可信性，因为他全部的解说都是建立在理论之上，没有任何实际可靠的事实案例与日本现有状况一致；另一方面，他的解说原本是为日本沉没提供科学支撑并提供给听众明确答案，如果他无法直接提供推导结果，那么解说将失去存在意义。解说悖论来自于科学理论求真求实倾向与推理假设本质之间的矛盾。

S5：回归灵性。田所超越科学理论本身，引入直觉和想象力作为最终的解决方案。直觉，指不运用分析推理方法，通过非理性的观感直接把握世界的体认方式。想象力，是人通过联系的方式进行"头脑绘图"的能力。无论是直觉还是想象力，都是人思想自由与求新创造的本质力量之表现。田所通过大量的数据收集和分析，最终依靠最"不科学"的直觉和想象力为解说下了日本将会沉没的定论。正如田所所言："严格意义上讲，科学是不接受人类的直觉和想象力的，但同时又可以说科学还没有发展到将'二者'作为一种'方法'，严密地引入到科学范畴的地步。尽管如此，实际上，促使近代科学或者近代数学的飞跃发展的根本原动力就来自这两个方法……具有这样的自由奔放的联想，深邃的想象力，才促使科学基本认识飞跃发展。"[2]207用直觉和想象力解决解说悖论，对日本沉没给出确定性答案，这是科技解说对人的灵性的回归。

至此，《日本沉没》中最复杂的科技解说落下帷幕，其脉络是：从探索日本沉没的根本原因开始，经过解说者与领受者的说明与议论，推导出理论假设的最后结果，并以人的直觉和想象力作为科学的终极突破力量。

二、解说结构对文本自然科学视域的展示机制

1.科技解说的跨学科层级结构

通过核心解说的15个小节来看，《日本沉没》中科技解说具有跨学科的层级结构。文本的基础学科是地理学系统，这在核心解说中表现得最为明显，解说者和领受者共同以说明与议论的方式，对日本沉没的表象和实质展开了详尽细致、逻辑严密的阐发，列举具有支撑作用的数据和案例，专业性强又论说充分。但是，地理学系统不是作为单一和模糊的背景而存在，其自身有明确的层级结构。首先，涵盖最广、位格最高的是"地理领域"，作为总体学科范畴，它研究地球表面和深层空间所有自然现象的基本特征、历史演变和人地关系，对地理学系统的学科范畴进行了界定。其次，是"地理领域"下属的地质学、地球物理学、火山学、地震学、海洋学、气象学、比较行星学、大地天文学等独立的"分支学科"，它们共同构成地理学系统的理论支柱。再次，在分支学科中，又有"具体学说"作为地理学系统的重要支点，比如"大陆漂移学说""钱德拉塞卡极限"等。最后，在分支学科和具体学说的架构下，核心解说对日本沉没进行解读性的"现象阐述"。由此，在核心解说及整个文本中，地理学系统形成地理领域、分支学科、具体学说、现象阐述等四个层级，可见其本身就是综合状态，可称为"小综合"。

地理学系统多学科的"小综合"，显示出《日本沉没》宏大的理论宽度。对于"新浪潮"科幻来说，只用"大陆漂移学说"作为背景式的科技解说就足够了，但《日本沉没》没有停留在"新浪潮"简略隐晦的概括性阐述上，"大陆漂移学说"仅作为其科学理论背景之基的一个层级，这种"学说层"与"学科层"的层次差距，显示了小松左京对"新浪潮"科幻在科学素养上的优势。在核心解说的结构中，G1相当于一篇地理学研究论文的"摘要"，G2是论文的"联合作者"，G3、G4、G5、G8、G9和S3是核心解说的主旨，也是论文主体，G3、G4、G5、G8、G9和S3的标题可以作为论文的"关键词"，集中研究地质、火山、地震、海洋这四个学术方向，这使核心解说展现出较强的学术性，整部作品

的虚构情节与真实的科学知识紧密相连、相伴相生。因此，小松左京自认为《日本沉没》不亚于一篇规范的学术论文名副其实，或如星新一所言，《日本沉没》是"把地质学、地球物理学等方面的科学知识全部动员起来后产生的结果。"[3]50

　　地理学系统重视基础理论性，是科技解说展现自然科学视域的结晶，但从整部作品看，在地理学系统之外，还有对起辅助功能的航海学、船舶学、航空学、电子学、概率学的科技解说，它们不具备基础学科的级别，却对情节发展具有不可或缺的推动作用，具体说来，前三项可汇聚为"交通学系统"，面向深海航海、深海勘测、潜艇工程、船舶舾装与航空管制等学术方向，重视勘测实践性；后两项汇合成"信息学系统"，面向集成电路、大数据、信息工程等学术方向，重视数据分析性。这又形成两个"小综合"。由此可见，《日本沉没》形成以地理学为主，交通学、信息学为辅的三大知识系统，架构起整部作品的理论背景，也造就了多学科交叉综合的解说态势。但需要注意的是，《日本沉没》明显更重视地理学、交通学，解说更充分，占比更高，这并非有意忽视数据分析，而是表明面对日本沉没这一巨型灾难，人类虽然能在一定程度上利用现有科技力量进行勘察探测，但还远不能通过数据解读完全认识其更深层规律并控制其恶化，深入体认危难内涵和寻求解救之路必须在跨学科层级结构中突出重点，这显示了小松左京对科技解说的总体把握。由此看，科技解说的跨学科层级结构是科幻作品情节的科学基底，《日本沉没》的地理学系统与交通学系统、信息学系统在各自"小综合"之上形成"大综合"，将科幻文本宣传科技知识和展演科学理性的功能推向较高层次。

　　2.科技解说对自然科学视域的展示机制

　　科技解说的跨学科层级结构展示出文本的自然科学视域。自然科学视域指人对无机物与有机物相互演进关系的理解视野，是科幻文学设定未来的组成部分。不同的科幻文本中各有其科技解说，又以特定的学科层级结构展示出不尽相同自然科学视域，但没有一部科幻文本能穷尽自然科学的全部视域，大部分作品至多只是刚刚触及某个知识系统或分支学科。然而，小松左京在《日本沉没》中体现的自然科学理论专业化水平，在世界科幻文学界与之能比肩匹敌者恐怕寥寥无几，其科技解说对自然科学视域展示机制的基本内涵，是在文本的局部形成学科"小综合"，在文本的全局形成学科"大综合"，"小综合"与"大综合"相互协调，三大系统形成交叉学科体系，共同指向"日本沉没"这一核心主题。这一机制显示，科技解说的自然科学视域不是专指自然或无机物世界，自然没有人类思想的光照没有存在意义，无机物世界也不可能与有机物世界隔离，自然科学对宇宙运行规律的把握方式是客观的，但其主旨是为人类服务的，所以科幻作品的科技解说指向人和科学技术的动态融通，其展示的自然科学视域不是科幻文本中可多可少的陪衬或装点门面的摆设，而是体现科幻文学的科学话语权力，反映并解答当下社会的现实问题。因此从根本上说，作为文本的科学基底，科技解说对自然科学视域的展示机制，体现了一种对重塑当下世界秩序的追求，这种以自然科学孕育出干预现实和预构未来的倾向，表达了散发人文光芒的新乌托邦愿景，这不仅是科幻作品获得世界认同的根源，更是科幻文学始创的初心。

由此，在《日本沉没》中，科技解说的跨学科层级结构展示自然科学视域的本质是"当下性"，所谓"当下性"，指通过已有的科学理论或技术实践固化为未来世界的背景，描述个体生存状态或未来人类社会的变化。"当下"是历史和未来交融的结果，也是人对现实聚焦和反思形成的境遇。与"当下性"相对的是"前瞻性"，这在雨果·根斯巴克或阿瑟·克拉克等作家的小说中尤其明显。以科幻文学发展的黄金年代，根斯巴克的代表作《大科学家拉尔夫124C·41+》为例，该作是根据现有科学理论或技术实践推导出未来的理论创新和应用效果，揭示现实与未来世界的差异，因此其展示的自然科学视域具有明显的"前瞻性"。[①]根斯巴克幻想2660年人类的科学技术已经无比发达，世界上屈指可数的若干位科学家名字中的"+"，代表他们的伟大地位和崇高荣誉，而人们的姓氏已经成为特定的编号。作品中的青年科学家拉尔夫是天才的发明大师，他的数十种科技新发明是这部创作于1911年的中篇小说的核心，这些发明包括：远程传输超能电力、脑写器、睡梦器、太空雷达、太阳能发电机组、气象控制塔、人造棉、口录机、人造彗星、有机体重生技术，并预见了太空综合征、未来电子货币

---

① 小说中拉尔夫的姓氏"124C·41"就已经暗示了预定性，即One To Foresee For One（预言者）。

支付等，可谓琳琅满目，极富预见性和超前性，对作者所处时代的人们来说不亚于魔法，表现了"技术乌托邦时代所产生的一种真诚的利他主义希望"。[4]前言2

与繁多和前沿的发明不协调的是，小说的艺术性相对粗糙，拉尔夫在枯燥的工作中意外解救了妙龄女郎艾丽斯212B·423，两人坠入爱河，拉尔夫引导艾丽斯见识了各种发明，作品的科技解说由此展开，与拉尔夫解说的独断性一致，拉尔夫其实是个自说自话、尚未成熟的"孩子"，不仅情商低，而且容易冲动，当地球人费尔南德60O·10和火星人利萨诺CK·1618抢走艾丽斯后，拉尔夫展开疯狂报复，最后成功地英雄救美。拉尔夫与浮士德一样，遭遇了知识充盈后内心世界反而贫乏的危机，但艾丽斯成为他生活的希望，可以说，作品的科技解说因为感情的重新丰富而获得勃勃生机，最后艾丽斯的复活也标志着拉尔夫人性的复苏。这种科技精英式的英雄人物抱得美人归的故事，与骑士罗曼司或历史传奇小说的主题相差不远，追求爱情、自由和荣誉的人物相互置换甚至不影响情节发展和故事全局，科技精英是骑士英雄的变体。只不过是由自然科学视域设定了一个完全不同以往的未来世界，因此可以将具有"前瞻性"的自然科学视域作品简称为"不同的世界，相同的人"。

相比之下，《日本沉没》反其道而行之，自然科学视域的当下性隐含了现实与未来的同质性，这是一种通过科技解说表现近未来的创作路线。所谓近未来（Near Future），是"从现在到未来大约100年间可理解的人类世界"，"近未来人类的交往方式、科学观念、社会机制和文化形态以符号状态可以被现实所理解……其标准是：既存的政治制度对未来社会仍存在治理效能，当下的自然灾害或社会灾难在未来演变恶化，现有科技的升级可确保开展未来探索，未来与目前的文化元话语机制基本一致。"[5]144-145现实与未来的相似和切近，不仅表明自然现象的生成具有连贯性，同时暗示社会演进的趋势具有因果性。在大致相同的两个世界中，《日本沉没》关注的是社会的变化和人的关系，体现出日本当代科幻的独特性，即一方面要"利用这一文学样式审察过去与现在，试图弄明白这飞速变化的社会"，[6]317另一方面又要"发挥其回溯的全部技巧，提出'现在我们是谁？'而不是'我们会变成什么样子？'"[6]317《日本沉没》以科技解说营造出自然科学视域的当下性，在建构出一个"相同的世界"中探究"不同的人"的变化因由，这种"相同的世界，不同的人"的科幻，就是面对"技术上可以想见的事情也得以实现却带来了许多意想不到的后果"，[7]40重构人的本质内涵。归根结底，造成"相同的世界，不同的人"与"不同的世界，相同的人"的差异，是由于"雨果·根斯巴克在写《拉尔夫124C·41+》的20世纪初，那时的'现实'与现在的'现实'在性质上已经完全不一样了，与此相对应的，'虚构'的性质也发生了变化。"[8]71这就是说，人的生存境遇发生了剧变，所表达的已经不是人造物为人类服务展现对未来的希望和畅想，而是科技发展带来发展悖谬的焦虑和困惑，进而科学地反思危难与创伤的根源，不遮蔽自然灾难本身的残酷性和危害性，在宏观上描绘危难的整体图景，同时避免对片面讴歌社会的附着，也不对危难进行无谓的浪漫想象。因此，在《日本沉没》中，科技解说对自然科学视域展示机制的当下性有两方面的表现。

其一，在对自然科学视域的表层展示中，整部《日本沉没》文本中对地理学、交通学、信息学三大系统的科技解说，显露出对日本科学技术的自豪：地理学系统形成对日本列岛及地球地质构造的理论化图景，坚定了对危难必然性的认识，在核心解说中的G4、G5、G8、G9最为明显；交通学系统宣扬在深海探测和海洋船舶方面睥睨他国的技术储备，暗藏着日本向大洋进军、远征开拓的民族抱负，G6暗示了这一点；信息学系统透露出日本电子科技和信息分析的超群能力，隐含了通过已知信息来架构未知领域的雄心壮志，在田所进行核心解说的同时也有电子信息技术的辅助。实际上，正是这三大系统在日本沉没之际发挥了至关重要的救灾作用，可以说没有科学技术拯救和发展日本民族就是空谈，而即使是《日本沉没》出版的半个世纪后，日本在地理学、交通学和信息学方面的科研实力仍然处于全球领先地位。①先进的科学技术从明治维新以来就是日本立国之本，也是日本科幻发展之基。

其二，在对自然科学视域的深层展示中，在先进的自然科学技术支撑下，如同但丁一样探索世界的田所、小野寺和幸长等人，科学技术是他们的维吉尔或

---

① 比如，在2021年全球超级计算机4项权威排名"TOP500"、"HPCG"、"HPL-AI"、"Graph500"榜单中，日本的超算Fugaku（富岳）再次荣膺榜首，这已经是其连续三年排名世界第一，其算力是美国超算的3倍，是中国超算的5倍。

贝雅特丽齐，只不过他们不是从地狱到炼狱再到天国，而是向地球的深处、地平线之外或信息虚拟世界前进，显示出小松左京时代人类探索物理世界的新方向。但深入文本的科技解说层级结构看，拥有如此高超的科学技术，田所在核心解说的S1和S4中却仍然出现难以为继的情况，这显示出他对地理学系统和信息学系统有效解读自然现象的怀疑，而即使有先进的交通学系统技术，小野寺等人驾驶"海神号"深潜器能深潜到8000米海沟，或乘坐电子设备齐全的舰机进行海空一体化地质探测，所面对的是难以衡量和把握的陆海剧变图景，最后仍然逃不脱国破家亡、岛沉人散的悲惨命运。核心解说的S3本身就预示这一命运的不可更改。可以说，《日本沉没》中对自然现象的解说不仅有限而且不足，这说明人类的科学技术无法全面有效认知地球和宇宙的运行规律，也不能从根本上保障人类社会持久的安全发展，因此《日本沉没》中所形成的自然科学视域突显的不是日本科技的发达，而是人类面临的科技悖谬，所谓科技悖谬指"原本承诺给人类进步与幸福的科学技术反而造成不幸和矛盾，或因其无法引导人类摆脱自然灾难与社会危机，而使人陷入困境。"[8]59科技悖谬的本质是现代人异化的表征。《日本沉没》的悲剧气氛不主要是地震与火山造成日本沉没营造出的，更多的是在地震与火山面前人的束手无策。文本中的科技解说隐藏着对未来不确定性的深重焦虑，以至于形成带有反转性质的恐惧暗示，地理学系统仅仅是人类观审自己存在坐标的偏隅之见，交通学系统不过是人们四散逃亡的单纯手段，信息学系统对观测数据的解读带来更多令人困惑的疑问。科技解说的跨学科层级结构同样建立在续作《日本沉没II》中，而与之同在的焦虑和恐惧成为现实——日本人分散在世界各地，有的勉强与当地人和平相处，有的则深陷歧视和战争的泥沼难以自拔，日本已经不复存在，更严重的世界性气候危机已隐约可见。

在这样的形势下，日本的未来在哪里？未来的日本向何方？人类的明天将如何？这是《日本沉没》中科技解说的跨学科层级结构隐喻的问题意识，由此，科技解说展示的自然科学视域与悲天悯人的人文之思有机联系在一起，为日本和世界在地球和宇宙中寻找自身存在的新坐标，这是小松左京将科学与文学相对化的实践，也是《日本沉没》在自然科学视域中弹奏出的救世情怀最强音。综上可见，科技解说由向天对地的上下求索，用跨学科层级结构勾画出日本在科技发展中的未来图景，最终使自然科学视域回归到对人的问题的不懈求解中，实现了科学理性与人文精神的深度融合。

三、余　论

科技解说是科幻文学中不可或缺的有机组成部分。科技解说薄弱的科幻文本，其自然科学领域的素养就较低，可能影响对未来世界的设定方式和内容，而科技解说呈现跨学科层级结构并展示自然科学视域的科幻作品，更容易与审美讲述共同建构科幻文本的未来叙事，彰显科幻文学的科学特质。《日本沉没》的科技解说来自于小松左京对自然科学知识的广博吸收，在这一点上，当代日本科幻作家无有出其右者，小松左京堪称博学家。日本落语家桂米朝赞叹小松左京的博学时说："和小松左京所具备的知识相比，我只能表示一种惊叹，同时他在天文学、地质学、物理学、人类学等领域，都有着比文学还高的造诣。"[3]7日本漫画家手塚治虫也称赞小松左京道："原创精神、深不见底的专业深度和敬业，说他是天才作家是实至名归的。"[3]46在众多学科中，小松左京选用地理学系统作为理论背景之基，以交通学系统和信息学系统作为辅助支撑，这与日本的自然地理环境密切相关，也深入到日本文化心理的最深处，所以从这个意义上讲，《日本沉没》是一部拥有专业化跨学科视野的"自然科学派"科幻小说。

《日本沉没》中科技解说所展示的自然科学视域以"日本沉没"这一事件为鹄的，岛沉国亡是对现代社会灾难的暗示，即在科技加持下人类欲望、孤独、死亡所带来的毁灭性影响的总爆发，因此，科技解说是科技救世的未来寓言，反映了人与科技的良性互动，科技解说的跨学科层级结构成为凝心聚力和治愈创伤的现实基础，所展示的自然科学视域形成了对地球与人类关系的整体性认知，体现了对科技的伦理建构与人的主观能动性。《日本沉没》摆脱了末日科幻作品的桎梏，自然科学视域与日本人向世界逃散的悲壮场景结合在一起，反衬出人类在自然和宇宙面前的渺小，但也正是在反思自身的渺小中孕育着生命意识的搏动。正如田所说的那样：

　　"小小的日本，哈，区区一个国家而已，对我来说它没有任何意义，我的概念里只有地球。在几十亿年的漫长岁月里，它从大气和海洋中滋养了无数的生物，造就人类。尽管它本身的地表一直为自己所抚养的众多物种不断践踏，但却从未终止过对自己命运和历史的缔造。这颗巨大的，但在宇宙中不过沙砾一般的星球，是它创造了大陆，孕育了山岭，捧托着海洋，缠绕着大气……积冰载雪，自身内蕴藏着不曾被人类获知的众多秘密，就是这个地球。我的心……始终放心不下呀。"[2]113

　　在这里，田所不是真的认为日本"没有任何意义"，而是强调日本必须融入世界中才有自身存在价值，正如巽孝之所言："为了描绘新意义上的'人类'及其'世界'，在欧洲精神中所看到的'世界'和'人间'的模式是微不足道的，必须将视野向后退扩大到能容纳自然和地球的程度。"[8]68这是整体时空观的艺术体现，也是科技解说的根本原则，更是科学理性与人文精神融合的可行路径。科技解说只有形成全面化的跨学科层级结构，反映自然科学的全部视域，解说危难中整个人类的拯救与理想，才能彰显无限的社会效能和生命智慧。

参考文献：

[1] [日]小松左京 武田泰淳.探寻科幻 [J].马俊锋译.科普创作. 2019（4）.

[2] [日]小松左京.日本沉没[M].高晓钢等译. 天津: 天津人民出版社,2016.

[3][日]文艺别册·追悼小松左京[C].東京: 河出书房,2011.

[4][美]雨果·根斯巴克.大科学家拉尔夫124C·41+ [C].郭建中译. 杭州: 浙江科学技术出版社,1992.

[5]丁卓.日本当代科幻文学的近未来设定[J].广州: 华南师范大学学报,2020（4）.

[6][美]冈恩.科幻之路（第六卷）[C].郭建中等译. 北京: 北京大学出版社,2008.

[7][美]彼得·吉·斯蒂尔曼.反面乌托邦之幻想与乌托邦之期盼[A].王逢振主编.外国科幻论文精选[C].重庆: 重庆出版社,2008.

[8][日]巽孝之.日本SF論争史[M].东京: 劲草书房,2000.

[9]丁卓.科技悖谬与悖谬超越[A].孟庆枢, 刘研主编.中日科幻文学研究[C].长春: 吉林出版集团股份有限公司,2019.

《日本沉没》的文本背后
——灾难与战争的关联

宋祥玉①

（北京外国语大学日本学研究中心　北京　100081）

【摘要】本文以小松左京长篇小说《日本沉没》为对象，探究其文本内部的"灾难"文本与二战末期日本战时历史的内在关联，并结合作者的个人经历和时代背景，分析作者的创作手法和意图，揭示在《日本沉没》的灾难文本背后隐藏的战争记忆。

【关键词】小松左京　《日本沉没》　灾难文本　战时意识形态　战后社会

Behind the Text of *The Sinking of Japan*
—The Link between Disaster and War

SONG Xiangyu

(Research Center of Japanese studies, Beijing Foreign Studies University, Beijing 100081)

Abstract: This article explores the internal connection between the "disaster" within the text and Japanese wartime history in Komatsu Sakyo's fiction *The Sinking of Japan*. It combines the author's personal experience and background of his time to analyze Komatsu's creative techniques and intentions, revealing the memory of war hidden behind the disaster text of *The Sinking of Japan*.

Key words: Komatsu Sakyo　*The Sinking of Japan*　Disaster Text　Under-war Ideology　Postwar Society

---

① [作者简介]宋祥玉，北京外国语大学日本学研究中心博士生。研究方向：日本科幻文学、小松左京。

引言 《日本沉没》作为"灾难文本"的接受

　　小松左京的代表作《日本沉没》在1973年上下册合计销量达到400万册，而当年日本人口刚过1亿，相当于平均每25个人里面就有一个人购入此书。这种盛况迄今为止只有村上春树的《挪威的森林》可与之媲美，而在当时石油危机引起纸张价格沸腾的情况下还能达到如此销量，在日本文坛至今难有匹敌。甚至当时的日本首相田中角荣在偶遇小松左京时还提及要与他就这本书进行讨论[1]132，不过很快田中角荣就因丑闻下台，此事未能实现。但足以得见《日本沉没》在当时社会引起的巨大反响。

　　同年12月29日上映的电影版《日本沉没》作为灾难片吸引了大约880万人前往观看，票房收入高达20亿日元，是1974年最卖座的国产电影，甚至使进入电视时代之后显露疲态的日本电影业也随之一震。[2]5之所以在当时引起这么大的轰动，其中原因之一也是小说原作是上下卷合并销量达到400万册的超级畅销书。在1973年"《日本沉没》热"还未消散之际，东宝仅用了四个月进行制作，抢在1973年底让电影顺利上映。电影中"第二次关东大地震"和"富士山爆发"等场面，将灾难事件的冲击力表现到极致。

　　进入21世纪后，每当日本出现灾难事件，小松左京的科幻作品都会重新进入人们的视野。21世纪第一次的重读《日本沉没》的潮流起始于2006年东宝的电影翻拍。导演是樋口真嗣，他参与制作了现象级动画作品《新世纪福音战士》，并因为与男主同名而广为人知。同年，小松左京与谷甲州合著的《日本沉没 第二部》由小学馆出版，成为当年的畅销书。此外，15卷本的漫画版也陆续出版，掀起了对"日本沉没"这一70年代诞生的"IP"的重新解读和开发的风潮。

　　在3·11东日本大地震之后，小松左京的《日本沉没》再次被提起。《3·11的未来 日本·科幻·创造力》（作品社，2011年9月）中显示《日本沉没 第二部》成为日本科幻界理解和应对自然灾害的议题之一。同年小松左京的去世也引起了社会各界对他的哀悼和重新关注。而2019年7月，宫崎哲弥主讲了NHK电视台播放的"100分的名著"这一教育节目，并将内容付梓成书，结成《小松左京特集无神时代的神话》。同年十月，全球流媒体巨擘网飞（Netflex）宣布将开始动漫《日本沉没2020》的企划，由汤浅政明导演，对"日本沉没"这一设定进行全新的演绎。这一动漫甫一推出就引起日本观众的极大关注，并因为内容的"刺激性"引起毁誉参半的舆论两极分化。而2021年3月TBS宣布将启用小栗旬、杏、香川照之等人气演技兼备的日本影星拍摄电视剧《日本沉没-希望之人-》，从2021年10月开始播出。由此可见，《日本沉没》在"灾难文本"这一层面上获得了社会的广泛认同和绝大影响力，这种影响力甚至超越了时代，随着"灾难"不断的形态变化引起了不同世代新的接受热潮。

但同时，小松左京在其原作《日本沉没》中并非只是营造了一桩"灾害事件"。其严丝合缝的灾害文本，还与日本的二战记忆有着千丝万缕的勾连。这一缝合在"灾难"之中的"战争文本"被长时间忽略和无视，迄今为止笔者只看到在笠井洁的论文《"战争"与"和平"——小松左京的两个灵魂》中有相对系统的提及。因此本文将通过探讨小松左京的创作背景、文本间性以及《日本沉没》中"灾难"文本背后隐藏的对战败的回溯，试图阐明其创作手法和意图，揭示隐藏在"灾难文本"背后的"战争文本"。

一、"日本沉没"事件中的日本人

其实《日本沉没》这篇长篇小说并不是他第一次使用"日本沉没"这一设定，在这之前的两部短篇——《卖掉日本》（早川书房，1965年）和《极冠作战》（《本邦东西朝缘起觉书》，德间文库，1973年）中也出现过类似设定。《卖掉日本》中，日本的各个岛屿由于某种超自然力通过被卖掉的方式从地球上一个个消失；《极冠作战》则是因气候变化海平面上升导致日本沉入海面。而同时，对于二战时期"一亿玉碎"的反思也多次反映在他的作品中。

"因为经历了当时歌颂'一亿玉碎'的时代风气，我不仅写作了《把和平带向大地》，也开始写作《日本沉没》。如果说玉碎、决战是勇敢的行为，那么让这个国家消失的话你们还能这么说吗。但是无论如何我是不会让日本人玉碎的——出于这些想法我开始了写作。"[3]25 1963年他发表了自己的处女作《把和平带向大地》（早川书房，1963年）。作中虚构了一个平行世界，这个世界里日本没有投降，而是进入了与美军的本土决战阶段。14岁的少年康夫作为少年兵与装备精良的美军正面交锋。而创造出这个平行世界的则是5000年后一个试图改变历史的日德混血狂热科学家阿道夫·冯·基德。作品以少年被时空管理局拯救，博士被关进疯人院为结尾。

这部小说中出现的"历史性假设"的手法与《日本沉没》是一致的。只不过在这部处女作中小松左京用写实的手法赤裸裸地表现了另一种历史可能性的日本，而在《日本沉没》中对于历史的假设则更为高妙地掩藏在"日本沉没"这一灾难设定中，难以为人发觉。对此，笠井洁提到："日本列岛沉没这一SF设定是对本土决战思想的模拟、构想之后作者想明确表达出的东西。失去故国的日本人离散、成为难民，总而言之是被剥夺成为国民的权利而成为游民。从这一点上，《日本沉没》继承了《把和平带向大地》和《日本阿帕奇族》。但是，有一点微妙的立场变化就是，从《日本沉没》开始，用江藤淳的话来说，'治者'的理论开始发挥作用。"[4]164

如果说《把和平带向大地》是从14岁的少年的立场用他的肉身去展现"本土决战"时平民人命的脆弱以达成对战争的反思的话，那么小松左京在《日本沉没》中则是从国家"治者"的立场去总结和反思战争究竟会给国家和民族带来什么，如何从一个更高的角度去俯瞰"日本的沉没"。宫崎哲弥提及，"本来小松先生就试图描绘一种日本人像犹太人一样失去国家之后，如何行动的图景。《日本沉没》是小说化的日本人论，是一部庞大的物语，架空的日本人物语的序章"[4]21。这一认识也正是说明，经过九年的思考与阅历的积累，小松左京超越作为战争亲历者个人的立场，上升到"学者"和"治者"的高度，分别从国家政治和文明论的角度对战争遗留下的问题进行了再思考。

小说文本中有两个非常重要的人物分别代表了小松左京理想的"学者"和"治者"形象。一个是最早意识到"日本沉没"的田所博士，他冒着被当作疯子的风险向政府进言，成功挽救了数以亿计的日本人；另一位则是超过百岁，但政治上的影响力足以操纵日本首相选举的神秘的渡老人，他接受了田所博士的进言，坚定地支持拯救日本人的D计划。长山靖生在《日本SF事件史》中提及："小松左京知道战前日本指导层无视现实，仅凭着对现实的假定就做出了引发太平洋战争的决定，对此十分愤慨"，并认为"正因为此我认为《日本沉没》中在国土丧失之际将营救国民继续到最后一刻的政治家和国家机构其实就是被当作'本不存在的事物'来描写的。通过描述一种理想，来揭露现实中并不存在一种'应该存在的东西'，从而具有其危险性。这种技巧其实是日本SF的拿手好戏。因此有些人没领会到一点，反而误以为小松左京是一个单纯的爱国主义者。"[5]138因此，这两个人物的存在，并非是由于日本政府和政权的认可，相反甚至可以理解为一种反讽和鞭策。

而站在个人立场上全局性地经历了日本沉没的青年小野寺俊夫在某种意义上是《把和平带向大地》中14岁少年河野康夫的延伸。与最开始狂热地追求战死，后来幡然醒悟的康夫不同，小野寺俊夫身上寄托了小松左京对"新类型"战后出生日本人的期待。

《日本沉没》中人物形象的设定也同样值得深究。渡老人、田所博士、小野寺俊夫分别代表着三个世代的人物，他们与日本这个国家之间的关系各有特点，也直接影响了他们的命运和结局。

田所博士的年龄在日本沉没的1979年是65岁，即他出生于1914年，在二战结束的1945年是31岁，正值壮年。也就是说田所博士有很大可能直接参与过战争。这就可以解释为什么他会有以下的发言："英雄是国民选择的。——（略）但是我深刻地记得'英雄'与'英雄主义'在当初是怎样把日本的国家和国民弄得一团糟的……"[7]100"绝对不要相信人。不管是学者还是国民。谁都不要相信。虽说都说群策群力，其实结果就是产生的结果与智慧毫不相干，毫无眼力也毫无洞察力，结果只是考虑如何取得力量的平衡罢了。"[6]109他深刻地怀疑英雄主义、国家机器甚至人性本身。反观小说出版的1973年，与这一人物同龄的人群很难不与之产生共鸣。足以说明小松左京在设计人物时关注受众和读者的匠心独运，巨大的销量也许正因为如此才不应为奇。

也正是因为战时的经历和对二战深刻的思考，田所博士进入了一种自我流放的状态。他虽身在日本，却不被日本学术圈所容，反而在海外颇有名望。他不为日本政府工作，而是为美国海军旗下的组织做研究。面对日本地下的深刻地质变化，他说："对我来说，地球还在。像日本这样纽扣大小的岛屿我才不会在意。"[6]111可是最后他却选择与日本共同沉入海底，并说才发现自己原来深深爱着这片国土。

田所博士代表着经历了二战时期极端军国主义和国家主义的伤害，对日本作为一个国家和民族产生深深怀疑的那部分人的心理状态。也许这种状态也反映了小松左京的心理状态。作为一个日本人如何看待自己的国家，在二战期间侵略他国，向国民灌输极端的民族主义思想，战争结束后失去主权沦为国际社会的异类的国家，田所博士的心态也许能代表一部分日本知识分子的心态。

但最后田所博士还是冒着身败名裂的风险提出D计划，并向日本普通民众示警。他还是拼尽全力拯救日本民族，并在生命的最后意识到自己深爱着日本这个国家。他选择为这份爱而殉死。也许田所博士与自己的和解能够暗示小松左京与自己的和解，同时也用一种不同于二战末期"殉死"的方式形成一种对战时意识形态的有力回应。

小野寺俊夫，"富裕时代的'新类型'青年"[7]108。文中没有提及他的具体年龄，但是根据他同学的年龄推断应该在30岁左右，即意味着他在战后1950年左右出生，对应"团块世代"。强调他是战后出生的"新青年"，即意味着与战前出生的"旧青年"相对比。不求功名利禄，追求自我兴趣，对国家没有宿命感的"奉献精神"，而是尽力而为无愧于心。[7]109在个人主义和国家主义之间达到合理的平衡。

作为目击和最早意识到灾难来临的一批人，小野寺是小说的视点人物。他目击了灾难的发生，最早与田所博士携手调查"日本沉没"的原委。他是代表着日本作为民族的重生希望的新一代日本人，也正是他代表的这一批人将走出日本，"通过'渡'"，成长到能够独当一面。在人类社会中，在体型和精神上经过特殊的进化的雄性，不经历'波澜万丈的外部'的冷风吹拂，是无法成长为独当一面的大人的。"[6]147在他的身上小松左京寄予了对新一代日本人走出日本列岛成长为坚强的成年民族的期望。

同时他又是被上帝逐出伊甸园的亚当，失去国土的他还担负着为日本民族繁衍后代的责任。小说开始他就被要求与伊豆大地主的女儿玲子相亲。在与玲子的交谈中他说自己结婚是为了生下后代。看似奇怪的人物设定与其日本"亚当"的隐喻重合来看便不足为奇。小说最后他得救却也昏迷，神秘少女自称是他的妻子，与他一起他踏上了前往异国的道路，仿佛就是亚当与夏娃被逐出伊甸园，来到人类世界繁衍后代的重现。

小松左京在访谈中提及："小野寺与玲子是日本人的源流，把他们以此为原型塑造的。"[8]129小野寺是亚当，但笔者认为他的情人玲子却不是夏娃。文中提及小野寺与玲子重逢后，感受到了如同与母亲在一起的安心与疗愈，身心都变得柔软。[7]114拥有山林土地和大量财产的玲子具有大地之母的特点，本身就象征着日本国土四岛母亲的襁褓般的温柔和无条件的爱。如果日本不沉没，小野寺代表的能力才干与玲子代表的社会资源的结合，是一种将日本继续推向战后现代化经济发展的暗喻。而作为日本象征的富士山的爆发将玲子掩埋这一情节本身，就象征着日本国土、资源丧失，小野寺的母亲、爱人的死去，意味着小野寺代表的日本人失去原有的一切，只能赤手空拳地面对走出襁褓和母亲怀抱的命运。

少女摩耶子则是灾难面前"天选"的夏娃，她同样一无所有，却知道八重岛上母子相交繁衍后代的传说，暗示她将作为夏娃与小野寺生下日本民族的后代，与小野寺一起开始如同失去国土的犹太人一样流浪的生活。日本民族将由他们的流浪开始进入"长大成人"的阶段。

神秘的幕后主使"虽然像百岁隐者一样，对政治中枢的影响力却更胜以往"[6]144。他是最早决定资助田所博士进行"D计划"的人。他的出生时间设定为明治十二年（1879年）出生，年龄超过百岁，所以小说的时间应是1979年之后。而文本中明确提及年份是197X年，那么通过他的年龄就可以推断出文本的时代是近未来的1979年。

老人经历了从1879到1979的100年，历经明治、大正、昭和，与日本共存亡，可以说是一部活着的日本近代史。同时他的父亲是清国的僧侣，母亲是日本人，所以他并非是纯种的日本人，也自述并不完全明白日本民族。这一人物设定本身就如同他的名字"渡"一样意味深长。日本文明本就来自大陆"渡来人"与本土土著的结合，如同种子在日本列岛这一母体上生根发芽。而在日本沉没的时候，"渡"又成为日本民族免于覆灭的方法——穿过大海，向其他土地进发。渡老人在文本中是一种对日本文明起源和出路的深刻隐喻。他的存在代表了根植于日本近代史中的一种精神和能量，甚至在小说中可以认为指代旧的日本文明本身。

在临死前他指出："日本人是年幼的国民。（略）在两千年间被这个温暖、温柔的四座岛屿怀抱，（略）孩子在外面打架输了，再把头埋进母亲的怀里即可。（略）但是母亲也是会死的。"母亲代指着日本的国土，而年幼的孩童则代表着日本人。日本人不走出这片岛屿就无法长大成人，不经历母亲的死亡就无法成长为真正的大人。小松左京借渡老人之口讲出了自己的日本人论，所以他才指出"虽然渡老人是架空的人物，但是他是我的内心中一个非常重要的存在" [8]130。

花枝与邦枝都是渡老人身边的侍从。如同其名字所暗示的，两人都是渡老人身上延伸出的枝叶。邦枝是渡老人与权力中枢之间的桥梁，他帮助渡老人承担治理国家的责任。而花枝顾名思义，是具有生育能力的花的指代，她在文中多次与茶花一同出现，美丽坚韧，是日本传统美和女性品德的象征。

小说最后，渡老人叮嘱花枝生下很多很多健康的孩子。花枝同样代表了日本民族的延续，同时作为代替玲子的新的母体，孕育日本人的下一代。在日本沉没第二部（小学馆，2006年）中，花枝多次结婚并与不同种族的男性生下多个孩子。对于"混血儿"的宽容甚至鼓励态度，让人想起二战期间日本社会中狂热的人种差别。对待同属亚洲人种的朝鲜、中国的歧视，以及将英美等高加索人种看作"鬼畜"。人种主义作为二战时期纳粹轴心国的意识形态，将人类拖入种族仇杀和战争的深渊。小说中渡老人对花枝的叮嘱正是对二战时期人种主义的直接反讽，同时也折射出超越人种主义、民族主义的作者的意图。

结合二战时期"为国家去送死"的政治宣传和意识形态，小说中贯穿的为了民族活下去的执着无疑是对战时意识形态的反动。虽然"日本沉没"模拟了历史，但是同时它又在回顾历史、反思历史的同时，本着完全相反的理念，达成了完全相反的成果。"计划"了日本沉没的小松左京如同真实扮演了《把和平带向大地》中疯狂的"基德博士"的角色。他通过文本建构出了在另一个平行空间的"日本毁灭"，但是在这个空间中，日本人并没有为了"国家"赴死，而是国家在努力拯救平民。在这种明晰的对比设定中，足以窥见小松左京对日本在第二次世界大战中狂热国家主义和军国主义意识形态的深刻反思，以及对1973年的日本社会和普通民众的大声呼吁。

二、"灾难"文本背后对二战的回溯

《日本沉没》顾名思义就是让日本列岛在地质意义上"沉没"。由于太平洋方向的地幔对流异常，一直支撑着日本列岛的地质依托崩塌，日本列岛大致整体向东南方向滑落、沉没，最终没入海面。看似异想天开的科幻设定却由于文本对于灾难编织的翔实和绵密，而具有充分的说服力。

视点人物小野寺俊夫的活动几乎与接连不断的地震交织。在小说的开篇，他首先目睹了车站墙壁上异常的裂缝。对裂缝的细致刻画在繁荣的东京都市中显得无足轻重，但在作家的极力渲染下仿佛是日本沉没最开始的征兆。随后小野寺的同年友人参与关西新干线的工程，曾提及地质变动导致工程受阻，所有数据都要重新测量，之后友人更是离奇死亡，为未来形势渲染了一层细思恐极的意味。第一次海底调查目睹的海底异常地质现象——乱泥流，急剧加深了危机感。这是文本第一次出现近似于事件真相的揭示。之前的小岛沉没和海洋中的火山喷发都没能对人们产生任何有力的警示，而目睹了这一现象的三人则各自陷入恐慌和沉思。第一次海底调查之后回到东京的小野寺对灾难的感知愈加敏锐，文本更是塑造了一种"灾难幽灵"的存在。无论是在坐出租车时，还是在俱乐部中与女公关们亲切交谈时，地震如同一个无处不在的幽灵，不时出现在小野寺的感知中，或是流传在人物之间的交谈中，以"流言"的形式不断提醒着读者它的存在。

终于在小野寺与玲子的第一次见面时迎来了"幽灵"的直接现身。天城山爆发，视点人物第一次与灾难正面相对，并帮助周围人逃往东京。这次对灾难的当面确认，成为小野寺放弃公司的大好前途加入田所博士的团队的直接契机。而玲子的父亲在地震中死去，也预示了作为"母体"象征的玲子的失踪。灾难一次又一次发生，力度和造成的损失也越来越大，即便是习惯了地震火山的日本民族，恐慌也逐渐在社会中蔓延。就这样，灾难的不间断和毁灭程度逐渐加重，让"日本沉没"这一"终极性"灾难的发生显得有迹可循。

同时小松左京大量运用人物对白向普通读者用口语化和易于理解的方式解说当时最新的地质学理论，将现象和理论缜密地缝合在一起，把"日本沉没"这一科幻假设的现实性凸显得栩栩如生。可以说正是小松左京运用丰富的地质学和物理学知识，结合对"灾难事件"发生的合理安排，才让"日本沉没"这一科幻设定真正具有真实性，让科幻文本不流于科幻的虚构式设定而具有震撼人心的真实性魅力。

可是同时在极富真实性的"灾难文本"背后，依然保留了一些关于"战争"的蛛丝马迹。本章则试图通过分析小说中灾难发生的地点和时间调度，以及对灾难的灾情设定来分析其表层的"灾难"之下隐藏着的与战争的勾连。

首先拟根据上卷中地震、火山、海啸发生时间、地点与美军登陆计划进行比较，探讨其中的一致性。

《日本沉没》上卷中出现的地震火山灾害按照时间先后的整理：①小笠原海溝地震、伊豆の大島、三宅島、青ケ島→②ベヨネーズ列岩→③伊豆天城山の噴火と周辺の地震（1979年7月26日）→④相模湾の津波→⑤浅間が噴火（1979年7月27日）→⑥阿蘇と霧島が噴火→⑦小諸に強震→⑧京都大地震→⑨北海道の根室、三陸地方津波→⑩箱根に、噴火→⑪関東地方に、大規模な地震（第二次关东大地震）。

如果对应地图的话，就可以清晰地发现，①②③④⑤⑩对应着日本的富山火山带和小笠原地震带，⑥对应着雾岛火山带，⑦对应着乘鞍火山带，⑧对应着花山地震带，⑨对应了东北地震带和北海道地震带，⑪则对应了发生于1923年的关东大地震，是由于板块移动发生的海沟型地震。由此可以看到，在为"日本沉没"这一巨大地质灾害作铺垫的前期，这段时间发生的地质灾害都有其地质学上的依据，才会使得"日本沉没"的发生更具有真实性和可信度。

但考察沿富山火山带发生的①②③④⑤⑩等五个火山地震运动的时间空间顺序可以清晰地发现，灾害的发生呈现出由远及近、由海洋向内陆、由轻微到严重等规律，仿佛"灾厄"渡海而来登陆日本。而且发生灾害的几处地点，如北九州、伊豆相模湾附近、三陆沿海、北海道，在二战时期都是美军或苏联登陆日本的战略要地。

在二战末期，美军为攻占日本于1944年提出了"覆灭行动"（Downfall Operation），这个计划分为两个大部分，分别是计划于1945年11月实施的"奥林匹克作战"和1946年春实施的"花冠作战"。"奥林匹克作战"的主要战略就是从南九州登陆，进行占领，而"花冠作战"则是占领关东平原，前者为的是为后者做好前期铺垫，方便美军从相模湾等地登陆之后压制东京。

美军在提出"覆灭行动"之后，也预想了日本投降的可能，并制定了"黑名单行动"（Blacklist Operation）。这个计划在1945年4—7月期间制定完成，主要内容是如果在美军本土登陆前日本投降，美军将会对重点区域进行分成3个阶段的占领。

根据作战图可以看到，北九州、京都大阪地区、东京地区和青森县与北海道的连接点是美军占领的重中之重。而在当时，苏联也加快了对中国东北地区日军势力的清缴，并试图通过北海道北部登陆日本。[9]188日本面临着美苏夹击的窘境。

根据以上分析可以清晰地看到，《日本沉没》中地震火山海啸等自然灾害发生的地点暗合了美军对日本作战计划中的登陆点和重点占领区域。从海上向陆地靠近，从日本的边缘地区向次中心京都，再向首都东京一步步地接近，仿佛一个巨人毁灭日本的精心策划。

Downfall是"覆灭、灭亡"的意思，与《日本沉没》中拯救日本的D计划首字母相同。并且创作完成时，小松左京为小说的命名就是《日本灭亡》，只是后来在光文社编辑部的建议下改为了感情色彩更加淡化的《日本沉没》。[1]130小松左京在《日本沉没》中大量细致刻画的自然灾害之下其实隐藏着二战末期，以美军为首的轴心国部队的对日战争和占领这一暗含文本。同时，"日本沉没"这一地质灾难隐喻的就是二战末期美军来袭导致的"日本灭亡"。小松左京在战后30年的设定背景之下，用地质变化"重演"了"日本灭亡"的历史。

除以上分析之外，文本中发生于东京的"第二次关东大地震"的描述与二战时期发生的东京空袭也具有高度一致性。

东京大空袭是第二次世界大战末期，由美军空袭部队对东京进行的以烧夷弹为主的大规模战略空袭的总称。空袭共导致310万人受灾，死亡11万5千人以上，毁坏房屋85万户以上。[10]58美军针对东京的空袭主要以1945年3月10日的大空袭为节点分为三个阶段。初期的空袭从1942年4月18日开始。以飞机场、兵工厂、战略都市为主要攻击对象，多进行高度高的日间轰炸。因为高度高，所以精准度差，打击效果并不突出。

发生于1945年3月10日的东京大空袭则与之前的空袭相比，将攻击目标改为隐藏在平民街区中的小作坊和一般民众，采用低空飞行和夜间轰炸的模式，使用了针对日本木质建筑研发的烧夷弹。美军还利用了当天晚上的西北风，让火灾的范围和程度迅速扩大。这次的空袭也被称为"下町空袭"，就是因为主要的轰炸地区就是东京人口密集靠近东京湾的下町地区，主要包括现在的墨田区、江东区、台东区、江户川区西部、中央区大部、千代田区的一部分。这次轰炸在当时直接造成8万多人死亡，后来总计十万人因这次空袭去世。值得注意的是，这次的大空袭与之前一样因为美军上层的严令，皇居并未受到破坏，因此皇居所在的千代田区受灾规模很小。

并且在《日本沉没》中对"第二次关东大地震"的受灾描述中有这样的文字："东京的天空，下起了火与车的雨。"[6]222而根据东京大空袭受灾者的回忆，3.10日空袭当晚，东京的天空仿佛下起了火雨。[11]19"以江东区为首，台东区、中央区、品川区、大田区等沿着海岸的住房密集地带，文京、新宿、涉谷等住宅地带，江户区、墨田区的中小工厂地带的一部分，简直在瞬间就化为火海。（略）这次是正要做晚饭的时间。（略）并且在这一地带密集的精细化学树脂加工工厂因为失火加热产生各种有毒气体。（略）这一片地区，有大概40万人几乎一在瞬间就被夺去生命。"[6]222-223 "相对来说保存了原状的有千代田、涉谷、代代木、港区的一部分，然后就是离城市中心有些距离的地区。"[6]223 "被火焰席卷的下町地区，（略）火焰被晚风裹挟，让火灾甚至乘着旋转的旋风，直冲天空，下町一带被燃烧殆尽。"[6]224对于当日大风和火焰旋风的描述也与东京大空袭当时的情况吻合。[10]73

　　"下町全灭了！"[6]229 "千代田区还保存得相当完整……"[6]238文本中多次提到"第二次关东大地震"中，下町地区和平民损失惨重，与之对应的，千代田区却损失轻微，不得不认为是作者在有意暗示东京大空袭当时的受灾状况。同时文本中，受灾调查的职员感叹道："简直就是江东区的奥斯维辛（重点符号同原文）"，同样暗示文本中的火灾其实就是如同德军屠杀犹太人一般的美军的暴行，是作者对地震文本之下还潜藏着战争文本的一种明显暗示。

　　而在3月10日之后的4月13日，美军再次对东京进行了无差别烧夷弹空袭。这次兵工厂群受到很大打击，皇居也有部分损伤。一部分市民为了躲避火灾聚集到新宿御苑门前，要求进入避难。但是守卫坚决不允许市民进入，市民中的一人诘问原因，守卫回答道："里面种着天皇陛下的番薯。"群情激奋的群众打坏宫门试图闯入，终于门被打开，很多市民得以在御苑内避难。[12]100类似的情节也在《日本沉没》中出现，"皇居前已有几万人聚集在此，并且还有更多胆怯的人们陆续聚集过来。"[6]227

　　这种情节的相似绝非巧合，而是小松左京有意为之，意在通过对战争场景的重现唤醒读者对于战时的共同记忆——空袭造成的火灾，死伤惨重的平民，毫发无伤的天皇。他在访谈中就提及："（写作《日本沉没》）其实不仅是对第二次世界大战中的战死者和牺牲者的补偿，同时也是因为，我想知道我们这个国家在战后经济上大获成功，天皇制残存下来，新干线开通，这样的国家对外部世界来说究竟会被怎样看待。"[8]131战争中死去的人，战后残留下的天皇制，以及高速发展的经济，都成为小松左京面对历史和现实不断思考并反映到文本当中的问题。其后，文本中又出现了多处与战后记忆重叠的情节，如严重的物资不足、黑市的泛滥，对"黑雨"的提及令人联想到广岛核爆的惨状等，无一不在引导读者不断回溯二战战败时日本平民的悲惨遭遇，指向对战争造成的恶劣后果的提示和警醒。

三、"病龙"的沉没

最后，笔者将结合作者创作意图与其创作时期1964—1973年时代背景，分析文本中对于对战时意识形态的深思和对战后社会的反立，探讨文本中将即将沉没的日本称为"病龙"的原因。

小松左京的创作意图与他的战争经历密切相关。作者在日本战败时正就读中学，在当时的战时体制下度过了青春期。"我在中学三年级的时候迎来了战争结束，一直以为自己会进入军队然后死去。也见过了燃烧之后废墟的严酷现实。但是活下来其实已经是幸运了，冲绳战役中与我年级差不多的少年们被强迫拿上枪，作为战斗人员大量死去。"[1]15中学时他经过了严酷的军事训练，因为视力低下戴着眼镜而被教官和同学们欺凌。他参与过空袭之后的遗体收敛，"在因空袭而燃烧着的民宅里，我做过收集尸体的工作。至今我还能在梦里见到当时的场景"[8]45，也经历过学生动员，在生产自杀式爆炸袭击潜水艇零件的工厂里劳动。

战争体验对小松左京的人生影响甚为巨大，甚至也深刻地影响着他的文学创作。"之前我也提到过，如果没有经历战争的话我是不会写SF的。在那种体验的延长线上，能允许我表现这些内容的就只有SF文学了。毕竟是一亿玉碎。我一直都疑问它会导致怎么样的结果，国土如果被全部占领的话，日本人要怎么活下去，觉得考虑这些问题也未尝不可。"[1]14-15"战争末期毁灭性的国土破坏的样子也各种在脑海里浮现。（略）在没有电脑的时代，用计算尺和70年代以后的桌上计算器，自己尝试着进行了多种多样的模拟和计算。这些记忆都凝聚在这部作品里，写也写不完。"[8]47可以说他开始SF文学创作正是由于饱受了战争的摧残，并由此他产生了对日本国家、民族的深刻思考。

1956年，经济计划厅发表的经济白皮书《日本经济与近代化的成长》的结语部分指出"几乎可以认为已经不再是战后了"，而这句话也成为当年的流行语。日本1954—1973年之间的经济高速增长的最高光时刻大约就是1964年日本奥运会的举办。这也是奥运会第一次在亚洲举办。奥运会的成功举行象征着日本的经济腾飞到达高潮，也彰显了日本国际地位的大幅提升。但就在这时小松左京却对战后的经济繁荣提出了质疑和担忧，他开始了对《日本沉没》的构思。他在自传第六章《日本沉没》中提到："本来应该在本土决战、一亿玉碎中灭亡的日本因战败而获救，只用了二十年就实现了复兴，举办了奥运会，登上了高速经济增长的台阶，又举办了世博会。日本成为发达国家了。我也身在其中而随之飞奔，但是在享受着富裕之际，总有危机和不安在头脑萦绕。（略）所以，我想让优哉游哉、自以为是的日本人在虚构的世界里去面对失去国家的危机，于是开始了创作。我强烈地想去思考日本人为何物？日本为何物？"[8]45在日本社会普遍认为战后已经结束，开始享受经济腾飞带来的富裕和繁荣时，小松左京对战后社会的冷静思考驱动着他的文学创作。

同时刺激着他的还有日本右翼的蠢动。在美军结束日本占领11年后的1963年，右翼复兴的风气卷土重来。针对当时的社会状况，小松左京在提及自己创作《日本沉没》的动机时谈道："我开始写作（《日本沉没》）的契机就是因为接受不了'一亿玉碎'和'本土决战'。正好1963年当时'大东亚战争肯定论'出现，这种论调开始有了卷土重来的趋势。我无法对那场战争末期出现的'一亿玉碎'和'本土决战'的风气持肯定态度。政府、军部、国民都在说'一亿玉碎'，但是他们真的觉得日本国民全部去死是合理的吗，真的觉得日本这个国家消失也是可以的吗。要是这样的话，那就试试看如何。（略）普通的小说是无法做到这样的设定的，但是如果在SF中运用'历史性的假设'的话，其实是可以实现的。（略）可以让那些在小说中失去国土的日本人思考这些。因此，我脑中开始浮现让日本列岛沉没的设想。"[1]126-127于1964年开始构思，到1973年终于完成，小松左京花费了9年时间。

1973年是日本经济高速增长的最后一年，日本社会呈现前所未有的经济繁荣。但同时，第四次中东战争爆发，石油价格飞涨，在日本社会引起巨大恐慌。而经济的高速增长同时也带来了水俣病等公害事件的发生，社会充溢着不安的氛围。同年6月筑摩书房创刊了隔月刊《从末日出发》，正是对这种不安的回应。创刊号《破灭学入门》中，以野办昭如为中心，报告了日本列岛面临毁灭的状态。这种社会总体的破灭感也成了《日本沉没》畅销的契机。

另外，1972年首相田中角荣内阁提出了"日本列岛改造论"。有评论家指出小松左京的《日本沉没》就是对"列岛改造"的讽刺。[13]19小松左京的创作肯定有对同时代社会现实的观照，这种观照反映在小说中又引起同时代读者的共鸣。《日本沉没》的畅销无疑印证了这一点，但笔者认为小松左京的目光绝不仅限于当时日本社会的表象，而是对战后日本社会进行了深刻的文明、政治批判。

视点人物小野寺俊夫在离开东京出差之前曾这样描述战后经济繁荣的象征——东京："道路被挖开，工程车到处转来转去，赤红色的铁骨和巨大的起重臂在街道上不停挥舞"。[6]69战后经济的繁荣带来的城市建设在他的描述下显得充满荒诞感和破坏性。而面对城市中的人流，他如此描述："青白色、奇形怪状的生命，一边散发着腐败的热气，一边发出恶臭的气体，静静地进行着通向无机物的崩坏过程……"[6]69原本在经济繁荣的背景下朝气勃勃的都市人流也被用一种冷酷无情、甚至带着恶意的目光审视。对战后经济繁荣催生的巨大都市和众多人口的无情审视是小松左京对于掩藏在其下的日本社会痼疾的清醒认识和深刻透视。

"在原爆纪念日时，（略）逐渐靠近的八月十五日让那场战争的记忆又变得明显起来。"[6]120"就算从世界的前台一时撤退，但却不会消灭或者灭绝。就算一时从表层退场，却还在世界的内里，都存在着。"[6]124"这个国家什么都不会消灭，什么都不会死亡——其实根本就没有什么东西真正消灭过吧。"[6]125作者不停地暗示，在表面繁荣的日本社会背后，存在于历史中的阴魂从未真正散去、消失，他们继续存在于社会的背面，潜伏着。

但是作者并不满足于仅仅嵌入一些暗示，在小说的最后部分直接对日本近代社会进行了激烈的批判。"日本在明治以后，在离自己最近的区域里从来都让自己四处树敌。不管是经济侵略还是军事侵略，不管是作为冷战外交的先头马还是建立军事基地——不管哪一件都是对帝国主义侵略的重复。自己一次都未践行过善邻外交。让自己变成亚洲孤儿实在是自作自受。"[7]135同时也直接提出了对二战时期意识形态的猛烈抨击，以及这种意识形态在现时日本社会中尚未改变的残留。"比起个人的生命，更重视国家这一机构的存续，这种思维方式从战前的官僚政府到现在是一以贯之的。"[7]99

不仅对政府，对残留在日本民众之中的政府与民众的不健康的"共同体"感觉，小松左京也进行了不留情面的揭示。"迄今为止，大部分的民众心底依然强烈的残留着与'政府—指导者'之间的远超乡党意识的一体感、'共同体感觉'，甚至可以说是孩子对父母一样'为我做点什么'的想法，以及由这种想法连接着的'对国家的依赖'。"[7]139而这种不健康的联结感，从文本的强烈暗示来看直接指向着引导日本走向战争深渊的二战时期的国家意识形态。

"对人的无视，对人命的轻视，带着'切腹'的传说，继续着'神风'式的经济发展，到如今的日本就像是一艘世界第一无谋、第一无视人命的战舰，就算建起了大都市，就算向着世界市场进行着'万岁袭击'，但是没有高空的支援，也无视战术，这种做法最终将会像那座巨舰'大和号'一样，终结于牺牲无数人生命的玉碎。——恐怕，民族的习性是无法通过一次两次的失败更新的，就算经过了20世纪初的对俄要塞攻击战、二战，到现在，依然重复着'同一种类型'的失败。要想让日本从惨烈的教训中吸取经验的话，恐怕还需要相当长的时间吧，把同样的错误不知道重复多少次才行吧……"[7]16对于军国主义残留的痼疾，小松左京在这一段中进行了密集而精准的揭露，并预言如果不改变国家和民族的深层习性，日本终将重复历史中一而再再而三的错误，并如同"大和号"一样沉没。

他在自传中提到："写作的过程中，我参考的其中一本书就是吉田满的《战舰大和号的最后》（创元社，1952年8月）。舰长是多么毅然决然，而舰员们又是抱着怎样的心情如何活动的。在写到沉没的高潮时，我受到了很多刺激。"[1]129大和号沉没于日军与美国海军之间的冲绳海战，它在耗尽炮弹后自杀式地冲向美军战舰最终被鱼雷击沉，船员几乎全员覆没。它的沉没标志着日本海军的覆灭，也预示了日本终将失败的命运。小松左京将大和号的沉没比作日本沉没的原因在于，在大和号沉没的悲剧中，狂热的"人命无视"、战时意识形态的病态驱动下的战术失败，甚至自杀式的"殉葬"袭击，都深刻地映射了二战时期官方话语和意识形态的深层痼疾。

在日本即将沉没的最后时刻，他对日本的描述是"龙病了"[7]191。这里的"病"正是暗示着即便经历了战后三十年的经济发展，即便人们已在生活中难寻战争的痕迹，但是导致战争的日本民族、文明中的痼疾依然潜藏在社会表象之下，从未消失也难以被察觉。在华丽繁荣的社会之下，有的是触目惊心的痼疾旧疮。"病龙"的沉没在所难免。日本沉没了，但对于小松左京来说，这是民族新的序章。"为了日本人的民族的健康，从现在开始，日本（略）的男人要去往海外，让自己成为新时代的'世界的成人'……"[6]148所以《日本沉没》虽然是历经九年才完成的鸿篇巨制，但是小说的结尾却是"第一部完"。

终于在2006年小松左京与谷甲州合著出版了《日本沉没 第二部》，描述了日本民族如何在世界各地通过艰苦卓绝的努力与当地民族融合，为当地人带来福祉，并试着重建"新日本"的过程。[2]5

出于对战后日本社会现实的不满，小松左京开始了《日本沉没》的写作。也为了与"一亿玉碎""本土决战"所代表的战时军国主义意识形态抗衡，《日本沉没》中日本虽然沉没了，但没有人"玉碎"。人们在巨大的灾难面前艰难求生，特别是代表政府的首相言辞坚决，"把拯救全体国民的生命作为最优先目标"[7]98。反观二战末期在美国海军的强烈攻势下败相已显的日本军队，大量研发和投入自杀式武器，歌颂为国家赴死的行为，用日本民众的生命换取战争微不足道的"成果"的行为，小松左京的意图更显清晰。

结　语

　　小松左京在战后30年这一时间设定中，通过绵密的灾难编排与科学的地质理论的紧密交织，创造了一个与1973年日本社会平行的近未来终结性灾难事件。这一灾难文本以其强烈的真实感塑造和文明启示性在日本社会成为一个历久弥新的文化话题，并不断被各个时代的读者接受。但作者在"灾难文本"背后潜藏的战争指向则相应地不被重视甚至被遗忘。因此本文通过结合《日本沉没》时代背景和二战时期的战争资料，对文本、作者传记、访谈等材料进行分析，认为小松左京在灾难文本的表层之下对日本的战败进行了全面的回溯，通过重构战争记忆、塑造具有战争经历的人物、对战争和战争事件的重塑，与历史文本形成呼应与对照，为读者创造了一个对日本战时意识形态和战后社会重新进行反思的文本空间，以期揭示一种阅读《日本沉没》的新视角。

参考文献：

[1][日]小松左京.SF魂[M]. 東京: 新潮社.2011.

[2][日]春日太一.戦後日本の総決算「仁義なき戦い」から「日本沈没」まで[M]. 東京: 新潮社.2012.

[3][日]さよなら小松左京[M]. 東京: 徳間書店.2011.

[4][日]追悼小松左京[J].KAWADE夢ムック 文藝別冊. 東京: 河出書房.2011.

[5][日]長山靖生.戦后SF事件史[M]. 東京: 河出書房.2012.

[6][日]小松左京.日本沈没（上）[M]. 東京: 光文社.1973.

[7][日]小松左京.日本沈没（下）[M]. 東京: 光文社.1973.

[8][日]小松左京.小松左京自伝——実存を求めて. 東京: 城西大学出版会.2018.

[9][美]トーマス・アレン、ノーマン・ボーマー.栗山洋児訳.日本殲滅——日本本土侵攻作戦の全貌[M]. 東京: 光人社.1995.

[10][日]奥住喜重、早乙女勝元.東京を爆撃せよ——東京大空襲の本当の標的は何だ

ったのか? [M]. 東京: 三省堂.1990.

[11][日]早乙女勝元.東京大空襲 : 昭和20年3月10日の記録[M]. 東京: 岩波書店.1971.

[12][日]奥住喜重、早乙女勝元.新版 東京を爆撃せよ—米軍作戦任務報告書は語る. 東京: 三省堂.2007.

[13]朝日クロニクル周刊20世紀1973年[J]. 東京: 朝日新聞社.1999.

[14][日]有井健人.1973「日本沈没」完全資料集成[M]. 東京: 洋泉社.2018.

[15][日]小松左京.地には平和を[M]. 東京: 早川書房.1963.

日本科幻与动漫

爱森斯坦与迪士尼的野合

——日本漫画和动画的非日本式起源

[日]大塚英志　著

靳丽芳　译①

当某人想要了解日本漫画和动画时，如果解释说它们反映了日本的传统，或者正相反，说它们反映了后现代主义日本存在的特殊情况，恐怕大部分人都会满意吧。不仅是外国人，日本人恐怕也是同样的反应。我这么说当然是含有讽刺意味的，因为日本人喜欢用法国人一样的眼光和语气来谈论日本文化。

但是我对那种带有压抑性的期待感到很困惑。所以一直以来，我对于日本的漫画、动画都使用了一些挑衅性的说法。比如，说日本漫画和动画只不过是迪士尼的亚种而已，说"御宅族"文化的大部分技法和审美意识都是起源于1921年至1945年之间日本的法西斯体制之下。而如今，我常常说"日本的漫画和动画是作为法西斯体制下迪士尼与爱森斯坦的野合而存在的"。换句话说，这个国家的漫画动画是作为"过了头的现代主义"而存在的。

正是出于这一点，我觉得应该跟大家讲讲日本的漫画和动画。

当今日本漫画动画的美学起源，可以追溯到20世纪20年代的现代主义时代，但不能再往前追溯了。这个时代出现的文化全球化现象也同样波及了日本这个远东的岛国，现在的日本漫画动画中，有不少作品其想象力的源头就始于这个

---

① [作者简介]大塚英志，日本著名评论家，大众文化研究学者、民俗学者、小说家、漫画原作者。国际日本文化研究中心研究部教授、东京大学大学院情报学环特任教授、东京艺术大学大学院影像研究科兼任讲师，艺术工学博士，在世界各地开设《日式漫画表现教育法》研究班。代表性的理论著作有：《物语消费论》《少女民俗学》《"御宅族"精神史：1980年代论》《公民的民俗学》《作为伪史的民俗学——柳田国男与异端思想》《亚文化文学论》《故事论解读村上春树和宫崎骏——只有结构的日本》《村上春树论——亚文化的伦理》等。
[译者简介]靳丽芳，女，郑州大学外国语与国际关系学院，讲师。研究方向：日本电影研究、日本文化研究。

时代，简单举例来说，日本漫画动画中的都市形象只不过是弗里茨·朗的《大都会》（1927年）以及认为可以通过建筑来设计世界的这个时代的建筑师们思考的后裔而已。从这个意义上来讲，我们有必要认为，这与想要将希特勒的妄想都市呈现出来的阿尔伯特·斯佩尔[①]有着相同起源的想象力。"都市"的形象从弗里茨·朗起，到手塚治虫，再到80年代以后的日本漫画动画，就是这样一步步被传承下来的。

重要的是首先要把握一个事实，即在20世纪20年代的日本有着和西欧一样司空见惯的现代主义，构成主义和未来派等先锋派艺术运动在这个国家也作为一种年轻人文化被推展开了。

从理论上主导了20世纪20年代的这场运动的，是从法国带回了先锋派理论的村山知义。村山将构成主义理解为以"机械"为比喻的艺术，一方面将世界作为符号的组合来理解，另一方面，赞美了如革命后的俄国所展示出的那种美国主义，即美国的资本主义所带来的美学。同时他主张艺术机械化，追求被印刷和复制了的艺术。

实际上，他们的大部分成就，仅仅停留于在俄国先锋派的直接影响下在舞台装置和图形设计方面留下了一定的成果而已。在20世纪20年代之后的日本，俄国先锋派与社会主义思想结合在一起，掀起了一次小型的知识流行潮。并且，被称为大正先锋派的前卫美术运动本身也在短时期内集结了。

但漫画动画史中特别值得一提的是高见泽路直，他是20世纪20年代波及日本的先锋派运动的旗手之一。进入30年代以后，他便以田河水泡的名义，凭借作品《人造人》（当然，这是对恰佩克的《R.U.R.罗梭的万能工人》以及弗里茨·朗的《大都会》的借用）转型成为漫画家。在1931年开始连载的

---

① 阿尔伯特·斯佩尔（1905—1981）是一位德国建筑师，在纳粹德国时期成为装备部长以及帝国经济领导人，在后来的纽伦堡审判中被判定为一级战犯，但没有被判以死刑。——译者注。

《野狗小黑》系列中，他以漫画的形式实现了漫画艺术表现的大众化。20世纪20年代末，具有欧洲风格、好似埃尔热的《丁丁历险记》一样的《正太历险记》（小田小星原作，桦岛胜一作画）也很受欢迎，但田河水泡之所以最重要，是因为他最早接受了迪士尼的角色样式，成了这种样式的雏形。

这种样式是20世纪10年代后半期开始登场的美国商业动画发明的。他们用由圆、椭圆、橡皮筋等线条形状组合而成的简单化的格式来描绘猫、老鼠和兔子的身体。以这种共享的格式（"画法"本身就是一种共享模式）所表现出的一只老鼠形象，便是《蒸汽船威利》中的米老鼠。因此，尽管我没有必要在这里谈论，但还是要提一下，现代美术家村上隆宣称他的原创作品"BOB君"是从日本的御宅文化和流行文化中得到启发创作而成的，但该作也只不过是把内化于日本漫画动画角色中的迪士尼式"共享模式"无意识地抽离出来了而已。

田河水泡根据这个格式塑造了"野狗小黑"的角色，而且，同时代的漫画家们都争相地按照这个格式来创作角色。它被第二次世界大战后崭露头角的手塚治虫正统地继承，《铁臂阿童木》和《森林大帝》的主人公便是以米老鼠画法描绘的。它们之间的影响关系，看了图1便能理解吧。

实际上，不仅仅是田河，20世纪20年代参与先锋派艺术运动的柳濑正梦也在30年代以后创作了面向儿童的漫画作品，村山知义也进行了动画制作。但是，在日本美术史上，并未正确提及漫画艺术的源头乃是出自先锋派艺术。尽管现代美术家们如今想要将"漫画"认定为艺术，但在日本，漫画动画艺术表现的源头却来自20世纪20年代的先锋派。其中，与柳濑、村山相比，田河的漫画在商业上能够取得成功，是在于他采用了迪士尼的画风。这是他与柳濑、村山二人的不同之处，他们二人遵从苏联的方针由构成主义变节为社会主义的写实主义，而另一方面又以俄国先锋派的成果作为雏形。

那么，田河是从先锋派艺术运动转向商业主义漫画的逃兵吗？田河作为先锋派艺术家，并不像村山那样是一个美术理论的雄辩者，而只是一个天真无邪、淘气顽劣的年轻人，他认为赤身裸体地倒立表演现代舞蹈、去美术馆扔了石头逃走便是一种艺术。但是，这样的田河把迪士尼这种美国资本主义艺术的美学理解为"构成"，将其艺术表达的载体转移到了漫画这种被印刷、被复制了的"机械化"表现形式上，这能视为变节吗？我认为，倒不如说这是大正先锋派理论性框架的唯一成就。

说起来，田河以及继田河之后采用"米奇格式"的漫画家和动画画师们是从构成主义的角度去领会美国动画中角色的画法的，这一点从〔图2〕或者从下面的发言中也能明显看出来。这是战前动画画师的代表人物之一大藤信郎关于"米奇的画法"的说明图和评论。

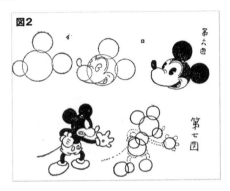

我认为考虑表现形式是迪士尼最高明之处。也就是说，为了使漫画电影动态化，必须以圆形为基础。如果所有形状都是圆形的，那么怎么做都会动的。用圆形和线条组合而成的便是"米老鼠"。试想一下"米老鼠"吧，它的脸是圆的，上面有一个小圆鼻子，嘴巴是圆的，脚是圆的，手也是圆的。在它们中间画上线便是"米老鼠"了。这就是最理想的便于活动的模型。所以才会动得那样灵活呢。（座谈会"关于日本漫画电影的未来"《小型电影》第2卷第6期，1942年）

20世纪30年代的日本，曾大量地生产迪士尼的盗版产品。任何时代盗版都是文化传播的重要途径，这是不可忽视的事实。而且，盗版是了解那个国家如何接受原来艺术表现形式的重要资料。例如，在广濑新平的

《米奇忠助》（1934）中，从日本的黑老鼠戴着米奇形状的纸糊小道具装扮成米奇这一段故事之后，作为"盗版"的正篇就开始了〔图3〕。在大城登的《小白水兵》（1933）中有一段内容是，怎么看都是白色米老鼠的白熊被章鱼喷的墨汁淋黑了〔图4〕。从中可以看出当时的日本漫画家很清楚自己吸收了"米奇格式"，并对此具有一定的批判性。

另一方面，我并不否认"20世纪20年代以前的漫画"一部分起源于12—13世纪左右的《鸟兽人物戏画》。《鸟兽人物戏画》中所体现的画风，在日本的近世称之为鸟羽绘、略画式，被北斋漫画所采用。但是我认为应该这样考虑：20世纪20年代的现代主义及先锋派艺术运动给日本带来的构成主义，与随后传入日本的迪士尼动画相结合，形成了模式化的所谓"米奇画风"，由此产生了与那种传统的分离。这与许多国家的先锋派艺术运动倾向于重新发现民俗式绘画、并从构成主义角度去加以理解形成鲜明的对照。可以说，日本的先锋派艺术运动不是"发现"了民俗，而是"发现"了迪士尼。

手塚治虫直到后来的1979年，还主张自己的漫画是事先准备好的"符号"或者象形文字的组合，而不是写实。库里肖夫[1]和爱森斯坦曾认为"汉字"是由起源于象形文字的符号组合而成的，以此作为类比来解释蒙太奇理论，手塚前面的主张是对他们二人这一做法的一种挪用，同时也证实了手塚心中一贯存在构成主义式的绘画观。

---

[1]　库里肖夫（1899—1970），苏联电影导演、电影理论家，著有《电影导演实践》(1935)、《电影导演基础》(1941)、《镜头与蒙太奇》(1962)等理论著作。著名的"库里肖夫效应"便是他在十九岁时发现的一种电影现象，是一种心理效应。库里肖夫看到了蒙太奇构成的可能性、合理性和心理基础，他认为造成电影情绪反应的并不是单个镜头的内容，而是几个画面之间的并列。"库里肖夫效应"是爱森斯坦蒙太奇理论的有力证据。——译者注。

那么，如此这般，在角色画风上已经迪士尼化了的日本漫画和动画，要想实现进一步的改变，就需要关注今村太平这位理论家了。

今村太平是20世纪30年代青年的一个典型，他亲近了马克思主义，然后又轻易地放弃了它。此时值得注意的是，尽管他舍弃了马克思主义，却没有舍弃与之紧密结合的先锋派理论。而且，这反而有利于他在法西斯体制下的职业生涯。众所周知，在德国，戈培尔①竟然也赞美过爱森斯坦，并希望弗里茨·朗协助拍摄政治宣传片。而当弗里茨·朗流亡的时候，莱妮·里芬斯塔尔运用表现主义和蒙太奇，像爱森斯坦那样拍摄了《意志的胜利》和《奥林匹亚》。在苏联，先锋派艺术作为政治宣传工具的效用从一开始就备受期待。同样，在日本法西斯体制下，它也被作为政治宣传的手段，先锋派艺术家中尤其是与视觉媒体领域相关的人士都受到了厚待。

1939年，日本仿照德国制定电影法，出于审查和经济性庇护两种考虑，将电影置于国家的管理之下。其中，特别是"文化电影"和"动画片"成为庇护对象。作为以这两个领域为专业的电影批评家，今村太平在这个时代登场了。1941年，今村太平出版了日本第一部动画评论集《漫画电影论》，扉页上就画着米老鼠（图5）。也就是说，在攻打珍珠港的那一年，他写下了日本第一部关于迪士尼的理论书。吉卜力工作室的高畑勋在战后曾坦言接触这本书后受到了很大影响，现在该书的影印版已由吉卜力出版发行。

今村太平的两个专业领域颇有意思的

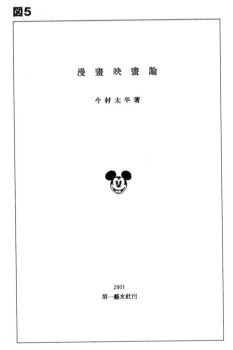

图5

漫画映画论

今村太平著

2601
第一艺文社刊

---

① 保罗·约瑟夫·戈培尔（1897—1945），德国政治家，演说家。他担任纳粹德国时期的国民教育与宣传部部长，擅长讲演，被称为"宣传的天才""纳粹喉舌"，以铁腕捍卫希特勒政权和维持第三帝国的体制，被认为是"创造希特勒的人"。——译者注。

一点是，象征性地体现了日本法西斯体制下动画的生存状态。

这是因为，在国家的庇护下动画片被变成"文化电影"了。"文化电影"原本是指以德国UFA公司的科教片Kulturfilm、保罗·路特的"纪录片"以及无产阶级电影运动，或是十五年战争期间大众对新闻电影的爱好发生变化等为背景而诞生的日本式国策电影的概念。执政者们将"即将到来的大战"定位为"科学战"，企图通过"文化电影"来实现国民的科学化。十五年战争时期的日本动画将完成与这种"文化电影"，即与某种记录电影的"统一"。

关于"文化电影"还有一点应该事先了解的是，这个领域是执政者为马克思主义文艺工作者们提供的一个稳妥的"转换政治立场的天地"。说"文化电影"并非政治宣传，归根结底不过是教育电影，这种权宜之计使原本身为马克思主义拥护者的电影人更容易集中到"文化电影"领域。这样，即使像弗里茨·朗那样被政府要求支持国家政策，也不必亡命天涯了。

可以说，在使动画片成为一种国家政策上，今村实际发挥了两种作用。

一种作用是，他作为鼓动者采取行动，积极地推动将动画片置于国家庇护之下。

今村在他有关电影国策化的论文集《战争与电影》（1942年）中提到，在日军即将进行侵略的各地电影院里必定会放映迪士尼电影，迪士尼插手了政治宣传动画片的制作，他这样主张：

迪士尼漫画过去作为艺术所具有的优越性，便是能够迅速转化为思想宣传战中的武器。从中我们可以看到，优秀的艺术发挥着最强有力的启蒙宣传作用。

我国没有像迪士尼动画那样的漫画电影，就意味着我们是处于劣势的。（今村太平《战争与电影》1942年、第一艺文社）

并且，我们日本电影界别说是面向国外了，甚至连对国内都无法提供能取而代之的作品，这种情况与其说是日本电影的劣势，不如说是彻底无能的体现。不管怎样，在这种情况下我们应该做的工作是研究对方的优秀之处。搞清楚究竟是什么样的技术、什么样的机构，创造出了像动画电影那样强大的大众娱乐性。（出处同上）

就像这样，今村将是否拥有迪士尼式的动画片作为战争时期国力对比的条件之一来谈论，以此一面恫吓执政者，一面主张对其进行"研究"。即使不全是因为今村的恫吓，但事实上日本海军省也确实开始了对动画实实在在的支持，而今村和动画画师们则在日美战争的背景下，开始光明正大地进行有关迪士尼的"研究"。

但是，这样说来，今村是法西斯主义者吗？

如果只能为他的名誉辩白一句的话，我会说：许多原本信仰马克思主义的电影人在战争期间支持国家政策，而战后却好似从未有过这段经历一样，像一位始终如一的马克思主义者一样活跃着；而今村则是一个例外，他是没有那样再度变节的知识分子。因此我认为，如果说他忠实于一种思想的话，那就是忠实于迪士尼的美学。

今村在主张将动画作为一种"国力"的同时，也用俄国先锋派的逻辑对迪士尼做出了以下论述。

把形态的实质还原为平面和线条，这是站在平面科学的立场上的做法，是想要在绘画中加入科学的分析方法。而且，我们必须注意到，这一方法与以科学地分析运动为基础的漫画电影是一脉相承的。漫画电影的画面也舍弃了形态的细节，尽可能将其转换成单纯的线条和平面。为了描绘运动，这个省略是必要的。于是，以米老鼠为代表，唐老鸭、布鲁托、高飞、波比、贝蒂娃娃等形象都不是写实的形态，而是一种类型。这些画面由简单的线条构成，只夸大特征性的部位，因此整体被歪曲得极为严重。这种歪曲同时必须为其本身的运动提供方便。并且，运动中最方便的形态，全都接近于类似d的几何图形。（今村太平《漫画电影论》1941年、第一艺文社）

这里今村所阐述的，无非是对迪士尼所做的构成主义式的解释。而且，前文引用的大藤信郎的发言，从前后关系上来讲也是基于今村的这一观点。

据说军部很支持今村和动画家们这样基于俄国先锋派的艺术理论进行迪士尼研究，甚至把在战地查抄的迪士尼动画片提供给了动画家们。

在第二次世界大战期间，无论是德国还是意大利都禁止向其国民放映迪士尼动画。在德国，据说戈培尔等人曾偷偷地欣赏了迪士尼动画。而在苏联，好像酷爱迪士尼的斯大林曾下达指示，要引入迪士尼工作室的集体制作方式，但进展并不顺利。

如果说日本在有关迪士尼的政策方面比较例外的话，那便是，今村以及动画家们对"敌国"美国的资本主义体系中诞生的迪士尼美学，进行了社会主义国家苏联的艺术理论——俄国先锋派式的解释，对其技术进行了彻底的研究。我把日本的漫画和动画称为"迪士尼与爱森斯坦的野合"，其中一方面具体指的就是这样的情形。顺便提一下，现在已知，在今村之后，爱森斯坦也留下了不少为撰写关于迪士尼的论文而做的笔记。

今村在战争时期所做的第二件事，就是这样"对迪士尼的爱森斯坦式解释"。

图6

然而，战争时期"动画片的爱森斯坦化"确实进一步加剧了，这已不是简单的比喻。这是因为，进入海军省庇护下的动画，最终被要求创作的是作为"文化电影"的动画。

动画家们被要求创作的，是一种作为纪录片的动画。说得更明白一些，就是创作像里芬斯塔尔的电影一样的动画，或者是爱森斯坦式的动画。

1945年，在海军省的支持下，日本第一部长篇动画《桃太郎 海之神兵》诞生了。它再现了日本海军对荷属东印度发动的侵略战争，是一部以动画形式创作的纪录片。然而，其中的登场人物却是

迪士尼式的用双足行走的动物们，在后半部分还有动物们表演的类似音乐剧式的场景。但另一方面，进攻作战的核心内容——海军空降部队在前线基地的日常生活、作战行动的细节，则以写实主义笔触来描绘。除了对武器的准确描绘，还有仰角特写镜头和极度强调远近的构图，或是对"仰角"的青睐，以及在远多于迪士尼的镜头切换中可见的与爱森斯坦式的或里芬斯塔尔式影像的一致性，这些都必须关注。

这是因为《桃太郎 海之神兵》被作为"文化电影"创作出来，意味着可以通过采用政治宣传纪录片所使用的蒙太奇技法、俄国先锋派美学（这些当然与在"同盟国"日本公映的里芬斯塔尔的影像也是相重合的）来创作电影。因此，例如在《桃太郎 海之神兵》中出现的无名士兵的仰角特写，与俄国先锋派摄影师罗钦科的摄影作品以及里芬斯塔尔的《意志的胜利》（1934年）中的一个镜头相似，这些并非偶然，而是同一种美学下的产物。

图9

图7

图8

就像这样，《桃太郎 海之神兵》一方面是以迪士尼式的非写实主义来设计角色的动画片，另一方面则以写实主义来描绘兵器，将它们置于同一个画面中，使其共存。并且，把蒙太奇和像里芬斯塔尔、俄国先锋派摄影一样由极度的远近和仰角组成的构图，以爱森斯坦式的蒙太奇手法展现给大家。在这里重要的是，它们不是简单的拼凑，而是成了一种统一的"美学"。这样的情形不仅出现在动画领域，也发展到了平面设计和摄影等整个视觉媒体领域。可以说，20世纪20年代的现代主义乃至先锋派在日本是在法西斯主义体制下以过了头的形态臻于成熟的。

这样的影像技术只要引入英雄传说式的故事性，现在日本漫画和动画的形式及美学就基本上完成了。既然《桃太郎 海之神兵》原本就是一部纪实电影，那么其中就不存在故事性。这一点很重要。日本最早的长篇动画是排除了故事情节的。

这一点漫画也是一样。在漫画和动画中重新引入故事，是由手塚治虫在战后漫画史中完成的。

当年上映时就实时观看了这部《桃太郎 海之神兵》的，便是手塚治虫。他在日本战后漫画的形成中发挥的作用可以举出三点。那便是：（一）引入了英雄传说式的故事，（二）赋予角色身体性和内在性，（三）将电影式的蒙太奇继承到了战后漫画中。

考虑这些时应该事先指出的是，有迹象表明，早熟的少年手塚曾接触了战时的电影理论。例如，战争时期，在关于"文化电影"的争论中产生了故事形式与非故事形式两种概念，非故事形式的电影在艺术性上占了优势，但是争论却转移到了对于适合这种非故事形式（即"文化电影"式的技法）的"故事"的摸索上。战争结束前后，手塚在他所画习作的开头这样写道："这既非漫画，亦非小说"。手塚曾经是一个想要通过电影式的编排和思考来对漫画的艺术表现进行"文学化"的孩子。那便是被称为"故事漫画"的风格。

关于它的形成过程，这里不再赘述了，但是，一方面继承了手塚所采用的英雄传说型的"宏大叙事"和迪士尼的角色表现风格，但同时又和活生生的人一样有着内在心理，由此产生了情感纠葛，或者是因为拥有了"身体"，所以有了受伤、死亡、甚至是性，这样的角色成为日本漫画艺术表现的一个本质。可以说，手塚是想要通过迪士尼式的角色来表现写实主义。这可说是战争时期纪录片式的写实主义美学侵入迪士尼美学的延伸。在战后的日本漫画中，内心和身体的写实主义在没有改变角色画风的情况下就被内在化了。如今的"御宅族"式的漫画对动画角色做出性方面的表现，是作为"源自漫画动画角色的写实主义"所带来的琐碎现象而存在的。

但是，手塚一方面赋予角色内在和身体的真实感，另一方面却封存了由《桃太郎 海之神兵》所完成的武器写实主义。可以说最具象征性的便是，"阿童木"这个机器人的设计酷似米老鼠的画风。武器写实主义再次在日本漫画动画史上正式复兴是在《机动战士高达》（以下简称《高达》）（1979年）中，这部作品所做的，是将机器人作为"武器"真实地重新加以设计。安彦良和是出身于手塚治虫的虫制作公司的动画画师，他所描绘的角色在《高达》中再度开始与武器共存。

顺便说一句，这部最早的《高达》是以伊斯兰风格的角色和"约定之地"为主题的，这一点需要注意。《高达》的导演富野由悠季是日本赤军的电影导演足立正生大学时期的学弟，安彦曾经是新左翼宗派的一员。他们当时只是普普通通的年轻人，但是在80年代日本的亚文化和文学中，英雄传说型的宏大叙事逐渐膨胀，它被称为"世界观"，背景之一便是20世纪70年代学生运动的失败。可以说，这次失败使当时的年轻人从"现实的历史"撤退到了"假想的历史"中。在作品中构思"假想历史"的态度，不仅见于漫画动画中，在村上春树、中上健次等80年代日本的代表性文学家那里同样能看到。但是，这并不局限于日本，正如乔治·卢卡斯的《星球大战》所象征的那样，可以说，当后现代主义者提出"宏大叙事"的终结时，亚文化则开始了作为"假想"赎回"宏大叙事"的准备。

我向海外的人们急匆匆讲述了日本漫画和动画的历史，但是，正如海外的人们所期望的那样，日本人也喜欢将漫画动画作为"传统"或"后现代"的反映来讲述，并且他们忘记了自己的艺术表现是历史的、政治的产物，被海外的人们称为"酷日本（Cool Japan）"就高兴不已，而且政府也这样自称，使之再次作为政治宣传的工具而不彻底地服务于政治。我提到了日本亚文化在法西斯主义体制下的出身，但我并不认为因为有这样的出身这种艺术表现就不正确，也不会因为带来了这样的艺术表现就认为法西斯主义是正确的。我是想冷静地讲述曾经有过这样的历史。

而且正如日本曾经经历的那样，在20世纪20年代文化被从"传统"中切断，在两次世界大战中那种方法不断进化的情况在任何国家都有可能发生。说到这里，可以举个例子，例如以《龙猫》为首，吉卜力工作室所做的动画中有着失去了的美丽的日本风景，对于如此谈论的外国人和日本人而言，有必要谈谈那样的动画中"乡土"印象的起源吧。也就是说，既无处可寻又统一化的作为怀旧对象的"乡土"，正是法西斯主义想要的，正因为如此，《桃太郎 海之神兵》的前半部分描写了"美丽的乡土"和在那里生活的人们。

因此，下面我想介绍一下宫崎骏关于日本漫画的艺术表现是如何发泄的，以此来结束我这篇随笔。

故事漫画的方法论与蒙太奇理论中最无聊的部分有些相似。二十世纪初俄罗斯导演爱森斯坦创作了电影《战舰波将金号》（1925年），他将自己所做之事理论化，创造出了蒙太奇理论，认为以镜头的不同剪接方法，能够产生超出简单排列镜头之外的意义。所谓的蒙太奇理论，其实是一种无聊的理论，按照这个理论拍出来的电影，我觉得是最差劲的电影（笑）。（宫崎骏《折返点—1997～2008》，2008年，岩波书店）

他对于漫画表现为何会做出如此类似近亲憎恶的发言，想必理由已经很清楚了吧。吉卜力也是爱森斯坦的后裔，或者说里芬斯塔尔的后裔。在这个展览会上所展示的所有动画家也都是如此。但是，对于这件事能够本能地感到焦躁的动画家，在这个国家，我觉得恐怕只有宫崎骏一人。剩下的人都在"传统"或后现代主义的文脉中，非历史性地、非政治性地继续谈论着漫画和动画。

【引用插图】

图1：①田河水泡《野狗小黑漫画全集 全一卷》1969年，讲谈社，②岛田启三《冒险团吉》1970年，讲谈社，③大城登《小白水兵》1933年，中村书店，④岛田启三《猫七先生》东京日日新闻，⑤手塚治虫《手塚治虫漫画全集221 铁臂阿童木①》1979年，讲谈社，⑥手塚治虫《手塚治虫漫画全集1 森林大帝①》1977年，讲谈社，⑦WALT Disney *Steamboat Willie* 1928年（*TREASURES MICKEY MOUSE IN BLACK AND WHITE*, Disney Enterprises，Inc.）

图2：大藤信郎《漫画的画法》《糕点师》（1937年5月号）

图3：广濑新平《米奇忠助》（1934年，春阳社）

图4：大城登《小白水兵》（1933年，中村书店）

图5：今村太平《漫画电影论》（1941年，第一艺文社）

图6：濑尾光世导演《桃太郎 海之神兵》（1945年）

图7：同图6

图8：和多利惠津子编《大提琴的实验室》（1995年，新潮社）

图9：莱尼·里芬斯塔尔《意志的胜利》（1935年）

从日本人对水的敬畏来重新思考人类与水的关系

于长敏①

（吉林外国语大学　吉林长春　130117）

水，古代曾被称为"万物之母"，现于地，升至天，再降于地，于是在天父地母之间有了万物。且不说地球上百分之七十是海，就人的身体本身而言，水分也占百分之七十左右。同时，水能净化万物，大可摧枯拉朽，小能净身洁物。在没有科学或科学不发达的时代，人们把这一切归功于神灵，于是产生了对水的敬畏和崇拜，称之为水神。而这一原始又朴素的信仰里又含有一定的科学性。本文主要以我们的近邻为例，来探讨那里的人们是如何爱水、敬水、以水为神物的。

一、赋有神性的"水"

提起水与人类历史的关系，我们首先想到的是人类上古文明中的"大洪水"记忆，古中国的"大禹治水"传奇，这里的水是一种毁灭性的或惩罚性的自然力。

而更加古老的则是对"善的水"的记载。水，作为生命之母、万物之源早早地出现在了几乎全部的人类"创世神话"中。从源头上说，世界各主要文明中的创世神话（起源神话）都有"水神话叙事"部分，如古埃及神话（奥西里斯）、古巴比伦神话（《恩努玛·埃里什》）、印度神话（《梨俱吠陀》《奥义

---

① [作者简介]于长敏，吉林外国语大学教授；吉林大学外国语学院教授，博士研究生导师，研究方向：日本文化、文学、民俗学。

书》）、古希腊神话、中北美洲玛雅神话（《波波尔·乌》）等，也包括日本的《古事记》，无不包含着"水神"（海神、河神、湖神等）崇拜。

在拉美玛雅神话《波波尔·乌》中，也有相似的记述：在"人、动物、树木、石头"产生（被创造）之前，唯有水和众神在。[2]

而在上古印度神话中，有《水母神赞》《水子神赞》《印度河神赞》《致雨神赞》等多部水神颂诗，水、河、雨云等都是一位神，为创造世界和生命的诸神之一。在《水子神赞》中，有这样的诗句：

"众水之儿子，崇高之主神；
圣境大法力，创造一切有。"（《水子神赞》）

水神不仅是一位创造之神，也是人类的保护神：

"大洋为其首，自海之中央；
净化成圣洁，流逝无休止。
…………
诚请水母神，在此护佑我。"[3]（《水母神赞》）

古印度人将水充分神格化了，水被赋予了神性。

同样，在被称为"日本式旧约圣经"[4]的《古事记》中，也有不少对水的赞词，如其中的《黄泉国》《高天原》《天安河》等篇，此处不再赘述。

随着水的神性的确立，水作为造物者和构成世界的基本元素的正统地位也在古代哲学和科学中确立起来，这一点中国古代哲学、古希腊哲学中的论述是基本一致的。古希腊前苏格拉底哲学中就有"水、火、土、气"宇宙四元素之说，柏拉图的《蒂迈欧篇》在此基础上又有具体深入论述：

"……所有四种元素都被包含在宇宙的旋转运动之中，……水是稀薄的液体……无限多的水相互混合，通过地上生长的植物过滤出来，这类水的总称是汁液。这些流汁不同比例的混合又产生许多种类，大多数没有名称，但其中四种具有强烈的性质，并且很容易区分，有专门的名称。第一种是酒，对灵魂和肉体都有温暖作用，第二种是油……第三种流汁的总称是蜜……第四种是……果酸。"[5]

酒、油（橄榄油）、蜂蜜等都是人类必需的食物，而且是饮食中的佳品。所以柏拉图这段论述的真正意义在于，他告诉我们，水不仅是构成世界、生命、人的元素之一，而且必然地进入我们日常的生产、生活、习俗之中，它必将伴随人类命运始终，成为人类文化史上的一个重要角色。

二、日本之"水"：从神格化到人格化

纵观日本文化史和民族生活史，水在其中扮演的角色尤为突出。

众所周知，日本人信奉神道教（所谓"神道"）。严格地说，神道不算规范的宗教，更近似土著的原始信仰。它没有具体的教规和教义，到了中世才编写出《神道五部书》，但未像其他宗教那样成为该教的教典，甚至都很少有人知道。

神道以自然崇拜为主，主张万物有灵。神道以为天地间有"八百万众神"，其实就是大自然中的万物。而众神的中心是一个叫"天照大神"的太阳女神。传说日本的天皇就是天照大神的后裔，所以天皇至今仍只有名字而没有姓。然而，太阳女神的产生却与水有着密不可分的关系。据日本史上第一部神话集《古事记》记载，男神伊邪那岐从黄泉国返回人间后，浑身沾满污垢，于是便立刻到大海中去冲洗。当冲洗眼睛时生出一位光彩照人的女神即太阳神，而男神此次的沐浴被认为是日本"禊"的起源。后来，人们又把禊和祓合在一起成为"禊祓"。其实，在日本前者指以水净身，后者指通过神前的仪式消灾。自那以后，日本人每举行大型宗教祭祀时，都要到江河中进行沐浴。直到今日，人们在进入神社之前，都要象征性地洗一下手。所以，日本所有的神社大门前，都会引来一股清水供人们洗手用，以示清身。这里引来清水的水槽一定是木制的，舀水也必

须用木制水舀子，用以保存尚没有金属的远古时代的生活形态，也正是上古禊祓的一种延续。

从神话、宗教到语言、文学，再到当下的日常生活，水的角色贯通其间。

水，日语叫"みず"，组成词组时也读作"み"，如"みぎわ（汀）"（海滩）、"たるみ（垂水）"（垂水，地名）等。而日语里"み"又和神（かみ）的"み"相通，如"みき（神酒）""みこ（神女）"等等，据此可见"水"在语言、文化、民俗中的地位。被称为日本传统"国技"的相扑比赛现场，后一名选手上场前，前一名选手要用木勺递给他一勺清水喝，叫大力水（ちからみず），认为只有这样，该选手的技能才能得以充分发挥，这也是出于对水之神力的信仰。

最能表现出水神奇功能的当属近代作家泉镜花的代表作《高野圣僧》。高野山的云游僧经过飞驒高山密林时，天色已晚，故投宿深山密林中孤孤单单的一户人家。这家只有三个人：一个老男仆，一个白痴少年，一个美丽的少妇。有趣的是每当有客人投宿时，少妇都要带着客人到崖下清流沐浴，而且主客皆赤身裸体，少妇还为客人冲背。不可思议的是，累得筋疲力尽的僧人沐浴后疲劳感顿时消失，浑身充满力量。晚饭时，少妇告诉他，这是山谷里流出的水，经过一悬崖形成瀑布，落下来形成河流。冬天，大雪封山，只有她家门前这条河不结冰，更神奇的是，无论被毒蛇咬伤，还是多年的老毛病，哪怕是病入膏肓，在这条河水里只要泡个半天左右便治愈。

僧人后来从老男仆口中得知，这里原来是一个小山村，少妇的父亲是一名老中医，少年则是他哥哥送来看病的。看完病，那个男仆和少妇（当时还是少女）一起把少年送回家。这时暴雨引起山洪暴发。据说八天八夜足足下了八百年的雨，连山上岩石都被淹没了。洪水过后，村子没了，人没了，大山里就剩下他们三人。洪水也把这里变成了与世隔绝的神秘的地方，少女成为那个少年的媳妇。名义上是夫妻，其实她一直像母亲一样照料他的生活。十几年过去了，由于这水的功能，少妇仍美丽年轻如初，少年也仍是少年。二人从未离开过这所山居，只有他这个仆人偶尔下山去集市采购。

翌日，僧人离开时正好遇上从集市回来的男仆，男仆见了僧人不仅大吃一惊还佩服得赞不绝口。原来，许多男人在与少妇沐浴时或夜里图谋不轨，结果都被少妇变成了猴子、蛇、鸟等各种动物。男仆这次下山是为了卖一匹马，而那匹马就是比僧人早一天来到这里的卖药商人变的，入山前还曾和僧人聊过几句山里的道路情况。僧人无论是在沐浴时还是夜里都把持住了自己，所以安全地下了山。他也因此被称为"高野圣僧"。

到目前为止，研究该作品的论文很多。有从比较文学角度研究作品与中国《板桥三娘子》的影响关系的，有从唯美角度研究作者赞美女性的，也有人从作家生平入手研究作品中的少妇与泉镜花已故母亲之关联的，还有研究僧人之定力的。但是，最近重读了该作品之后，笔者意识到应从对水的崇拜与敬畏的视角来解读这部小说。能治百病、让人永葆青春的河水就是神水，而妙龄少妇不就是水神吗？那么，受她保护的少年就是受女神庇护的人类。从这个意义上讲，少年就不再是白痴，而是大自然母亲的赤子。唯有以赤子之心（白痴少年）和敬畏之心（圣僧）虔敬地对待大自然，才能赢得这自然之水和自然之神——少妇的尊敬与庇护，人唯有获得自然女神的青睐才能永葆青春，乃至获得灵魂永生。而被少妇变成兽类的家伙正是那些对大自然怀有亵渎、诬蔑、侵犯欲望，恣意破坏自然、亵渎神灵遭到无情报复的人们。

而少妇和少年能永葆青春，则得益于强大的水的神力。这里的水仿佛一种能鉴别人与兽的"试剂"，又仿佛是一种丈量人的尺度——人的尺度不再是人自己确定的或人类自己约定的，而是外化于人的"水"，因而水也人格化了，"他"似乎成了少妇的另一个仆人，可与少女（少妇）合为一个整体，具有净化、涤荡、筛选、淘汰的作用。总体上看，水也具有一种对有病的人类的"疗愈"功能，恰如少妇所讲瀑布下的水流可治愈毒蛇咬伤和陈年旧病一样。

日本民族将水神格化、人格化，其实呈现的就是他们对大自然的真实心态。我们都知道日本是一个岛国，周边为大洋环绕，一方面因海洋性气候而降雨量丰沛，岛内植被茂密，森林覆盖率很高，物产水产皆丰富，可谓一种"天佑"；另一方面，同样源于这种自然地理环境和条件，地震、台风、豪雨常常造成严重的自然灾难，如最近的"3·11"大地震及随后的海啸、水灾和核事故，给日本带来了无可估量的损失。这无疑令日本人对"水"产生了既敬又惧的情感。然而，日本民族对水和自然（力）并未因此产生极端的仇恨和征服的欲念，而是将"恐惧"转化为敬畏，直至在文化和生活中做到"与水共生"。

因为理解水，敬拜水，因而在生活中就能科学合理地利用水，"处理"水。据专家说，84消毒液，因为主要成分为次氯酸钠，直接进下水道是可以的。但其他消毒液是不能进入下水的。关于这方面的知识，笔者无意多谈。但如何科学地使用和处理这些有可能对水资源造成污染的化学制剂，我们至少可以参考日本的做法。在日本，厨房下水道和卫生间等其他生活用水的下水道是分开的，下水井也是分开的。因为二者消毒、净化使用的药物及消毒液完全不一样，只有这样才能达到预期的效果。除此之外，就水与保健和生活的关系而言，日本也有许多值得我们借鉴的地方。首先，日本人勤洗手、勤洗澡、勤换内衣。基本是一天洗一次澡，还有许多人一天洗两次澡，早晚各一次。而且每天换洗一次内衣，男女内衣要分开洗。其次，日本人是分餐制，无论是在家吃饭还是在外聚餐都是如此，实在不能分餐时就用公筷。再者，日本人见面鞠躬，不握手更不拥抱。鞠躬时身体是要保持一定距离的，避免了近距离接触。这些都是看得见的做法，更重要的是日本人从古至今一直对大自然怀有敬畏之心。对水所代表的大自然因畏生敬，共生俱生，正如《高野圣僧》中的少年少妇得以永葆青春，山居、瀑布、水流成为永久的秘境。

其实，"以水为净"这句话在遥远的古代就已有之。印度教的沐浴，我国古代于春秋二季在水边举行的祓禊之礼等，均有通过洁其身而净其心之意，表达的都是对水的敬畏与依赖之情。

三、"日本之水"的启示

目前，从科学的角度研究水的起源、水的作用、水的本质、水和人类的关系等方面的著作已经很多且详细又深入。如果把水比作一位美丽而神秘的女神，科学就是摘下女神的层层面纱，让人们充分认识她的一项工作，笔者在这里暂且称为摘面纱工程。而从民俗信仰角度继承古人传统，用文学去描绘和歌颂水则是给水神戴上美丽的面纱，或保护住古人已给其戴上的面纱，这里可以叫作护面纱工程。我认为，在科学技术高度发展的今天，其错误之一就是顾此失彼，只重视摘面纱的一面，而忘却了护面纱或重新戴上面纱的一面，使人忘记对古老的女神——生命之水的敬畏和礼拜。现代合理主义可以用科学来解释世间万物乃至宇宙，但是却不能消除人内心的焦虑、生存的危机和信仰的缺失。这里说的信仰既不是政治层面的，也不是宗教层面的，而是民俗学意义上的对大自然的敬仰，对生命之水的敬畏。"寻穷无源水，源穷水不穷"，这是唐代僧人寒山写的诗。"寻穷无源水"是科学的行为，"源穷水不穷"是大自然本身的定律。无垠的宇宙，永恒的世界。是大海产生了生命，生命登上了陆地，然后才逐渐有了人类的文明与历史，直至近代以来的科学发明。可是，自进入了工业社会以后，人们在不知不觉中开始相信科学万能，对大自然不再怀有敬畏之心、感恩之情，甚至觉得自然界理所应当就是这样，这是非常危险的倾向。在通过洗手、洗澡、喷消毒液的同时，更不要忘记先人是通过在清清的河水中清洗肉身来洗涤心灵，让心灵找到归宿，让灵魂得到净化的。

长江、黄河是我们的母亲河；从黑龙江到雅鲁藏布江，中华大地亦为众多大江大河环绕庇护；又有不少壮观美丽的湖泊装饰点缀其间。然而，自二十世纪八十年代以来，为彻底摆脱落后与贫困，追求工业化和现代化，我们不得不过度开发利用水资源，无可避免地造成了对江河湖泊和近海的污染，水资源趋于枯竭，许多城市用水困难，已到了临界点状态。而日本民族对待水（及整个自然）的态度则是敬畏、利用、共生原则，"与水合一"，从共生到俱生，这种意识和模式足资反思、参照和学习。

今日中国，通过习近平总书记的倡导，"绿水青山就是金山银山"已成为我们的全民共识。为切实保护环境，我国建立了"河长制"，专门保护河水不受污染，环保立法也趋于完备，如果再能切实学习一下东邻日本的虔敬意识和科学做法，相信我们也一定会恢复自然环境的生命元气，还自然之魅力，使绿水青山、馨风秘境永驻于中华大地。

参考文献：

[1]参阅[墨西哥]艾尔米格.戈麦斯编. 波波尔. 乌[M]. 梅哲译. 南宁: 漓江出版社, 1996: 11-25.

[2]参阅巫白慧译解. 梨俱吠陀 神曲选[M]. 北京: 商务印书馆出版, 2010: 166-177.

[3][日]梅原猛.主神流窜——论日本〈古事记〉[M].卞立强 赵琼译. 北京: 经济日本出版社, 1999: 265.

[4][古希腊]柏拉图.柏拉图全集第八卷[M]. 王晓朝译. 北京: 人民出版社出版, 2017: 202-203.

哥斯拉电影诞生的"战后"动因解析

刘　健[①]

（天津艺术职业学院文化管理系　天津市　300180）

【摘要】上映于1954年的日本科幻恐怖电影《哥斯拉》是"战后"这一特殊而复杂的历史复合体的产物。具体来说，对"原爆"所展现的巨大破坏力既恐惧又向往的矛盾心理，展现了日本社会普遍的道德相对主义倾向；而从"空想科学"到"SF"的转变，则展现了日本人对美国文化消化吸收、再创新的能力。而透过《哥斯拉》及其续作，能够清晰地看到"战后"是如何重新塑造日本民族与日本社会的现代性的。

【关键词】哥斯拉　"战后"　科幻　现代性

Analysis on the "Postwar" Motives of the Birth of Godzilla Films

LIU Jian

(Department of Culture Management, Tianjin Art Vocational College, Tianjin 300180)

Abstract: The Japanese sci-fi thriller "Godzilla", released in 1954, is a product of "postwar" complex of the particular and complex historical period. Specifically, the ambivalence of terror and aspiration towards the destructive force of "atom bomb" reflects the general tendency of moral relativism in Japanese society; while the transformation from "Kuso Kagaku" to "SF" shows that Japanese people absorbed

---

① [作者简介]刘健，天津艺术职业学院文化管理系教研室主任，副教授。主要研究方向：影视产业、二次元文化。

[基金项目]本文系天津市艺术科学规划项目"外源性因素对中国近二十年动画创作的影响"（A14083）阶段性成果。

American culture and innovated it. "Godzilla" and its sequels revealed how "postwar" re-shaped a modern society and nation in Japan.

Key words: Godzilla "postwar" science fiction modernity

一、哥斯拉：生于"战后"的电影怪兽

1954年11月3日，日本东宝电影公司推出了由本多猪四郎导演、谷圆英二负责特效制作（当时称"特殊技术"）的科幻恐怖片《哥斯拉》（ゴジラ），从而宣告了电影史上与金刚（King Kong）齐名的怪兽之王的诞生。迄今为止，哥斯拉系列电影共有三十一部，其中日版二十九部，美版两部。

但当我们回首哥斯拉电影的起点，也就是《哥斯拉》上映的1954年，便会发现，这一年恰处在日本人所谓的"战后"时期。事实上，对于哥斯拉电影产生原因和过程的任何解读，都不能忽略"战后"这个特殊的社会历史背景。

对于日本人来说，"战后"不仅是"战争结束之后"这样一个浅显的字面意思，而是一个有着特殊而复杂内涵的词汇。其本质就是在美国"强权"主导下，日本经济社会诸方面整体性的再现代化过程。而从时序上看，就至少有三种对于"战后"的不同理解：（1）从1945年8月15日宣布战败投降到1952年4月28日"旧金山和约"生效，或者到1956年12月12日日本加入联合国——这主要是从政治和国际关系的角度出发，即日本结束被占领，恢复独立主权国家地位，并重返国际社会。（2）从战败投降到1964年10月10日东京奥运会开幕——这主要是从经济和国民心态的角度来看，1964年的东京奥运会是奥运会首次在亚洲国家举办，被看作是日本经济起飞的标志，而对于普通民众来说，东京奥运会的召开则被看作是日本走出战败阴影，重新被国际社会接纳成为平等一员的象征。（3）从战败投降直到现今——这种观点主要从日本的民族主义出发，认为：时至今日，日本国土上仍然有外国驻军，日本仍旧受到二战战后格局的约束，无论是在政治、经济、文化诸方面都谈不上完全的独立自主，因而"战后"仍在继续。[1]73

无论对"战后"持何种解释，不可否认的是，"战后"——而非战败本身，是日本国家和社会在政治、经济、文化，乃至民众的精神气质等方面都发生重大异变的根本诱因。具体到电影《哥斯拉》，甚至可以说，如果没有"战后"，几乎可以肯定这部电影就不存在了。而在"战后"这个复杂的历史复合体中，"原爆"与"SF"对于哥斯拉电影的产生具有决定性的影响，并作为文化基因在这个系列电影中不断复制、变异与传递。

二、原爆：催生哥斯拉的精神复合体

在所有有关1954年版《哥斯拉》电影（以下简称"初代哥斯拉"）诞生的记述中，都提到了发生在同年三月的"第五福龙丸事件"。当时，美军正在位于西太平洋马绍尔群岛北部的比基尼环礁进行水下氢弹爆炸试验。由于对爆炸试验危害区域范围估算错误，致使处于"危险区"外的日本渔船第五福龙丸号上的渔民和渔货遭到放射性尘埃沾染，有渔民因此而丧生。该事件曝光后，在日本国内引发了声势浩大的反核抗议浪潮。最终，事件以美国政府向受害者赔偿两百万美元了结。[2]271 而"因氢弹试验造成的放射性导致生物异变，从而造就了大怪兽哥斯拉"——从电影对哥斯拉来历的描述中，确实可以找到"第五福龙丸事件"与哥斯拉形象之间产生联系。但对于日本电影工作者来说，把镜头指向核武器及其副产品，直接描绘其巨大的破坏力，这却不是第一次。

1945年8月6日，在美军向广岛投掷原子弹后，作为当时日本新闻电影的主要制作单位日本映画社便指派下属大阪分社的摄影师前往广岛拍摄新闻纪录片。后来，这部新闻纪录片的正片被军部以"动摇士气"为由没收，负片则在战后被盟军占领军司令部（GHQ）收缴。[3]240 8月末，就在盟军（美军）正式开始对日军事占领的前夕，日本映画社决定制作关于广岛、长崎原子弹爆炸的长篇纪录片。为此，日本映画社还向当时日本理论物理学界的权威仁科芳雄博士及政府文部省请求协助。但随着美国占领军的到来，日本映画社的纪录片拍摄被GHQ叫停，随后摄制组的人员被要求配合美国空军战略轰炸调查团工作。最后，在美军人员的监控下，由日本人摄制剪辑成了一部名为"The Effect of the Atomic Bomb on Hiroshima and Nagasaki"的长篇纪录电影。这部影片当时被作为最高机密，直接被送往美国战略空军司令部，用作对原子弹实战性能的评估。[3]241 后来，有消息说，正是因为没有能充分重视这部影片中提供的原始数据，导致美军在后来评估氢弹爆炸的危害区域时发生了计算错误。[4]106果真如此的话，日本遭受原子弹轰炸、美军占领、比基尼环礁核试验、"第五福龙丸事件"和哥斯拉的诞生，便借由电影这一媒介被神奇的串联在了一起！

当然，从逻辑上看，上述事件即便存在联系，至多也只是一种"弱相关性"而已。在此，更加值得注意的是，当广岛、长崎遭受原子弹轰炸（爆击）由一个历史事件转变成"原爆"这样一个文化符号的时候，日本人表现出了复杂而矛盾的心态。而这种心态借由初代哥斯拉，清晰地展现在世人面前。

首先，"原爆"的大规模杀伤力带给日本人的是恐惧。与大多数人的想象不同，在美军用原子弹轰炸广岛和长崎后很长一段时间，普通日本民众，尤其是在爆炸波及区以外的民众，对于原子弹爆炸造成的真实损害程度几乎一无所知。这是因为，在战时日本军部和政府为了"维系民心士气"而刻意隐瞒，战后GHQ则担心一旦原子弹爆炸后的惨烈场景会引发日本民众的强烈反美情绪也严加限制此类信息的传播。事实证明，无论是战时的军部还是战后的GHQ，他们的担心都不是多余的。直到1952年8月，在"原爆"七周年之际，由日本映画社改组成的日本映画新社发行了新闻纪录片"《朝日新闻》313号《原爆特集》"，很多日本人才第一次看到"全身被火烧伤，毛发脱落，似乎只有骨头和皮肤，即便如此也还活着，接受着治疗，这些人的形象尤其给观众带来了冲击。"[3]241这在当时立即激起了蔓延日本全国的反核社会运动浪潮，并成为此后数十年间，日本民间反核社会思潮的源点。

而在初代哥斯拉上映前，正是美苏两个超级大国在全球范围的核军备竞赛再掀高潮之时。通过纪录片获得的对过往经历的痛苦回忆，也迅速转变为不知何时可能再度大祸临头的忧虑。毕竟作为太平洋上第一道防波堤，与中苏两大国隔海相望的日本是直接面对远东冷战铁幕的最前线。虽然有基于《美日安保条约》的军事保护，但如果苏联对日使用核武器——尤其是在苏联已经于1953年成功爆炸氢弹的情况下，一旦开战，日本绝无幸存的可能。在此情况下，又发生了"第五福龙丸事件"，让日本人徒然意识到，无论是敌国还是盟友，只要是有核国家都可能给日本造成伤害这个事实。于是，初代哥斯拉中看似不着边际的故事设定——残存至今的侏罗纪恐龙因为遭到了核辐射就突然变成了硕大无比、能够从口中喷射放射线的怪兽，以及在当时看来也算不上高明的特技拍摄手法——演员穿上怪兽皮套在城市的缩微模型中进行破坏表演，却正好切中了当时日本人普遍存在的对"核武攻击"的焦虑心理。片中，当民众得知哥斯拉存在时，便在不经意中提到了"避难所"；当哥斯拉第二次登陆的时候，消防车疾驰在道路上，绝望的母亲抱着自己的三个子女，口里念叨着"就要见到爸爸，马上就要一家团圆了"，所有这些桥段其实都是在试图唤起观影者对太平洋战争中"空袭"、"原爆"的记忆，借以激发观众们的情感共鸣。如此一来，人们在大银幕上看到的就不再是身高50米的超级大怪兽，而是隐藏在当时每一个拥有战争记忆和对国家及个人前途抱持深深忧虑的日本人心中的心魔。这也就是为什么初代哥斯拉能够赢得意料之外——又是情理之中的高票房和高人气的原因所在。

其次，"原爆"展现的强大力量也激起了日本人的某种向往之情。从历史上看，日本是一个有等级社会传统的国家。即便是在明治维新后，等级社会的基本形态仍旧被保留了下来。因而，慕强鄙弱变成了日本民族性格中一个重要的文化基因，进而衍生出了对强力的某种膜拜心理。

对于能够在一瞬间决定战争胜败的原子武器，日本人早就有所关注。在被称为"日本陆军第一天才参谋"的石原莞尔就曾在其著述的《战争史大观》提到："使用这种能量的破坏力，可能使战争在一瞬间就决出胜负……怪力光线武器什么的突然出现也有可能"。[5]120除了军人，小说家也曾经描绘过原子弹的惊人威力："只有火柴盒大小，但是能轻而易举地把富士山炸毁了。"[6]115在二战期间，日本军部也曾委托仁科芳雄等物理学家研究原子武器，但终因国力不足，直到美国人的原子弹投到广岛、长崎，日本人的核武器研究都还没有达到入门的程度。尽管在二战之后，受到《旧金山条约》以及和平宪法的约束，日本只被允许拥有最低限度的自卫性武装力量。但是，作为拥有甲午、日俄、一战、太平洋战争等多次现代化战争体验的日本民族来说，对于先进武器所代表的强大力量仍然有着某种潜藏于内心深处的向往。当在现实中无法达成时，这种向往便转换成了艺术形象。于是，宇宙战舰大和号、机动战士高达等等超级武器便应运而生。具体到初代哥斯拉中，也能看到这种倾向。比如，芹泽博士秘密研究的"氧气破坏者"，除非他能够未卜先知，预见到哥斯拉会袭来，否则就只能认为芹泽博士本来的研究目标或者恰巧得到的研究结果，就是一种超级武器。对此，片中也给出了暗示，也就是借记者之口，说出"曾经与您有过合作、现在居住在瑞士的德国科学家"。这很容易让人联想到二战中，德日两国的军事科技合作。而"氧气破坏者"既然能够杀死哥斯拉，其效能恐怕也不在核武器之下。

以往，在对哥斯拉的形象进行解读时，评论者往往将其解读为破坏力绝大的自然灾害，或者认为它是太平洋战争中美国强大军力或核武力量的化身。这些解读都有其依据，但更多的还是着眼于电影形象本身，而忽略了创作者的潜意识表达和受众的理解与演绎。初代哥斯拉之所以能在相对简陋的拍摄环境下，呈现出不输于同时期好莱坞类似题材电影作品的观赏效果，很大程度上，是由于整个制作团队有着丰富的特效电影制作经验。而这些经验的得来，都与表现二战的战争电影有关。该片导演本多猪四郎曾指导《太平洋之鹫》（1953）和《再见了拉包尔》（1954），尽管这些影片都被认为具有"反思战争"的精神，但透过由特技摄影而呈现出的对海空大战场景的细致刻画，人们看到的更多是对无能为力的感叹，而非对终极善恶的评断。至于被后世尊为"特摄之神"的圆谷英二，且不说他本人在二战期间就参与过多部所谓"国策影片"的拍摄，至少截止到初代哥斯拉上映时，他也还只是作为电影团队中的"高级技术官员"存在。相比于影片的思想呈现，他似乎更钟情于各种特效场面的设计与实现。而作为电影的主题配乐，由伊福部昭创作的《哥斯拉进行曲》，与其说是给观众带来了恐怖和惊悚的体验，倒不如说给观众带来了激昂的力量体验。尽管《哥斯拉进行曲》在初代哥斯拉中其实是伴随着人类军队出动的画面而奏响的乐曲，但是此后无论是后继创作者还是观众，都将其视为哥斯拉的伴奏乐，这绝不是巧合——这首乐曲恰恰反映了人们心中对哥斯拉"神"一般强大力量的向往。

在明确了"原爆"及其背后象征的强大力量构成的复杂意指后，也就能更清楚地看到在哥斯拉电影的后续作品中，为什么哥斯拉能够从象征恐怖和破坏的大怪兽顺利转型成地球和人类的守护神。有研究者将其归结为日本人对"核"的感受由最初象征恐怖与死亡的原子炸弹转变为能够带来幸福和光明的核能（原子力）。[4]136这种外部性的解释有其合理性，但更应关注的是，初代哥斯拉中就已经蕴含着这种转变的可能性。事实上，日本文化中并不存在西方基督教文明中那种绝对的道德观和原罪意识，很多情况下，是非判断都是基于当下的利益考虑。因而，哥斯拉不但能放下屠刀立地成佛，而且以前的所作所为都可以不受追究。可如果它失去了利用价值，或者反而威胁到了价值主体的利益，又会立刻变回被打击和消灭的对象。

三、SF：文化改造触发的异变

二战后，美国对日本进行军事占领的目标之一就是彻底消除日本再次威胁美国国家安全的可能性。为了达成这一目标，美国在对日占领期间，运用占领军的绝对权威，不仅在政治、经济、社会层面对日本进行了改造，还试图对日本进行彻底的文化改造。而在对日文化改造的问题上，美国展现的不仅仅是国家意志，还有民间的积极配合。对日本来说，除了作为战败国不得不接受的无奈之外，日本民族自古以来的强者崇拜、善于学习的民族性格以及明治维新以后"求知识于世界"的基本国策，让美日两国在改造与被改造的问题上达成了一种"微妙"的共识。最终，日本，尤其是日本的知识界和精英阶层在思想上对美国产生了"半永久的依存"关系。这种关系形成的一个重要观察点，便是哥斯拉系列电影折射出的是日本人的科幻观从"空想科学"到SF的转变。

以法国作家儒勒·凡尔纳为代表的西方早期科幻文学最早传入日本是在19世纪末，最初以"科学小说"之名流传。到20世纪三十年代，日本的科幻文学作品开始换用"空想科学小说"之名。而到了战后，人们开始用"Science Fiction"的首字母缩写"SF"来指代科幻题材的各类作品。在当代日本人的一般认知中"空想科学"和"SF"是同义词，区别只在于"空想科学"给人更多的是古旧感，有过气词汇之嫌。但事实上，从空想科学到SF的转变，是日本原有的科幻文艺创作模式被颠覆，并在美式科幻的渗透下不断变异的过程。[6]119

具体到初代哥斯拉的创作，对于电影编创团队来说，很重要的一个灵感来源就是前一年在美国上映的怪兽科幻片《原子怪兽》（The Beast from 20,000 Fathoms）。而《原子怪兽》又是改编自美国科幻黄金时代的代表性作家雷·布拉德伯雷（Ray Bradbury）的短篇科幻小说《浓雾号角》（The Fog Horn）。这让日本怪兽科幻片的始祖与美国科幻黄金时代的代表性作家有了关联。[7]

从《原子怪兽》中因为人类在北极圈进行核试验惊醒了远古巨兽雷多蜥（Rhedosaurus），到初代哥斯拉中因为太平洋上的氢弹试验遭受辐射而变异的哥斯拉，两头怪兽的精神气质已经出现了巨大的差异，后者更加强调是由人类和科技的外部强加所导致的恶果。同时，作为怪兽的哥斯拉既包含有传统日本空想科学式科幻作品的幻想科学特征①，如50米身高的巨型恐龙、能够从口中吐出放射线等，同时也开始向美式SF作品一样，详细解释其来历、习性，并据此寻找解决方案。从中，明显可以看到一种过渡性。

需要指出的是，《原子怪兽》在日本的上映时间是在初代哥斯拉之后，而且没有任何证据表明，初代哥斯拉的主创人员曾经在影片拍摄前完整的看过《原子怪兽》。那么他们到底是怎么知道《原子怪兽》的剧情和特效手法，并借鉴到初代哥斯拉的拍摄中来呢？在诸多可能性中，最接近事实的应该是通过阅读美国出版的专业报纸杂志，或是由日本的专业报刊转介而得来的。事实上，在美军占领日本期间，GHQ通过其下属的民间情报教育局在日本各地设立了大量情报中心（图书馆），它们不仅向一般日本市民开放书报刊，还提供摄影、电影、绘画作品展等服务，目的在于向日本人宣传美国文化，树立美国国家的正面形象。在美军结束占领后，这些情报中心更名为美国文化中心，继续发挥过往的职能。因而，即使是在20世纪五十年代，普通日本人也能较为便利地获得来自美国的各种信息。[8]37-38事实上，初代哥斯拉的制片人田中友幸也在采访中证实了这一点。[4]46初代哥斯拉与美国科幻的渊源并不止于《原子怪兽》。事实上，在策划阶段，初代哥斯拉曾经用了《来自海底两万里的大怪兽》的暂定名。其中的"两万"，与《原子怪兽》的英文标题一样，含有对海洋科幻的开山之作《海底两万里》的致敬之意。[4]70尽管小说作者是法国人儒勒·凡尔纳，但最早将小说中的奇景展现于大银幕的却是美国人。1916年，美国环球电影公司把凡尔纳的海洋三部曲合并改编，以"海底两万里"的片名上映。这也是好莱坞将特技摄影大规

---

① 所谓"幻想科学"是科幻文艺的一种初级形式，借用科学名词创造出的纯艺术性形象和意向，往往没有科学理论或自洽性的科学假说做依据。

模运用于科幻电影拍摄的先驱之作。而1933年RKO雷电华电影公司推出的《金刚》，更是创造了怪兽科幻电影的典范。无论是剧作还是特效，都为后人所效仿和借鉴——据说，圆谷英二曾经逐格查看电影底片，寻找特效制作的秘诀。[9]在经历了战时的"国策电影"和GHQ统治下的电影题材管控后，无论是电影公司还是电影工作者，都有拍摄纯粹商业娱乐片的强烈愿望。这也正是东宝策划拍摄初代哥斯拉的初衷。在剧作方面，吸收了好莱坞同类型电影的基本故事框架后，编创团队又根据日本的社会现实和观众的欣赏习惯，精心设计了每一个人物和场景，使之在满足科幻电影的一般叙事原则的同时，让日本观众更容易理解和接受。而特效方面，在预算有限、拍摄周期短暂的情况下，电影编创团队放弃了好莱坞的定格动画特技，采用了最原始、但却也是最行之有效的特技拍摄方法——真人演员穿着塑料制成的怪兽皮套在缩微模型中进行表演。从实际效果来看，非但不输给美国的同类型影片，而且还自成一派，开创了日式怪兽科幻片的新范型。

初代哥斯拉不仅在日本本土收获了口碑和票房，还被出售到了美国，在略加修改后，登陆北美院线，成为战后日本科幻片（类型片）逆袭美国市场的开端。此后，哥斯拉系列电影成了北美院线的常客。究其根源，初代哥斯拉既蕴含了科幻文艺基于科学叙事的人类共同体意识——无论是雷多蜥对纽约的袭击还是哥斯拉对东京的袭击，都象征着强大外力对人类文明的摧残。同时，该片又具备了非美影片的异域风味。从而，令美国观众着迷。更有甚者，随着哥斯拉电影的系列化，一个专属于欧美观众的哥斯拉亚文化群体也逐渐发展壮大起来。

当然，这一切并非出于偶然。美国战后对日文化政策的一个重要原则就是双向性，"两国通过文化交流相互学习得以成长，并相互得利……日本人和美国人彼此应该相互尊重，日本人在双向的文化交流中自发而充分地与美国人合作是非常重要的。"[8]113-114但在现实中，这种双向性是无法通过政治的强制手段达成的，必须由双方的文化工作者透过具体的文化产品，不断地相互磨合，才能最终实现。而初代哥斯拉及其续作的编创与传播过程正好折射出这种相互影响、相互渗透的复杂关系。从中既能看到战后美国对日文化政策引导的作用，也能体会到日本自身"战后"文化发展的内在需求。

四、总结：时代造就的作品，作品映射时代

初代哥斯拉诞生于战后的日本，而"战后"作为一种独特的时代元素又渗透于初代哥斯拉编创与传播的全过程。而以初代哥斯拉为起点，被称为"特摄"的日式科幻电影逐渐形成了别具一格的"空想科学世界"。与同时期好莱坞科幻电影着力描写未来世界不同，从初代哥斯拉开始，哥斯拉系列电影便将"巨型怪兽"这一科幻元素放置在与电影观众"共时"的时空场景之中，使观众在享受视听感官刺激的同时，总能从电影中找到当时日本人最熟悉的生活场景和社会议题。这种科幻现实主义的创作风格，让哥斯拉系列电影在欧美主导的世界科幻电影领域成为独树一帜的存在，充分展现出日式科幻电影独立的"日本性"。

而所有这一切，都源于"战后"这个复杂的历史复合体的第一推动作用。换言之，"战后"重新塑造了日本民族与日本社会的现代性，而这种建立在对美国现代文化选择性吸收基础上而建立的现代性，不仅催生出了哥斯拉系列电影，更是日本当代社会文化的基质。就此而言，"战后"不只是解读哥斯拉电影诞生的钥匙，也是解读当代日本社会文化的钥匙。

参考文献:

［1］刘江永, 王新生. 战后日本政治思潮与中日关系[M]. 北京: 人民出版社, 2013.

［2］[日]小野民树. 新藤兼人传: 未完结的日本电影史[M]. 里欣 译. 北京: 世界图书出版公司, 2016.

［3］[日]佐藤忠男. 日本电影史 中 1941—1959[M]. 应雄 译. 上海: 复旦大学出版社, 2016.

［4］[日]小野俊太郎. ゴジラの精神史[M]. 東京: 彩流社, 2014.

［5］俞天任. 有一类战犯叫参谋[M]. 台北: 台湾商务印书馆股份有限公司, 2015.

［6］[日]长山靖生. 日本科幻小说史话: 从幕府末期到战后[M]. 王保田 译. 南京: 南京大学出版社, 2012.

［7］Wikipedia. The Beast from 20,000 Fathoms[EB/OL]. https://en.wikipedia.org/

wiki/The_Beast_from_20,000_Fathoms . 2017-3-15.

［8］[日]松田武. 战后美国在日本的软实力 半永久性依存的起源[M]. 金琮轩 译.
北京: 商务印书馆, 2014.

［9］阿迪. 圆谷百一十年史（二十五）: 辛·哥吉拉（六）发明家圆谷英二[EB/
OL]. http://www.anitama.cn/article/33ed32b3b7969a27. 2017-3-16.

日本战后科幻的融媒体发展与后疫情时代科幻产业化

祝力新　张鹤凡①

（中国传媒大学外国语言文化学院　北京　100024）

【摘要】本文主要考察日本战后科幻产业的融媒体发展历程，在不同的历史阶段下，日本科幻产业所呈现出的不同特征，分析在文学、出版、漫画、影视、游戏、商品制造等产业链条高度融合互渗的前提下，日本科幻产业发展至今的利弊得失，阐述在后疫情时代下其为中国科幻产业的发展所能够提供的借鉴。

【关键词】融媒体　日本科幻　中国科幻

The Development of Integrated Media in Japan SF
and its Industrialization in Post-epidemic Era

ZHU Lixin ZHANG Hefan

Abstract: This article focuses on the studies of the development of Japanese science fiction industry after World War II, which has exhibited different characteristics in different historical periods. The integration and interweaving of literature, publishing, comics, film and television, games, commodity manufacturing and other industries are analyzed here to sum up the achievements and failures in Japanese science fiction industry. Meanwhile, this study takes Japan as reference for the development of

① [作者简介]祝力新，文学博士，中国传媒大学外国语言文化学院亚非语系讲师。张鹤凡，中国传媒大学外国语言文化学院亚非语系学生。
[基金项目]本文为国家社科基金项目"日本当代科幻文学研究"（19BWW027）、吉林省哲学社会科学规划项目（2018JB906W06）的阶段性成果。

Chinese sci-fi industry in the post-epidemic era.

Key words: Integrated Media   Japanese science fiction   Chinese science fiction

一、以融媒体而破"次元"的日本科幻产业

从战后发展至今的日本科幻产业，与影视和动漫紧密相连，将文学、动漫乃至影视共同融入科幻创作的主题，文学不再是产业IP的源头，漫画、动画、影视均能够担当科幻创作的主力军，几者互为补充、高度融合，形成了日本科幻产业链的多边形结构。

战后发足的日本科幻，在二十世纪五十年代就通过拍摄动画片、电影，将科幻文学与动漫创作勾连汇通成为科幻的产业链条，漫画家、动画工作室、科幻文学作家，他们共同承担科幻的创作、生产、发行、推广的各层级任务，彼此之间早已水乳交融，形成了高度融合的媒体结构，即融媒体。融媒体旨在强调"与技术融合、人人融合、媒介与社会融合"[①]。本论文中的"融媒体"指日本科幻产业结构中科幻文学与影视、游戏、网络等多种传播机构或传播单位所发生的具体联系。

日本科幻产业中的纸媒与动画，被称为"二次元"，即平面之意。而由真人拍摄的影视作品，则冲出了"二次元"。在这一层面而言，日本科幻产业以融媒体方式打破了"次元"的界限。日本科幻产业的融媒体运作模式成熟，因此有创作和推广灵活等天然的优势，产业发展迅速稳定，且成了国家经济利益的支撑点之一。而日本科幻产业在海外文化输出上的成功尤为引人瞩目，也是得益于产业模式的成熟。但"市场盈利优先一切"的原则、"消费至上主义"所鼓吹的"暴力美学"，则成了国家教育的伤痛和沉疴。

科幻肩负时代的使命，科幻的本质精神在于人类自身思考，科幻对于人类、自然、工业化等共同话题的关注，打破次元、融合媒体、结合产业、越界国境、跨越学科，以当今互联网时代为背景，结合"动漫（动画与漫画）、造型、

---

① 廖祥忠.从媒体融合到融合媒体：电视人的抉择与进路[J]现代传播,2020(1)：1-7.

影视、网络、游戏等文化形式，在媒体和信息技术的支持下"①，是中国科幻产业的未来发展之路。

二、科幻、文学、动漫、影视高度互渗的日本科幻发展

（一）手塚治虫的时代

日本战后，即二十世纪五六十年代，是手塚治虫开创日本动漫产业化雏形的时代。漫画家手塚治虫创作的一部科幻漫画作品《铁臂阿童木》，于1952年至1968年在光文社出版的《少年》漫画杂志上连载，收获了大量粉丝读者。1961年，手塚治虫创办了虫制作（虫Production）公司，将《铁臂阿童木》漫画原作着手制成动画，于1963年1月1日起在电视台首播，此后长达四年的动画连播，创下并保持了当时的最高收视率，收获了极大的成功，这也是在战后第一部享誉世界的日本动画。1964年7月《铁臂阿童木》独立创刊，意味着电视、动画、漫画三者之间互相助推形成合力。《铁臂阿童木》在1980年和2003年分别被再次改编为新版动画，并且在2009年推出CG版电影。《铁臂阿童木》对于战后日本科幻动漫产业而言意义非凡，它不仅确立了手塚治虫模式在日本动画片电视剧市场的绝对地位，打通了"漫画—动画—电视媒体—出版行业"互相反哺的产业链结构，而日本科幻动漫软文化的海外进军，也是自《铁臂阿童木》开始奠定的基础。至此，手塚治虫的时代来临了。

手塚治虫和他的虫制作公司乘胜追击，在科幻动漫影视创作上做出了更多的探索性尝试。1963年5月31日NHK将动画与人偶剧结合的《银河少年队》首播，全三部共92集，由虫制片公司出品、手塚治虫原作改编，在人偶剧为主要构成的前提下，每一集中插入少量动画镜头，以此来打破平面动画的"二次元"和人偶剧之间的壁垒。该片紧随《铁臂阿童木》开播后几个月放映，是虫制作公司同期推出的不同类型的科幻题材作品。

在NHK和东宝等媒体巨头的引领以及市场利润的刺激下，日本的媒体产业

---

① 孟庆枢.管窥"互联网+"时代的日本科幻[J].科普创作,2018(4)：60-69.

整体开始积极投入科幻影视作品的生产之中来。科幻影视作品的创作源头一般分为三类：科幻文学家的作品（如小松左京作品改编）、漫画家的漫画原作改编（如手塚治虫漫画原作）、电影编剧方的直接创作。可以得知，从二十世纪六十年代开始，日本科幻创作的主体就是多样化的，科幻文学作家、漫画家、影视方共同担当生产链的上游创作，出版方保证纸媒市场的运行，影视媒体方具体负责下游生产链的商品上市。

（二）真人特摄片时期

二十世纪六十年代后期至七十年代，日本开创了真人特摄片的时代。1966年7月10日，真人电视剧特摄片《奥特曼Q》首播，该片的成功，掀起了其后一系列奥特曼科幻影视作品热潮。导演圆谷英二也因此称为日本的"特摄片之神"。"巨大英雄与怪兽"的对战模式，奠定了"奥特曼宇宙"的主线基础。时至今日，"奥特曼"漫画、影视作品和周边产品在世界青少年中都拥有大量拥趸，"奥特曼"现象成了迄今为止日本科幻文化海外输出的最成功典范之一。

1971年开始拍摄并在电视上连续播放石森章太郎原作、东宝映画制作的特摄电视剧《假面骑士》（MBS原作石之森章太郎）。区别于"奥特曼"自身即为巨大超人的设定，假面骑士则是戴着面具的rider。"假面骑士"迄今共有35位主角骑士，其他战士更是数不胜数。

"奥特曼"和"假面骑士"都是面向日本青少年的，是日本文化产业市场中的常青树，同时也在海外颇具文化影响。"奥特曼"和"假面骑士"能够衍生出数量繁多、种类眼花缭乱的人物形象，市场的需要占据了绝对的主导优势。此类以英雄形象设定为主要卖点的作品，其产业收入的绝大部分来自售卖"手办"（Garage Kits，收藏性人物模型的泛称）。"随着模型玩具市场的利润越来越丰厚，便开始了促进模型玩具的销售而制作动漫。在这种情况下，模型玩具生产商为了适应产品迭代的要求，便会要求动漫制作者让他的要求靠拢，为了让模型玩具的卖相更好，机甲机体的设计就要更炫，更有视觉冲击力，品种要更多样。至于情节合理性和设定的科学性，便退居次要地位。"[①] "奥特曼" "假面骑士"

---

① 刘健.日本科幻机甲动漫的文化主题探源[J].吉林艺术学院学报,2017(04)：64-70.

等情况便概莫如是。

（三）日本科幻动画三大里程碑——《机动战士高达》《宇宙战舰大和号》和《新世纪福音战士》

二十世纪八十年代至九十年代，日本科幻动画三大里程碑《机动战士高达》《宇宙战舰大和号》和《新世纪福音战士》成了日本科幻产业成熟完善的标志。

1979年电视动画连续剧《机动战士高达》首播，在此前所积累的探索性经验的基础之上，"机动战士高达"的产业模式发展最为成熟完善，成了日本科幻动画作品中最庞大且盈利最高的系列。需要注意的是电子游戏（Game）的市场参与，极大程度地夯实了消费者黏性。因日本国内外的"高达"粉丝众多，甚至衍生出了高达主题的博览馆、各类高达的图鉴书籍，其产业的成熟程度可见一斑。科幻评论家刘健提出此种产业模式是"以机动战士作为IP核心，A（动画）、C（漫画）、G（电子游戏）、N（小说）、T（玩具）五位一体，相互支撑，实现商业利益的最大化。"[①]而产业链条上的各环节互为助推，因对市场的共同介入，因此产业链上的各环节对"高达"人物形象的创作与改变同时拥有话语权。在二十世纪七八十年代开始形成并逐渐成熟的产业，大大区别于中国科幻产业链条，有着明确的源点和终端的单线条、单指向结构。以核心内容为源点，五大结构共同盘踞从制作到市场所有环节的产业模式，体现出了媒体的高度融合性。

与《机动战士高达》并称为日本科幻动画的三大里程碑的还有《宇宙战舰大和号》和《新世纪福音战士》。

1974年10月6日日本电视台首播科幻动画片《宇宙战舰大和号》，紧随在电视动画后的是剧场版、游戏作品、真人电影的翻拍。《宇宙战舰大和号》区别于以往的在地球上活跃的"英雄"形象，是真正意义上的宇宙空间科学幻想作品，场面恢宏的星际战争、跨越29万6千光年的浩瀚旅途、冥王星的海底深处、大麦哲伦星云的战争阴谋，无一不展示着日本科幻的文学创造力和媒体技术的成熟。

---

① 刘健.日本科幻机甲动漫的文化主题探源[J].吉林艺术学院学报,2017(04)：64-70.

二十世纪七十年代以后，日本进入了经济的高速增长期，昂扬奋进的"昭和"时代精神也催生了日本科幻的飞跃式发展，"科技"和"宇宙浪漫"成了SF生发的土壤。《宇宙战舰大和号》为大众所展示的令人目眩神迷的科幻想象力，甚至成了一种民族记忆，电视动画共拍摄四部，五次拍摄剧场版，衍生出三个电子游戏，伴随了一代日本人的童年与成长，不啻《星球大战》在美国观众心中的地位。

二十世纪九十年代创作的《新世纪福音战士》系列作品，从某种意义上而言延续了日本八十年代的创作风格和产业模式。讲述的是在世界战争废墟之上人类重建，14岁的少年迎接挑战并不断自我成长的故事。由东京电视台播出了26集电视动画，随后推出了两部剧场版，合计票房收入45亿日元，电视、剧场版系列的音像制品销量高达450万枚。作品浓缩了日本电影、日本特摄、动画技法等多种风格，故事情节中充满了大量关于宗教、哲学、心理学等暗示，叙事结构扑朔迷离且复杂庞大。在构建真正意义上的"科学幻想"的文学性的基础之上，成熟的媒体技术更使得影视作品呈现出了高水准的视觉效果。该系列作品在日本风靡一时，不仅说明了高度成熟的媒体技术带给科幻产业的巨大影响，同时也验证了受众审美的深度有所成长。

（四）暴力色情倾向的端倪

二十世纪七十年代以后日本科幻产业中开始出现了暴力色情的倾向。在科幻影视作品中引导了审美取向的是1972年首播的动画连续剧《恶魔人》，漫画鬼才永井豪在这部作品中讲述的是得到了恶魔力量的少年不动明，与恶魔一族之间各种惊心动魄的战斗。该作品中充斥着直观的暴力血腥场面，透射出黑暗、叛逆的世界观，极大程度地反映了人类内心深处的阴暗面与恐怖情绪，这种极端的艺术表达在日本科幻中首开先河。《恶魔人》中包含的哲学思想以及对政治话题的关注，体现了对当时日本社会的深度思考。但与此同时，其血腥暴力的审美取向，也对后来的科幻动漫创作产生了很大影响。《恶魔人》显然是游走在前卫艺术和暴力血腥的双刃之上的特异作品。

除了暴力元素之外，成人色情元素也在同一时期渗入了日本科幻产业。1973年10月13日电视动画连续剧《甜心战士》首播，该作品也是《恶魔人》的创作者永井豪和他的原动力漫画公司的作品。漫画于1973年10月1日至1974年4月1日在秋田书店出版发行的杂志周刊《少年Champion》上连载，共两卷。动画片则由东映动画制作，并于1973年10月13日至1974年3月30日在朝日电视台上播出，共25集。七十年代开始，手塚治虫和他的虫制作公司的成功范式，也带动了如永井豪之类的漫画家创立公司，将漫画创作、漫画出版、动画片制作同期进行，实现了"创作—出版—动画"三位一体的科幻动漫生产模式。

《甜心战士》中充斥着性暴露、近亲通奸、三角关系、婚外生子等成人色情成分，确立了永井豪一贯的"硬暴力"风格。因此，该作品在数次翻拍的时候也不断改写和加工。《甜心战士》的真人电视剧的拍摄，则是科幻作品中较为崭新的尝试。而片中主题曲的空前销量，带动了媒体融合中的音乐创作。

（五）日本科幻重镇小松左京作品的影视化改编风潮

二十世纪八九十年代以后，由科幻文学原创，改编为电影或动画片的作品，在日本科幻产业中也占据了重要的一席之地。1980年角川映画拍摄的《复活之日》、1973年12月29日东宝映画《日本沉没》（2006年第二次翻拍）、1987年1月17日大映映画《首都消失》、1989年10月18日开始《小松左京动画剧场》在每日放送（MBS）首播，均是小松左京原作。[①]小松的作品往往是灾难片主题，此类作品是科幻文学中的一大类别，翻拍成为电影后亦成了日本影坛热门的主题之一。小松左京和他的灾难主题科幻创作，往往关注人类与自然的关系，着重叙述在灾难面前人类的精神与希望。其中《复活之日》描述了在美苏冷战背景下一种病毒在东德陆军细菌研究所失窃，导致了被称作"意大利感冒"的疫情全球肆虐，最终只有11个国家驻南极科考队的八百多人存活，他们成了人类最后的希望。其中核武威胁、美苏对峙的情节十分值得玩味。前后拍摄两次的《日本沉没》，被视作是对日本列岛大地震的科幻式预言。2011年3月11日的日本大地震则将小松左京的科幻在某种程度上变成了一种现实。

（六）宫崎骏的时代

二十世纪八十年代以后，电视播放的动画片连续剧不再占据主流，手塚治

---

① [日]日本SF作家クラブ.日本SF作家クラブ40年史——日本SF作家クラブ40周年記念誌：1963～2003[M].東京：緑陽社, 2007.

虫模式因盈利模式暴露出的明显问题而逐渐呈现颓势。在多方资本参与、共同瓜分市场的前提下，"高成本、高制作、高票房"的科幻题材动画电影开始抢占市场。尤以宫崎骏和他的吉卜力公司风靡一时。1984年上映的动画电影《风之谷》，是宫崎骏的初试啼声之作。而2001年7月20日正式首映的动画电影《千与千寻》则代表了宫崎骏作品的巅峰。

手塚治虫模式和宫崎骏模式，同为科幻题材动画片的制作方，二者却存在着明显的区别。手塚治虫的漫画创作最早可上溯至日本战前，而到了日本战后手塚也是最早投入漫画、动画产业中来的，其作品主要依托电视播放作为媒介传播，在进入二十世纪七十年代以后，因盈利方式和版权开发上的困难，不得不转向版权的深度开发，如发行录像带或DVD直接销售给消费者（即OVA模式，Original Video Animation）从而产生利润，或出售动漫形象授权等等。作为在媒体技术和动漫创作成熟的二十世纪八十年代出现的后起之秀，宫崎骏的吉卜力公司则从一开始就占据了产业的顶层架构，用高成本投入和大制作来打磨出精美的原创动漫。其利润主要来自票房。宫崎骏和他的电影"改变了动画电影在整个日本影视产业中的地位和作用。此前，日本的动画电影只是一个小片种，但吉卜力的成功让动画电影走向日本影业的主流，为日本影视动画赢得了国际声誉，提高了动画电影在日本人文化生活中的影响力，拓展出更大的市场空间。"[1]手塚治虫和宫崎骏在向世界完成日本文化输出这一共同点上，无疑都是成功的。宫崎骏电影在今天俨然成了一张日本的文化名片。

（七）大友克洋的"工业朋克风"

另有一类题材是导演大友克洋的"工业化"系列作品。他的作品有两个主要特征，一是由大友克洋一人承担了作家、漫画家和动画导演的全部工作，大友克洋本人就是创作主体，二是他的作品表现出的"工业化"元素以及对日本战后工业化社会的反思。1988年7月16日动画电影《光明战士阿基拉》（AKIRA）上映[2]，1991年由大友克洋出品的动画电影《老人Z》上映，2001年改编自手塚治虫漫画（1949年漫画原作）的电影《大都会》公映，2004年7月17日动画电影

① 刘健.20世纪日本影视动画产业经营模式透析[J].电影文学,2013(21)：49-51.
② [日]巽孝之編.日本SF論争史[M].東京：勁草書房,2000.

《蒸汽男孩》上映，这四部作品是大友克洋的代表作。大友克洋在其作品中继承了源自手塚治虫的对机械的迷恋又憎恶的矛盾感情，他对机械的迷恋无疑是感性的，而这种感情往往伴随着恐惧。所以他的作品表现出了对机器人科技手段一往情深的同时，却将结局设置为人类不得不毁灭亲手创造出来的机器人的悲剧，揭示出了人与科技发展之间的深层伦理关系。这种如莎士比亚式的戏剧化矛盾冲突也正是他的作品的魅力所在。而在作品《老人Z》中对日本人口老龄化问题的关注，也是二十世纪九十年代所较为少见的杰出思想。

（八）游戏产业凸显与"漫改"风潮

二十世纪八十年代风行至今的是科幻题材的游戏巨制与和"漫改"风潮。如以CG技术①为依托的游戏《最终幻想》，在获得了极大的成功以后，面向大量的粉丝（一种广义上的可供开发市场、产生利润的IP基础）将游戏作品影视化，并取得了不菲的票房收入和较高的收视率。《最终幻想》是由日本SQUARE公司于1987年推出的FC平台角色扮演游戏，它是史上最畅销的系列电子游戏之一，从任天堂游戏机上的《最终幻想》一代开始，该游戏畅销日本国内外二十余年，游戏几乎每年都要做出升级和改变，为适配任天堂的各种游戏机的机型（任天堂的游戏机型囊括FC、SFC、NDS、Wii、NGC、GBA），共开发出了30个不同版本的游戏。游戏机型的换代更迭和游戏版本的升级，不断地带给消费者更新、更好的游戏体验，二十年来没有停止地刺激和拉动着科幻题材的游戏产业成长。《最终幻想》共翻拍了4次电影、3次动画连续剧，尤其为配合海外市场，在四次电影改编中有三次是聘请美国好莱坞团队共同操刀制作，影片中对白以全英文的方式展现。《最终幻想》的成功，更在于其"科幻主题内核"所构建的完整的世界观格局。游戏主线和分线故事内容丰富、层次结构复杂，毫不逊色于大部头的科幻文学巨制。支撑起游戏精神内核且吸引了拥趸们多年的《最终幻想》，其魅力仍然是科幻的主题内容。而在媒体高度融合的日本科幻产业界，强势介入科幻创作本身的游戏制作方，不容小觑。而CG技术的成熟，将游戏和影视作品的视觉效果打磨得愈发精美绝伦。媒体的高度融合，促成了产业结构立体化，产业链

---

① 英语Computer Graphics的缩写，指用计算机技术进行视觉设计和生产、视觉艺术创作活动，涵盖三维动画、影视特效、多媒体技术等，一般应用于CG艺术与设计、游戏软件、动画等领域。

条上各环节均能共同参与科幻创作,这是日本科幻独有的风景。

以漫画的畅销来带动影视作品创作的市场模式其实在日本并不少见,即所谓的"漫改"(漫画改编)。其中,《杀戮都市》具备了其他"漫改"作品所不具备的一些特殊意义。《杀戮都市》是漫画家奥浩哉创作的青年科幻漫画,于2000年开始在《周刊YOUNG JUMP》上连载,2013年6月20日正式完结,累计发行量超过1990万部。该漫画作品主要讲述高中生玄野计被传送到一个神秘的房间,和其他同伴在房间中的黑球"GANTZ"的控制和安排下,同入侵地球的外星人展开战斗的故事。《杀戮都市》曾经在2004年被改编为26集动画片,但反响平平。2010年上映的真人版电影却收获了极高的赞誉和利润丰厚的票房。真人版电影邀请了二宫和也、松山研一、吉高由里子、本乡奏多、夏菜等日本演艺圈的偶像级明星出演,明星带动的粉丝效应也为电影的畅销起到了推波助澜的作用。《杀戮都市》的特殊意义在于以下两点。第一,《杀戮都市》明确划入"青年漫画"的类别之中,漫画中的血腥和暴力,固然是逐利的资本方所无法舍弃的,同时禁止未成年人观看的门槛设定,意味着高度成熟的产业结构下市场的细化。第二,邀请偶像出演,用明星效应来引导消费,提高票房收益,这也是典型的资本市场的运作模式。上述两者,无疑都是媒体高度融合、产业发展成熟的明显标志。

三、融媒体化产业结构的利弊得失

战后伊始即初见端倪的融媒体产业结构,为战后日本科幻产业化的形成与高速发展打下了坚实的基础。然而,依托融媒体、高度依赖市场经济的日本科幻产业,在其发展历程之中也支付了诸多昂贵代价,如流水线作业过度虚耗、暴力色情等"文化流毒"冲击教育等等。

市场至上原则在战后初期发挥了充分协调生产资源的灵活性,但是二十世纪九十年代日本泡沫经济之际,其弊端和劣势愈发凸显。科幻动漫相关产业野蛮生长、竞争激烈、人员投入过剩等乱象横生,在工业化流程和流水线作业下产生了大量劣质的重复作品。青年择业时大量涌入该行业,过剩的劳动力竞争导致行业平均收入偏低,人力和物力资源无效浪费,日本科幻动漫产业陷入了劳动密集的畸形业态。

　　同样在市场原则主导下，为博取眼球的暴力与情色成分在日本科幻动漫业内盛行至今。自永井豪开创了以色情为卖点的《甜心战士》后，"暴力美学"的倾向被视作科幻动漫创作的常态元素之一。同时，日本科幻产业链条中占据比重的游戏文化，催生出了日本"御宅族"。这些为日本的"国民教育"带来了不可逾越的重重困难。日本科幻动漫作品，无外乎是日本社会的真实投影，自泡沫经济以来由经济衰退带来的颓废、灰暗、厌世等情绪，被刻写入日本科幻动漫的作品之中，伴随着日本一代又一代青少年受众的成长，持续发挥着其社会性影响。这些显而易见的"亚文化"负面效应，是中国在未来发展科幻动漫产业化道路的历程中必须有所警惕的部分。

　　日本科幻产业的发展历程中，同样有其成熟和完善之处可供参鉴。作为科幻创作的源头的科幻文学，日本科幻界和日本文化界均持更宽泛的包容态度。日本的科幻文学，实际上更为广义地融通了纯文学、大众文学与网络文学几者之间的界限。比如村上春树的《寻羊冒险记》在日本国内一直是被视作科幻文学之作。由出版界、影视圈、游戏行业、商品制造行业等互为联动、各司其职、无分主次的产业链构成，以最优的资源配置发挥了最大优势。从动画与漫画的"二次元"到真人大电影，再到手办模型和电子游戏的畅销，一切以市场利益最大化为原则。这样的产业模式积累了充足的经验，培养了大批多面手型人才，完成了高度的市场细化，拥有日本国内外乃至世界范围的大批受众。

　　日本科幻产业自起步至今积累了大量的行业经验，科幻创作的文学创作或影视创作不分彼此，共生互利。日本国内拥有一批集科幻文本创作、漫画家、动画制作人、导演于一身的复合型人才，如宫崎骏、大友克洋等。这种多面手型的复合产业人才，是他国在发展科幻产业之时所极为稀缺的人才资源。日本科幻动漫产业市场庞大、对应产品种类繁多，"青年漫画（或动漫）"、"少女漫画（或动漫）"、"儿童漫画（或动漫）"等等市场对应人群标识五花八门，成熟的市场分类将消费者引入细化的消费领域。

　　最值得一提的是日本科幻动漫在国内外推广之际的雄厚资本与优势。日本培养起了成熟稳定的国内受众，科幻动漫类电影往往雄踞日本当年半数以上的票房；同时日本科幻动漫作为一种文化策略也以非常积极的姿态进行海外推行，《机动战士高达》《宇宙战舰大和号》在数十个国家的电视台播出。在向海外推行的过程之中，日本科幻动漫作品往往带有浓郁的日本文化元素烙印。精美绝伦的科幻动漫场景，按照现实中的日本标志性街道"一比一"地重现还原，日本的传统服饰、传统节日、饮食习惯、日常礼仪等等，在作品之中也会刻意去凸显和表达。在向世界推广软文化实力包装这一层面上而言，日本科幻动漫产业无疑是有其可借鉴之处的。

四、后疫情时代中国科幻的产业生产力

后疫情时代之下，中国科幻产业正在逐渐转换为新的国家生产力。《流浪地球》的成功，鲜明地昭示出科幻对人类命运、人类与自然关系、人类未来等诸多问题进行深度思考的本质与核心。科幻的天然属性，尤为符合习近平总书记总提出的"人类命运共同体"的精神主旨[①]。科幻是人类想象力的展现，人类的民族与社会如果是一种"想象的共同体"（Imagined Communities）[②]，那么科幻就具有跨越国境、将人类连接在一起的可能与优势。

后疫情时代赋予了人类对于未来命运的全新思考，启示人类对自然做出新时代的新度量。科幻可以启迪思维、预言未来、提示人类与自然和谐共处的必要性。那么，将科幻作为通往"人类命运共同体"的路径之一，无疑是可行且必要的。

疫情为世界带来了改变，后疫情时代下科技的进步和互联网的发达，为我们创造出了一种"赛博格"般的科幻所照进的现实。日本战后迄今为止的融媒体的科幻产业发展之路，有其成功之处可借鉴，失败之处亦可警示，为我们近日更好地调整科幻的产业模式，重新布局经济增长结构，乃至创造新的科幻生产力，均提供了一些新的启发。更好地去适应后疫情时代下全球媒体化的世界形势，以

---

① 习近平总书记 2017 年在《共同构建人类命运共同体——在联合国日内瓦总部的演讲》中指出："世界命运应该由各国共同掌握，国际规则应该由各国共同书写，全球事务应该由各国共同治理，发展成果应该由各国共同分享。"

② 本尼迪克特·安德森.《想象的共同——民族主义的起源与散布》[M].上海：上海人民出版社，2011.

融媒体为依托、有所侧重地去发展中国科幻产业，有效且可行的。

日本科幻产业的融媒体发展之路，为中国科幻当下与未来的产业化道路提供了一定程度上的参鉴。将科幻衍生成为生产力，适应后疫情时代全球经济的新形势，这样的任务已经已迫在眼前。"科幻与未来结伴同行"①，以"科幻生产力"来实现"中国梦"。

参考文献：

[1]廖祥忠.从媒体融合到融合媒体:电视人的抉择与进路[J]. 现代传播, 2020(1): 1-7.

[2]孟庆枢.管窥"互联网+"时代的日本科幻[J].科普创作, 2018(4): 60-69.

[3][美]本尼迪克特·安德森. 想象的共同——民族主义的起源与散布[M].上海: 上海人民出版社, 2011.

[4][日]日本SF作家クラブ.日本SF作家クラブ40年史——日本SF作家クラブ40周年記念誌: 1963～2003[M]. 東京: 緑陽社, 2007.

[5][日]巽孝之編.日本SF論争史[M].東京:勁草書房, 2000.

[6][日]日本SF作家クラブ編.SF入門[M].東京: 早川書房, 2001.

[7]刘健.日本科幻机甲动漫的文化主题探源[J].吉林艺术学院学报, 2017(04): 64-70.

[8]刘健.20世纪日本影视动画产业经营模式透析[J]. 电影文学, 2013(21): 49-51.

[9]王子川.日本科幻的美国化难题——以《攻壳机动队》为例浅析美式科幻电影的改编困境[J]. 传媒论坛, 2019, 2(16): 173-175.

[10]孟庆枢. 逐梦的中国科幻[N]. 人民政协报, 2018-12-17(010).

---

① 孟庆枢. 逐梦的中国科幻[N]. 人民政协报,2018-12-17(010).

从动漫电影《鬼灭之刃》看鬼怪世界的独特风景

周美童[①]

（吉林外国语大学日语系　吉林长春　130117）

【摘要】在日本以鬼怪文化为主题的动漫作品经久不衰，于近期上映的动漫电影《鬼灭之刃》，更是在疫情之下成了日本新晋的票房冠军。本文将基于鬼怪文化这一主题，剖析《鬼灭之刃》这部动漫影视作品的特色及其在疫情环境下呈现出的独特魅力和疗愈功能，分析其热映的原因。

【关键词】《鬼灭之刃》　动漫电影　鬼怪文化　疗愈

An Analysis of the Unique Ghost Culture of Japanese Literature In Comic Serial "Demon Slayer"

ZHOU Meitong

(Japanese Department, Jilin International Studies University, Changchun 130117)

Abstract: Ghosts consists an enduring and unique cultural theme of Japanese anime works. The recently released anime movie "Demon Slayer" became the new box office champion during the epidemic period. This study focuses on the theme of ghost culture and investigates into the reasons for its popularity by analyzing the characteristics of this animation and the healing power it has exerted during the epidemic period.

Key words: "Demon Slayer"　animation movie　ghost culture　healing power

---

[①] 作者简介：周美童，吉林外国语大学讲师。研究方向为日本近现代文学。

2020年的暮秋时节，动漫电影《鬼灭之刃：无限列车篇》在日本上映。因为处于疫情高发期间，每场电影的观影人数受限，许多影院每天播放三十至四十场，由此诞生了一句流行语："比乡下电车车次还多的无限列车。"这部电影在疫情之下刷新了由《千与千寻》保持的日本影史票房纪录。截至2021年5月，该片以超过400亿日元（约24亿人民币）的票房雄踞日本票房排行榜冠军宝座。影片热映的原因和作品背后蕴含的文化内涵，以及这部动漫作品在特殊时期的独特魅力与疗愈功能，值得引起更深层次的探讨和思考。

一、动漫电影《鬼灭之刃》

（一）作品的诞生

《鬼灭之刃》是日本漫画家吾峠呼世晴所创作的奇幻少年漫画，描述了主人公为寻求让变成鬼的妹妹复原的方法，而踏上了杀鬼的征途，自2016年2月开始在《周刊少年Jump》（日本发行量最高的连载漫画杂志）上连载。这部作品在问世初期反响平平，甚至一度徘徊在"被腰斩"的尴尬境地，直到2017年人气才开始逐步上升。但在2019年推出第一季动画版后，它很快开启了跌宕起伏的逆袭之路并一路高歌猛进，成了很多人心目中的"神作"。之后，动画版收视率节节攀升的同时也带动了其漫画单行本的热卖，甚至终结了《海贼王》长达13年的冠军历史，问鼎了漫画销售榜。而动画播出后，漫画原作者也曾说过，遇到精彩的片段自己会反复观看20遍以上，可见动画制作的水准已经远超其漫画最初的设想，极其成功地展现了人物的魅力，丰富了故事情节，也将这部作品的整体水平提升至更高的层次。

《鬼灭之刃》的"逆袭之路"并未止步于2019年，而是在2020年的末尾又创造了新的历史。2020年12月26日，动漫电影《鬼灭之刃：无限列车篇》于日本上映的第72天，累计票房突破317亿日元，打破了宫崎骏动画《千与千寻》霸占了18年的票房纪录，成为日本影史新晋票房冠军，书写下新的纪录。

（二）故事情节与主人公

故事发生在距今约100年前的日本大正时代（1912年—1926年），地点选择了一个隐蔽于大山深处的村落。主人公灶门炭治郎（竈門炭治郎 かまどたんじろう）作为长子继承了已故父亲的家业，靠烧炭维持着全家的生计。在一个大雪纷飞的寒冷冬日，炭治郎独自一人离开家去山脚下的小镇上卖炭。在此期间，一群恶鬼在"鬼王"鬼舞辻无惨（鬼舞辻無惨 きぶつじむざん）的统领下袭击了炭治郎的家，极其残忍地杀害了他的家人。炭治郎的妹妹祢豆子(禰豆子 ねずこ)死里逃生，侥幸存活，却因为体内被注入了鬼舞辻的血液变成了鬼怪。炭治郎回到家中，看到家人惨死的场景，惊愕悲痛万分。就在这个时候，已经变成了鬼怪的祢豆子向自己的哥哥痛下杀手。惊险万分之时，炭治郎被成名剑客富冈义勇（富岡義勇 とみおかぎゆう）救了下来。正当富冈义勇挥剑要杀死祢豆子的时候，他隐隐觉察到了兄妹之间依然存在的亲情羁绊，于是默默地放下了手中的宝剑。为了找到将妹妹变回人形的方法，也为了诛杀恶鬼替家人报仇，炭治郎拜在剑术大师的门下苦心修行。两年之后，他加入了"鬼杀队"，以自己的生命为代价，开启了荆棘密布的诛杀恶鬼之旅。[4]

图一　主人公炭治郎和家人们

"幸福破灭之时，总是弥漫着鲜血的味道。纵使吾身心俱灭，也定将恶鬼斩杀。"剧场版《鬼灭之刃：无限列车篇》，也同样贯穿了这样的主旨。

电影在故事上延续了动画版的剧情，讲述炭治郎、我妻善逸（我妻善逸 あがつまぜんいつ）以及嘴平伊之助（嘴平伊之助 はしびらいのすけ）三位鬼杀队新晋成员，奉命登上"无限列车"，协助鬼杀队旗下最强剑士之一炼狱杏寿郎

（煉獄杏寿郎 れんごくきょうじゅろう）调查车上40名乘客的神秘失踪事件，并保护余下200多人的安全这一情节。他们轻松地解决了车上的恶鬼，随后遇上了"鬼王"旗下高手——魇梦（魘夢 えんむ）。[8]

魇梦擅长将对手困在美好的梦境中，然后潜入梦境找到其精神依赖的核心并加以摧毁，从而击败对手。炭治郎一开始也受到了魇梦的催眠，不断回忆起家人被鬼杀害前贫穷却幸福的日子。久违的温馨场景让他留恋万分，不忍从美梦中醒来，最后妹妹祢豆子通过自残的方式才唤醒了炭治郎，使其战胜了与"无限列车"融为一体的魇梦，保全了所有乘客的性命。

（三）席卷日本的"鬼灭"浪潮

《鬼灭之刃》成为日本令和时代的第一部国民动漫，从网络媒体到商业营销，"鬼灭"风潮很快蔓延至日本各个领域。主角的绝招简单易记，杀鬼时的呼吸招式引得孩子们争相模仿，很快风靡日本各个小学。而各种和《鬼灭之刃》有关的饰品层出不穷，手表、皮包、耳环甚至口罩等都纷纷热卖。日本三大便利店之一的Lawson在电影上映之初就开展了促销活动，2020年10月推出了与剧中角色形象搭配的饭团等50种商品，仅仅一个月就创下了超过50亿日元的销售额。饮料品牌Dydo在咖啡罐上画上了鬼灭角色形象，销售仅三周就卖出5000万罐。索尼和《鬼灭之刃》推出了联名随身听和联名头戴式耳机，富士相机也推出了角色主题拍立得相机。优衣库发售的《鬼灭之刃》联名款一经上市就被一抢而空，连二手商品都人气高涨，印证了日本粉丝们狂热的消费愿望。特别值得一提的是，以生产和服腰带起家的百年老店高田织物，此次也紧跟潮流，抓住《鬼灭之刃》的火热期适时推出了6款《鬼灭之刃》主题榻榻米。[7]

在国家层面，JR九州和JR东日本（日本国有铁道的线路名称）相继推出了名为"SL鬼灭之刃"的主题蒸汽列车，车票瞬间售罄。2020年11月2日，日本时任首相菅义伟甚至在国会答辩时，说"请允许我用'全集中呼吸'（《鬼灭之刃》中的经典招式）来回答问题"，引起日本民众热议。疫情缓和后，日本政府推出了GO TO政策以振兴旅游业，于是《鬼灭之刃》的爱好者们纷纷借此机会去漫画中所描绘的神社进行"圣地巡礼"，刺激了消费。

除了高达400亿的电影票房，针对席卷整个日本的鬼灭浪潮，日本经济学家宅森昭吉推测称"经济波及效果至少超过2千亿日元"。在受新冠疫情影响、各大企业业绩下滑的背景下，一部动漫影视作品能取得如此巨大的成功固然值得引起重视，但更需要加以思考的是，日本漫画是如何积极有效地带动了周边产业（如手办、服饰、旅游项目），而周边产业的兴盛又如何反哺动漫产业，形成良性循环并创造出巨大的经济价值，这一点值得我们思索和借鉴。

二、鬼怪世界的独特风景

（一）"曾经也是人"的鬼怪

像《鬼灭之刃》这样以鬼怪文化为背景，以鬼怪或杀鬼为主题的作品不胜枚举，如人们熟知的《犬夜叉》《夏目友人帐》《少年阴阳师》等等，奇幻的剧情和性格各异的妖怪纷纷登场，在日本乃至全球收获了超高的人气。动画片中的妖怪虽然来源于日本的妖怪文化，但是动漫中的再创作也使日本的妖怪文化得以创新、传承和传播，使其妖怪形象更加立体。而这些动漫作品的经久大热，也证明了妖怪文化始终在日本文化中占有一席之地，丰富的鬼怪和捉鬼物语，也从某一个独特角度反映了人类的社会样态，使鬼怪世界成了人类真实世界的一个投影。

《鬼灭之刃》这部作品在主题方面，既有对日本传统鬼神妖怪文化的继承，也有制作者的独具匠心。在这部作品中，鬼怪也具有了和人类相同的喜怒哀乐、悔恨懊恼、偏激固执等情绪，成了表达人类内心世界的一种媒介。值得一提的是，这部作品还用心描写了鬼之所以成为鬼，鬼杀队成员之所以成为鬼杀队成员的理由。战斗和捉鬼的故事在日本有许多，但《鬼灭之刃》第一次提出了一个观点："鬼曾经也是人。"每一个被打败的鬼魂飞魄散之际，总会被唤醒它曾经作为人类的回忆，回顾它们的经历，追溯它们的过去。几乎每个角色的回忆都伴随着一段原生家庭的故事。而鬼之所以成为鬼，很多是因为受到了来自家人的伤害。最后，人在生活的艰难中渐渐陷入绝境，最终幻化成鬼。有学者指出："比起代表正义的鬼杀队，作为反派的鬼的这一方更像是现代人的群像，知道了它们经历过痛苦的人生，背负着不堪回首的过去，观众很容易产生共鸣：鬼是因为遭受了挫折和丧失体验，无法从绝望、悲哀和后悔的心情中恢复，才走上了伤害他人让自己变得更强的利己之路。人人心中都藏着鬼。"[8]

正如作品主旨句中所说的，幸福破灭之时，总是弥漫着鲜血的味道。从人变成鬼的绝望心境，从幸福走向幻灭的残酷历程，赋予了剧中人物更丰满立体的形象，也赋予这部电影更强大的共情力量。

（二）温柔的"杀鬼人"

恶鬼横行的世界中，主人公炭治郎是在家人惨遭恶鬼杀害，妹妹也变成鬼怪之后，在杀鬼人的指引下成了"鬼杀队"组织的一员，为了寻找让妹妹祢豆子变回人类的方法，为了讨伐杀害家人的恶鬼而踏上了这段复仇之旅。就题材和剧情而言，《鬼灭之刃》是传统的少年修炼成长，打败坏人的套路，虽然迎合了人们积极进取的天性和渴望不断超越自我的美好追求，却缺乏一定新意。但是从总体来看，它区别于其他热门动画所聚焦的成长与梦想，而是更侧重于对亲情的刻画。剧场版更是在不断深挖炭治郎的家庭情感，以及他和妹妹的羁绊。其对于家人间细腻的情感刻画和主角成长的漫长道路引发了观众的强烈共鸣，使人们重拾年少时代的憧憬与感动。在没有求新求怪的同时，它击中了民众朴素的价值取向，获得了二次元受众之外的大量人群的喜爱，最终成为日本的现象级作品。

图二　炭治郎与妹妹祢豆子

作品甚至主打"日本第一的温情治鬼故事"进行宣传。在《鬼灭之刃》中，作者没有借由作品对出场的鬼怪进行审判，而是用一种极为宽容且包容的态度在阐述着：没有绝对的善与恶。每一种形态都有其复杂的过往，都应该获得理解与谅解。而负责表述作者这种观点的人，正是主角炭治郎。与一般的斗鬼杀鬼动漫不同，主人公灶门炭治郎被描写成非常温柔的人物形象，他的师傅曾经否定了他的这种性格，认为他难成大器。然而正是这份不同于常人的温柔，不仅给了他守护家人的力量，也找到了拯救鬼怪灵魂、唤醒它们作为人的回忆的救赎之路，成为推动整个故事情节的关键。动漫作品中，炭治郎道出了自己对"鬼"这一存在的认识："鬼也有鬼的难处，不可以践踏对所作所为感到后悔的鬼，因为鬼也曾经是人类，和我一模一样的人类。鬼是空虚的生物，是悲伤的生物。"

这份温柔，在如今这个杀伐果断的残酷时代显得尤为宝贵。而这一"温柔的杀鬼人"的人物设定，传递了更深层的宽容与爱，成了作品的魅力所在。因为这不仅明显区别于以往的除恶不手软的情节，更体现了"以柔克刚"的文化特点。美国学者本尼迪克特把日本文化概括为"菊与刀"，这部剧中突出的应该是"菊"的一面，刀则次之。

（三）神奇的疗愈功效

2020年以来，人们遭遇了无数悲欢交集的时刻，付出了巨大的牺牲和极为惨痛的代价。瘟疫的爆发和流行使人类命运共同体的境遇空前凸显，也让每个人直面了生命的脆弱和虚无。在这场灾难面前，个体的伤痛与无助、人性的善恶与复杂表现得尤为集中和鲜明。这场百年不遇的特大疫情，也必将成为文学影视作品创作的重大的挑战与转折的开端。[3]

动漫作品《鬼灭之刃》就是诞生在这样的动荡与变革之中。它的成功有一定的偶然因素，比如疫情期间人们长期宅在家中需要寻求情感的突破口，同档期的进口影片相继延期上映等等。然而在特殊时期，能创造下如此辉煌的票房奇迹，得益于影片本身神奇的疗愈功效。

首先，电影场景中对于日本大正时代的描写比原著更加细腻具体，影片中还原的大正时期的日本街景，深受日本观众的喜爱。有高龄的观影者在采访中表示，对于电影版《鬼灭之刃》的喜爱有很大一部分是源于动画场景中对以前的日本样貌的还原，使其怀旧心理得到了极大满足。而大正时期的日本处于近代史上最繁荣的时期之一，在全球大背景下，过往的繁荣场面也为期待美好生活的日本民众带来治愈功效。另外，作品中每个登场人物的名字均暗示着其人的职业或特点，灶门炭次郎即是在炭窑烧炭的意思，鬼舞辻无惨是残酷的鬼，祢豆子一看就知道是可爱的女孩儿名字，富冈义勇为见义勇为的义士，魇梦自然与梦魇有关。日本也是使用汉字的国家，这些人物名字，中国人见之也容易理解。此外，杀鬼的情节简单明快，没有过多的伏笔和暗示，能够契合特殊时期人们身心压力巨大的社会环境，为背负巨大心理负担的民众提供了短暂喘息避世的空间。而故事中蕴含的丰富的人生哲学，比如日本传统的美好家景，前人质朴的生活，以及人与人之间的牵绊等等，都给观众带来了深深的感动和共鸣。[4]因此，在新冠病毒肆虐的当下，无数被迫居家的日本人，都被其牢牢抓住了内心。最后，要归功于鬼怪这一题材自身的疗愈属性。历史学家小和田哲男指出，自古以来，鬼就作为疫病的化身存在，《鬼灭之刃》中的杀鬼情节可视作人类与疫病的博弈过程。在日本，鬼怪文化起源悠久、受众广泛，始终占据着日本人精神世界的一席之地。鬼怪题材的动画作品不仅表现出了深刻的人文主义精神，也被时代赋予了新的审美内涵，体现了深深的民族文化的烙印。如今，在肆虐的疫情下，日本民众冒着巨大风险亲临影院剧场，并在观赏之后津津乐道，这与鬼怪文化的巨大魅力和疗愈功效紧密相关。

三、结语

作为新时代视觉性文学样式的代表，动漫一直是日本社会的重要文化要素之一。它既是日本人重要的精神家园，也是日本对外文化输出的重要方式，更是我们了解日本社会与文化的一个独特窗口。作为一部少年漫画，亲情、友情和成长是永恒不变的话题，斗鬼杀鬼也是鬼怪主题作品的常见剧情。通过对电影的解析，不难提炼出这部作品的独到之处，看到其在疫情环境下呈现出的特殊疗愈功效。通过研究疫情大环境下的影视作品，分析其热映现象背后的原因和带来的启示，有助于记录当前特定历史时期人们的特殊心理状态及情感需求。日本有着极为丰富的鬼怪文化，这就为其动漫的创作和发展提供了源源不绝的素材，而动漫的发展和进步又能反哺鬼怪文化，二者紧密相连，相互依存。通过动漫这一重要渠道，我们可以更全面地去研究日本的鬼怪文化，加深对日本民俗文化和国民特性的理解，并借用日本的先行研究成果，研究方法和思路，将其与我国民俗文化相结合，为我国相关文化领域研究做出新的探索和思考。

参考文献：

[1]李秋波.日本动画中的妖怪文化[J]. 吉林艺术学院学报. 2007. 32-39.

[2]王攸然.从动画看日本神鬼文化[J]. 长江大学学报（社会科学版）. 2012年2月第35卷. 191-193.

[3]张光芒.论"疫情文学"及其社会启蒙价值[J]. 广州大学学报（社会科学版）. 2020（4）. 87.

[4]近藤大介.《鬼灭之刃》：人类应有的风貌[N]. 经济观察报. 2020年11月16日第035版.

[5]陈牧童. 从文学期待视野的三个层次浅谈日本优秀动漫创作[J]. 今古文创. 2020.33-34.

[6] 姜建强.《鬼灭之刃》与烧脑的日本鬼文化[J]. 书城. 2021（1）.62-74.

[7]王思琪.《鬼灭之刃》的崛起三部曲[OL].https://baijiahao.baidu.com/s?id=1689113591480349073&wfr=spider&for=pc.2021-01-17.

[8]库索.《鬼灭之刃》为什么那么火？[OL]https://m.thepaper.cn/baijiahao_11567766. 2021-03-05.

《蒲生邸事件》：记忆之场

刘 研①

（东北师范大学文学院　吉林长春　130024）

【摘要】《蒲生邸事件》是第18届日本SF大奖获奖之作。作者宫部美雪以时间穿越科幻小说的叙述方式将蒲生邸塑造为"记忆之场"。首先，蒲生邸作为"二·二六事件"的见证之地，为历史记忆提供了一个既定的、实在的框架；其次，"二·二六事件"作为日本走向全面侵略战争并最终溃败的一大转折点，在小说中被讲述、被争议；第三，当个人言说与集体言说、国民个体意识与国家集体意识相汇合，蒲生邸也体现了传承与形塑日本战争历史意识的功能性。

【关键词】《蒲生邸事件》　记忆之场　象征性　功能性

A Study of Field of Memory in *House Gamo Incident*

LIU Yan

(College of Literature, Northeast Normal University, Changchun 130024)

Abstract: *House Gamo* Incident is an award-winning work of the 18th Japanese SF award. The author Miyuki Miyabe portrays House Gamo as a "field of memory" by means of time travel in SF narratives. First of all, House Gamo, which witnessed "the February 26 incident", established a ready and practical framework for the memory of history. Secondly, "the February 26 Incident", which was the turning point when

---

① [作者简介]刘研，文学博士，东北师范大学文学院教授，博士生导师。研究方向为比较文学理论与日本近现代文学。
[基金项目]本文为国家社会基金项目"日本平成年代战争文学的思想史研究"（19BWW037）阶段性成果。

Japan started the all-around military invasion and consequentially suffered the eventual defeat, is narrated and arises disputes in this novel. Thirdly, with the convergence of individual speech into collective speech, citizens' individual consciousness into national collective consciousness, House Gamo also exerts its role in inheriting and shaping the Japanese historical consciousness of war.

Key words: *House Gamo Incident*   field of memory   symbol   function

宫部美雪（宫部みゆき，1960— ）1987年以《邻人的犯罪》获得《ALL读物》推理小说新人奖出道，出道至今备受欢迎，斩获众多奖项，如1993年《火车》获得第6届山本周五郎奖，1992年《龙眠》获得第45回日本推理作家协会奖、1997年《蒲生邸事件》获第18届日本SF大奖，1999年《理由》获得第120届直木奖，第17届日本冒险小说协会大奖，2002年的《模仿犯》获第6届司马辽太郎奖、第52届艺术选奖文部科学大臣奖、第55届每日出版文化奖特别奖，2007年《无名毒》第41届吉川英治文学奖。她连续当选"日本最受欢迎女作家"，被公认为是吉川英治、松本清张和司马辽太郎的继承者，被誉为"平成年代的国民作家"。

《蒲生邸事件》集科幻、推理、时间穿越于一身，不仅荣获日本SF大奖，同时也获得了第116届直木奖的提名，并先后被改编为电影、电视剧。小说讲述了因高考失败到东京参加大学预备班考试的尾崎孝史遭遇的奇闻怪事。平成六年（1994年）2月25日的晚上，尾崎孝史住宿的破败旅馆遭遇火灾，他惊慌失措无处可逃，这时被一位神秘的中年男性救了下来。然而，这位叫作平田的男子却将尾崎孝史穿越带入一个平行空间——二战前的东京，昭和十一年（1936年）的2月25日，"二二六事件"的前夕，陆军大将蒲生宪之的宅邸庭院。因为他寄身的酒店所在地就是蒲生宪之的寓所，在此，孝史遭遇了蒲生宪之诡异的自杀，蒲生家人围绕遗产展开的丑陋争斗，以及寓所之外正在发生的"二二六事件"的现场。蒲生宪之是死于自杀，还是因为家族内部财产争夺导致的他杀？在读者较为熟悉的推理小说的程式化的描写中展现了诡谲动荡的历史，孝史对历史完全没有兴趣，却被卷入历史大动荡的时代漩涡中，与蒲生宪之的自杀事件之谜形成关联。为什么穿越的时空设置在"二二六事件"的现场，为什么穿越的主人公是18岁的尾崎孝史？

关川夏央对此评论道："'蒲生邸事件'的真正主人公不是青年，而是'历史'。这部小说在揭示历史事件的过程中，曲折地追问着什么是历史，如何评价历史。"[1]680因此，描述历史事件的文学作品不是要复原或建构历史，而是探究关于过去的现在记忆；记忆在消失，与过去发生勾连的感情只残存于一些"场"中。如此一来，蒲生邸成了"记忆之场"，"记忆之场是实在的、象征的和功能性的场所"[2]20。蒲生邸是"二二六事件"的见证之地，为记忆提供了一个既定的、实在的框架；象征性在于事件本身被视为日本最终走向战争的一大转折点，在小说中被讲述、被争议，个人言说与集体言说、国民个体意识与国家集体意识相汇合，进而体现了传承与形塑日本战争历史意识的功能性。

一、记忆之场的实在性

作者宫部美雪特别在小说的最后标注，"本故事纯属虚构，蒲生宪之陆军大将也为虚构人物"，但她同时也表示这部小说的历史事实参考了松本清张全十三卷《昭和史发掘》和高桥正卫《二二六事件"昭和维新"的思想和行动 增补改订版》。"历史之所以召唤记忆之场，是因为它遗忘了记忆之场，而记忆之场是尚有纪念意识的一种极端形态。……博物馆、档案馆、墓地和收藏品、节日、周年纪念、契约、会议记录、古迹、庙宇、联想，所有这些就是别的时代和永恒幻觉的见证者。"[2]10蒲生邸就是作家塑造的二二六事件的遗迹与见证者。

对于主人公尾崎孝史而言，二二六事件是一个极为陌生的历史事件，他更不知晓事件详情。但他考试寄宿的古旧旅馆是战前陆军大将蒲生宪之的宅邸，他在登记入住等电梯时，发现了隐藏在赏叶植物里挂在墙上的画框里的老照片。一幢样式古老的洋房映入眼帘："房屋左右对称，虽然只有两层，三角形的屋顶上却嵌着钟塔。洋房两侧各有一幢像阁楼一样的建筑，呈梯形，中间有圆形的窗户……旧蒲生宅，昭和二十三年四月二十日。摄影者 小野松吉"[3]5这里不仅展示了宅邸外观，还有一张标有"陆军大将蒲生宪之"的肖像照片。纪念文字在回顾蒲生宪之的军旅生涯的同时，还特别指出他在二二六事件爆发的当天死于自杀。在留存的遗书中描述了军部派系斗争，对战前日本政府和军部的状况以及所面临的问题做了详细的分析，预告了日美开战以及日本的惨败，并对当时军部的一意孤行带来的巨大灾难给予了警告。由于他的先见之明获得了历史学家们的高度评价，酒店创始人小野松吉也为蒲生宪之的远见卓识所折服，特此立像纪念。

蒲生宪之生平事迹首先以博物馆陈列文物说明的样式呈现在主人公面前，文字准确、精炼地概括了蒲生宅邸与二二六事件的密切关系。不仅如此，孝史考试结束后为消磨时光，看电影、吃饭、逛书店，在旅馆附近，国立剧院的门口，电视台正在直播节目，路人告诉孝史，直播的原因是因为这一天是1994年的2月25日，历史上的今天是二二六事件爆发的前夕，终战五十周年纪念的前夕。播音员所在的国立剧院是陆军省参谋本部的原址。孝史凌晨一点失眠，打开电视发现谈话节目"极乐之夜"谈论的话题正是二二六事件。现场的观众是与孝史年纪差不多的年轻人，参与谈话的有时事评论人，有历史学的资深教授，也有深受观众喜爱的性感女明星。在讨论之前，电视以字幕加旁白以及纪实场景的方式向观众全面介绍了二二六事件发生的过程、原因以及深远影响：

　　昭和十一年（一九三六）二月二十六日清晨，陆军第一师团下的步兵第一联、第三联，近卫师团下的近卫士兵第三联的青年军官发动部下，进行军事政变。当时的内阁总理大臣、内大臣、侍从长和大藏大臣等国家要员，遭到了袭击和杀害。这只是二二六事件的开始。起义部队袭击要员之后，集结兵力占领作为政治和军事中心的町和永田町一带。他们要求发布戒严令，将执行权交给军部，想通过这样的方式，将贪官污吏和政治上的腐败元凶彻底清理掉，随后组建新的内阁。起义部队认为此举是"昭和维新"。这次军事政变的起因，源于当时陆军内部皇道派和统制派两大派别的派系斗争。参加政变的青年军官隶属皇道派。虽然当时在陆军内部，高层中和皇道派对抗的统制派将校人数众多，但因为受青年将领同情，皇道派人数也不少。由于这层微妙的力量差，政变就如我们所见，不可思议地发生了。然而，昭和天皇主张："对待犹如暴徒一般暗杀重臣的青年军官，就应该基于坚决的镇压。"陆军高层随即认定起义部队为叛军，于是大部队浩浩荡荡地出发，与起义部队对峙。与此同时，催促起义部队里的基层军官速速归队。直到二十九日，所有青年军官宣布投降，为期四日的二二六事件就这样结束了。随后，被拘禁起来的青年军官们迅速受到了军事法庭的审判，被判处死刑。这场审判被称为没有辩护律师、没有上诉的"黑暗审判"，目的是统制派借此横扫皇道派的势力。但是兵变一出，手握强大武力的军部借机控制了政府，言论上也愈发强硬。从此，日本便走上了军国主义道路，战争大幕由此拉开。[3]37-38

这段说明也基本代表了日本史学界对这一事件的认知和评价，而小说人物孝史的观感却是，我没有这个闲工夫回归历史，这个事件与我又有什么关系。孝史的观感代表了日本民众尤其是年轻人对待历史的态度。孝史所不知道的是，时间、地点的相近以及事件的重要性，都具备了时空穿越的条件，或者说作者为人物的时间穿越做了从内容到叙述方式的种种准备。

穿越之后的孝史亲临历史现场，以鲜活的记忆方式体验了二二六事件。蒲生宅邸位于东京市中心，孝史登堂入室走进宅邸内部，"床边挂着一层蕾丝窗帘和一层绸缎窗帘。窗户紧闭，窗帘拉开，高高的天花板上粗大的房梁纵横交错，交错的空隙挂着布幔。"[3]191因为被安置在佣人房间，日常生活条件和20世纪90年代的日本有着天壤之别，他体验到了老式厕所的恶劣，日常生活的种种不便利。他结识了女佣——温柔漂亮的向田芙纪，芙纪对主人毕恭毕敬，佣人与主人的居住环境对比强烈，孝史体会到在等级森严的社会中底层人生活的种种艰辛。陆军钳制了《东京日日新闻》等新闻媒体的报道，封锁事件消息，扭曲事实真相，也与民主平等的当代日本形成了鲜明的对比。孝史顿生优越感，"我所在的时代，国民人人向往自由，日本最终会变成这样的国家。"[3]118

芙纪的弟弟在川崎造船公司上班，川崎造船公司是川崎重工的前身，1906年向日本军队交付了第一艘国产潜艇，并于当年建造了第一台日本国产蒸汽机车，1939年公司更名为川崎重工株式会社。二战期间，为日本军队供应了大量的战斗机、战列舰和航母。川崎重工与日本侵略战争历史息息相关。芙纪还说弟弟明年就要参加征兵体检了。虽然在小说中不过是人物间的家常闲话，实则透露的是任何一个日本人都无法逃脱战争的罗网。

平田想办法带着孝史回到当代，但目的地出现了偏差，遭遇了昭和二十年（1945年）5月25日东京空袭。二战期间美军对东京展开了系列大规模战略性轰炸，尤其以1945年3月10日、5月25日两次轰炸为代表，史称"东京大轰炸"。5月25日的轰炸之后，东京成为一座死城。孝史成了这场空袭的亲历者，爆炸声震耳欲聋，皇居也着火了。整个城市夜晚沉浸在火的魔爪里，他亲眼看见了芙纪之死："烧焦的头发、皮肤上起了无数的水泡，那只伸出来的手臂已然烧焦。"[3]168

孝史为因穿越受伤的平田去接葛城医生时，在赤坂见附十字路口被参与二二六事件的士兵拦住审查，士兵"一张圆脸，两道浓眉。怎么看都是一张和善的面孔"。这个底层普通士兵的脸与历史文献的记载多有重合，真实再现了二二六事件中普通士兵的形象。普通士兵对事件本身一无所知，在大雪纷飞的2月26日凌晨，千余名士兵在政变军官的鼓动下，为了忍饥挨饿的父老乡亲，为了扫清贪腐朽木般的陆军上层特权，为了天皇的"大御心"，打出"尊皇讨奸，昭和维新"口号，结果没有预料自己被天皇宣布为叛军遭到残酷镇压。

《蒲生邸事件》因小说类型备受争议，其实该作在时间穿越中以互文的方式暗示了科幻性的存在。比如，平田向孝史解释自己是时间旅行者，孝史追问平田，是否类似时间机器那样的存在？平田嘲讽，那是科幻小说的小把戏而已。孝史反过来讽刺平田，"《回到未来》里的迈克尔·福克斯当时回到了五十年代，人家却精神饱满，在那个时代也很活跃。"[3]81而平田带领孝史的穿越对身体的冲击力与宇航员飞离地球的遭遇相似，乃至身体受伤，对人类命运和历史走向更是无能为力。在这里借用其他时间穿越的科幻小说的模式，省略了对时间为什么可以穿越等科学因素的解释，从而强化了作品对历史事件的写实性。

宫部美雪在小说中不仅力图复原二二六事件的原初图景，而且通过时间旅行者平田之口，历数日本战后的诸多灾难，如大东亚战争、原子弹爆炸、哮喘和水银中毒之类的公害病以及日航飞机的堕落、变态杀人狂对女孩的戕害，真实描摹了一幅二十世纪三十年代直至当代社会的风俗画，通过这些标志物为历史事件建造了一个实在的记忆之场。

二、记忆之场的象征性

小说以"蒲生邸事件"置换了"二二六事件",以空间置换时间,时间凝聚在空间形式上分明可见。小说中有关时间旅行者的描述也体现了这一特点,时间虽然已经消逝,但时间旅行者在时间轴上得以穿越的凭借就是因为有固定空间的存在。蒲生邸,是历史的标识物,是一个已经时间化了的空间,是"过去"插入"现在"的象征。

蒲生邸位于东京市中心的一角,与陆军省参谋本部、警察局、皇居毗邻而居。这座洋楼是蒲生大将一生的身份与荣耀的象征,他准备在这里安享晚年。然而,二二六事件成为蒲生大将的转折点。他退役前以陆军大将的身份活跃于军部中心,和参与事件的皇道派青年军官过从甚密。事件失败后,蒲生大将及其家族必然受到牵连。他从未来得知事件的结果,无力阻止事件发生,自杀身亡,并留下为自己洗白的遗书,足以让子女在战后平安无虞,自己也因为遗书所表达的对战争的清醒认知而被后人颂扬。蒲生宪之与二二六事件互为绑定,蒲生邸身处事件的漩涡,共同形成了作家与读者之间有关日本战争历史与记忆的讨论空间。

二二六事件在日本人的历史构建中是一种怎样的存在形态?电视谈话节目的播出一方面说明这一事件不可遗忘的重要性,是一种纪念仪式;另一方面,主持人一脸苦笑说,"我们今天,就来谈一谈你们绞尽脑汁都想不到的、学校的历史教科书都没有出现过的,却是最基本的太平洋战争史。"[3]34而这一所谓想不到没有出现过的太平洋战争史就是二二六事件。主人公孝史联想到自己的中学课程,"初中和高中的历史课,有关现代史部分都只是一带而过,可能是因为考试不考的缘故吧。教科书也是绳纹时代开始,到明治维新就结束了。好不容易把明治时期的功臣元老的名字记住了,第三学期的期末考试就来了。这样的言论就出自教书神速的历史老师之口。之前孝史所在的中学社会课老师都不教废藩置县以后的历史,说自己回家看看书就可以了。"[3]90教科书以舍弃现代史为代价割裂了历史,因为考试不考,教师在教学活动中干脆敷衍了事,难怪主人公对日本的近现代历史一知半解。这显然针对和批判的是20世纪90年代开始爆发的历史教科书事件。

当代日本人又是如何认知这一事件的呢？电视台的访谈节目形成了一个充满象征意味的场域。时事评论人蔺草和彦认为，所谓历史，是以结果为导向时代不断积累的成果，基于此必须要审视日本国家的历史。不过在他看来，二二六事件中的青年军官们是一心想创造一个自由社会、有希望、有理想的一代人。历史学教授多部则认为，要探讨日本的战争史，不仅要谈二二六事件，还应该关注更早的"满洲事变"，才能有更为全面的了解。和孝史同龄的年轻人观众被称为"超战无派"，对战争没有概念，将政变中的军官视为悲情英雄。这个栏目播出时间是凌晨，栏目名称为"极乐之夜"，在场的不仅有专家学者，还请了当红性感女明星，博人眼球。女明星一无所知，甜美微笑着问些无知问题，引发主持人和观众的笑声。多部教授想要深入解读侵华战争，又被插播的广告所打断。年轻人认为这段历史和自己无关，也无意探求，电视台也仅仅将之作为增加文化底蕴和历史感的象征符号，显然没有人真正地关注关涉国家命运的历史事件，对日本人的战争记忆的解构意图明显。

于是对于当代日本人而言，对日本近代国家的形成，对日本近代国民性铸造具有重大意义的战争就完全被忽略了，带来的恶果自然就是身份认同的断裂。一个生活在1994年这样丰裕富足的和平年代的人，为什么要回到这种黑暗时代？这是孝史的质疑，而作者的质疑在于我们为什么不能正视这样的一个"黑暗时代"？

作家借平田之口，表达了对历史进程的无奈之感："是先有历史还是先有人呢？——永远的论题。但刚刚我已经说明了，是先有历史的，历史会朝着自己的方向前行。然后会有一些关键人物登上历史舞台，而那些不会左右历史进程的人物便黯淡下来。历史会进行自我调整，会更替主角，即使出现了一些小偏差也会马上修正，最终的结果都是一样的。"[3]153历史仿佛具有自己的自主意识，无法阻挡。所以，他和他的姨母黑井尽管是家族中传承下来的时间旅行者，具有超常功能，能够在历史的长河中自由穿梭，但在平田看来，他们所做的一切不会有任何结果，他们都是"伪神"，相较于战前天皇的"真神"形象，这无疑是一个狡黠的讽刺。平田和黑井最终放弃了"伪神"的命运，黑井抓着背叛蒲生大将的两个人——蒲生的后妻和弟弟，时空穿越至1945年的5月25日东京大轰炸的时空，同归于尽，根据小说情节，她实质上是替代了女佣芙纪送死，让芙纪平安活到战后，安享幸福的晚年。而平田应召入伍，死在了战况最为激烈的硫磺岛战役。两位"大神级"人物均对自己的命运做出了选择，以身殉战，把自己作为"过去"永远消失在历史的长河里。

电视访谈中战争的责任归结为穷兵黩武的军部。军部发起战争，使国民陷入物资匮乏和饥饿的深渊，大批无辜平民死于美军的空袭。曾在军中居于要职、对战争走向负有责任的蒲生大将自杀，两位时间穿越者死于战争，战争责任当然无从追究。平田在谈到东条英机时指出，虽然东条凭借二二六事件跻身高层的，历史上被认为是把日本拖进战争深渊的罪魁祸首，要对太平洋战争负责，但实际上无论他是否登上政治舞台，战争都会爆发。这样看来，东条英机似乎也有了可以谅解的地方。同时，小说中描述的种种场景均围绕着日本人是美军受害者的面目出现的，对日本军队给其他国家民族所带来的巨大灾难没有讲述，或者说有意只字不提，在教授想要谈及中日战争时，被主持人生硬打断，从而丧失了进一步言说和深入思考的机会，战争责任悬而未决，最后战争责任无法得到追究。当代青年学生对待战争历史的茫然无措，使得战后责任①更是无从谈起。

纪念二二六事件举行系列社会活动，强化了事件的仪式感与纪念性。然而，当左右日本近代历史的政治事件在当代年轻观众的眼中演变为"一件很帅气的事"，意味着事件本身的记忆已经消亡，只能通过历史和想象来重现那已经消逝的世界。尽管消失了，但仍然在场，产生了与原有语境相异的东西，一个晦暗不明的世界，用小说的话描述便是"负灵气"的世界，走出了连贯的连续性的历史，出现在断裂性、零散性、非主体性集体无意识的记忆之中。

"过去，历史在通常意义上代表着国家，正如国家主要是通过历史来表达自我一样，它通过学校和时间，成为我们集体记忆的框架和模型。科学的历史学

① 高桥哲哉在《战后责任论》（社会文献出版社，2008）审视日本侵略历史的时候区分了"战争责任"和"战后责任"两个概念，指出"战争责任"是发动侵略战争的一方对战争受害国家与国民应负的责任，而战后责任是应答（respond to）可能性的责任，具体表现后世对战争记忆的继承和对忘却政治的抵制。战后责任论争是高桥哲哉和加藤典洋围绕战后责任问题展开的争论。加藤典洋主张首先要向派往侵略战场、死得毫无意义的日本本土士兵表示哀悼。高桥哲哉则认为在追究战争责任的问题上，不能排除受害者、仅仅在日本人内部完结战争记忆，而应该首先吊唁亚洲其他国家的牺牲者。

本身，正如它是国家的教导者一样，在对记忆传统的修正中变得丰富起来。但是，无论它想表现得如何具有'批判性'，它代表的始终是记忆传统的深化。它的终极目标在于通过亲缘关系来确立身份。正是在这个意义上，历史和记忆不过是同一种东西；历史就是被验证了的记忆。"[2]51-52然而，在《蒲生邸事件》中，鲜活的事件体验，刻意忘却的记忆，与文献中的僵化词条互为映射，鲜明体现了历史与记忆之间的扭曲，揭示了日本战争历史书写与集体记忆传承之间出现的悖谬，以及国民性构成中的断裂。

三、记忆之场的功能性

记忆之场往往是民族历史的关节点，二二六事件亦是日本近代的重要转折。如果说象征性呈现了记忆之场的主要内容及其特征，其功能性强调的则是对记忆的传承和塑造，那么怎样传承，又是如何塑造的？

在小说中作家将发现历史、传承集体记忆的重担设置在主人公孝史这一人物身上。《蒲生邸事件》与其说是科幻推理小说，不如说是主人公"孝史"的成长史，记忆的传承伴随着主人公的成长。初出场的孝史，18岁，作为高考的失败者，再次独自到东京参加大学预备班的考试，敏感自卑，自我否定，与父亲关系紧张，不可避免地紧张惶恐、孤独无依，出现了被害者妄想症，觉得总有他人在嘲笑他，甚至认为自己如控制不住甚至会无差别杀人。但究其实质，孝史善良，乐于助人，也不乏好奇心和年轻人的孤勇，这是他得以成长的基点。

对于沉迷于电子游戏的一代，"重来"这样的事情很好理解，甚至会被认为是理所当然的。尽管如此，现实生活中，重塑人生是不可能的，重新开始也是不可能的。明明能改变人生就好了，可现实中偏偏做不到。黑井试图通过重来改变人生以及历史走向，无功而返，最后付出生命的代价。平田对此有清醒的觉悟，依然留在最为残酷的时代面对即将到来的死亡，自我了结了所谓"伪神"的身份。平田在某种程度上承担了孝史父辈的责任，平田这一决定，某种程度上也激发了孝史要"做一个堂堂正正的男人"的想法。在时空穿越中，孝史也意识到父亲奋斗的不易，理解了父亲对自己的殷殷期望，从而在情感上与父亲达成了和解。

贵之是蒲生宪之的儿子。贵之的妹妹珠子特别指出孝史与贵之两人姓名的日文读音相同，二者构成了不同代际的年轻人互为镜像的状态，愈发强化了小说中的成长主题。贵之作为职业军人的长子，继承父业理所当然，却因为身体原因无法成为职业军人，从小到大被斥为胆小鬼，尤其是没能完成父亲交给他的通风报信从而改变历史进程的任务，与孝史一样都是在父亲的羽翼下讨生活。蒲生大将意图保护自己声誉以及儿女在战后平安生活的"预言性遗言"最终没有出现在世人面前，那是因为贵之放弃了将遗书公之于世，不需要父亲凭借来自未来的信息为自己铺就前程。"如果我依旧是一个依靠家父留下的挡箭牌，在旧时代军人及军国主义的压迫下苟活于残酷社会的胆小鬼的话，我就把家父的文章公布。但只要我有一点点改变，我就会偷偷把它们埋了。也是埋藏家父的名誉。"[3]434当孝史穿越回来，旅店里对蒲生大将的介绍已经没有关于遗书的部分了，说明蒲生贵之虽然在战争期间充当了胆小鬼，但是却没有再像一个胆小鬼那样活在战后。孝史最终和芙纪跨越五十年时空的约会虽然最终没有实现，战时少女历经艰险而幸存于世，当代青年背负起沉重历史，要对历史、现在、流逝的时间负起责任，继续前行，彼此欣慰与感伤同在。

孝史因为重返过去认识当下，贵之因为知晓未来洞察人生，穿越时空虽然没有改变历史进程，但却对生活在历史长河中的人起到了重塑人生的作用，和父辈和解，和自己和解。某种意义上也点明，通晓历史对于青年成长的重要性。

"围绕历史认识而展开的斗争，成了20世纪90年代日本最前沿的政治性课题。"[4]51-52《蒲生邸事件》虽然设定时空可以穿越，但作家仍然选择尊重历史的现实主义原则，并没有改变历史基本事实和走向。那么如何看待二二六事件这一历史？小说为我们真实描绘了20世纪90年代日本社会对于历史的认知态度。由于二二六事件是军国主义的发端，意味着国家方向的重大错误，所以以一种视而不见的方式自欺欺人。孝史不清楚二二六事件具体发生发生了什么，更为令人瞠目的是他对东条英机也一无所知，显然如上文所述，是因为在中小学的教材和教学活动中对这一历史阶段都采取了置之不理的态度。如此缺乏应有的诚意面对本民族的错误与罪恶，显然不但无法产生正确的历史认知，也无法正确地面向未来。

宫部美雪巧妙地运用时空穿越的小说叙事方式，让18岁的孝史走入"事件"，让他以敏感之心身临其境，沉浸式体验。在孝史对重大历史事件的认知中，历史事件发生时一定是轰轰烈烈，但实际是隔了几个街区就全然不见血腥暴力的、直接关联之后日本国家走向的历史事件正在发生。时人的鲜活记忆与历史书籍中记载的历史事件差距甚大。

孝史对历史一无所知，但他以自己的现代日常生活作为参照系，在时空比照中，发现这个时代物质匮乏，生存环境低劣，当然现代人的生活也未必幸福，孝史意识到自己在现代必须参加考试，进入大学度过风平浪静的校园生活，毕业后顺理成章地工作，当然在科技发达的时代，即使没有人工作，社会也会照常运转。当代社会的均一化与物质化，迫使年轻人反而丧失了奋斗的动力。"要不是知道接下来会有战争、思想管制、空袭、失误精确、被占领这些事发生，在这个时代生活还真有一种独到的魅力啊……因为这是一个注重人的力量，任何人之间关系密切的时代，那个面包店的老板不就很热心吗？这肯定是一个国民心态都很健康的时代。"[4]479孝史的认知尚停留在少年不知愁滋味的层面上显得浅薄幼稚，但从中也可以看到他对人情冷暖的敏感，他对芙纪懵懂的爱情，对平田的隐约的敬佩，均来源自对"人的力量被重视"与人间温暖的渴望。芙纪因为是女佣的身份，对孝史有一种天然的尊重甚至是仰视的一个视角，这对于在现实世界不为谁所重视的孝史来说倍觉珍贵。即便之后有残酷的战争，孝史也都准备留在这个时空了。正如宫部美雪在访谈中说："我想再普通的人即使活得再普通，也会有无法面对世人的事，或是自己都不想想起的事……作为一个活生生的人，带着那些伤痕一起活下去的人，把他们好好地写下来是很重要的。"[5]由于战争当事者无法俯瞰全局，她力图避开居高临下的"神"之视角，从人物的视点出发，不写人物不知晓的历史事实，用心描写普通人身在历史事件中的种种感受。这一从普通人视角描写战争的方式是当代小说历史叙事的一大特色。

作者在这里展现了一个迥异历史学家宏大历史观的个人体验与记忆的叙事。记忆与历史不同，记忆是构成历史的母体，历史则始于切断与记忆的关系。在我们的记忆身后，还保留着完整记录的历史。纵观历史的重大转折点，以历史为教训，反思事物的好坏和应该前进的方向，这就是历史小说创作中赫赫有名的"司马史观"，即小说家司马辽太郎提出的历史观，如同"站在高楼的高处俯瞰风景"一样俯瞰和评价历史进程。"司马的这种历史观,是在知道结果的基础上以因果关系来捕捉历史,基本上是和历史学站在同一立场上(成田龙一)的,而宫部美雪在这部小说《蒲生邸事件》中则对上述的司马史观展开了批判。"[5]蒲生大将按照已知未来的结果安排人生,正是这种俯瞰历史的视角。对此,作者通过贵之的选择实质否定了这种对历史的俯瞰,同时将时间旅行者称之为"伪神",也是对后世历史学家以神一样的眼光君临过去历史的一种反讽。

另一方面,经过岁月总结的有评价的"历史"和实际生活在那个时代的"现在"的记忆是完全不同的。虽然也有因为了解历史而明白的事情,但也有不在历史潮流中就无法清楚的事情。不久的未来、遥远的未来,我们会进行预测,但预测终究是预测,在历史进程的当下,充满了偶然性与不可预测性。如二二六事件作为日本近代以来重大转折时刻之一,标志着日本进入战争。我们因为在未来,所以能对过去的事情加以评判,但是当时在场的人们不知道未来,不知道现在的状况将来会有什么影响,力挽狂澜只是痴心妄想,最终只能任凭其席卷而过。如小说中如此辩解,东条英机不知道未来,作为一个身在"事件"中的"普通人"犯下各种错误也是历史的必然,后人对此不应过多苛责。这仿佛和吉见义明在《草根的法西斯》(东京大学出版社,1987)中所记载的日本普通士兵回忆录中的观点如出一辙,在那些普通士兵的战争回忆中,始终将自己视为战争的被动受害者,在讲述自己的战争经历时,对自己作为侵略者在异国异域战场上的胡作非为避而不提,对自己为何在那里的原因也避而不提,能讲出来的多是自己如何凄惨的回国经历,对自己的被害体验体现出了非常强烈的自我肯定的欲望。这是与司马史观相对应的主观的个人史观,即成田龙一所说的从士兵主观体验的视角出发的"虫瞰史观"。

宫部美雪这一历史解读非常具有代表性。如一位研究者所言,"宫部美雪重建微笑、平静地坚持挑战的态度,通过故事向我们揭示了历史和看待历史的方法,两年之后,她以'真实只能相对存在'为主题,书写了其'理由'所在。在这部作品中,她运用了独特的小说方法,将历史,在这种情况下与当代历史相结合,最终成功地将20世纪90年代的日本社会固定在了书本中。"[1]686在小说家建构的这一"记忆之场"中,20世纪90年代日本社会的战争历史认知的种种"症候"得到了凸显。

在这部时空穿越的科幻"轻小说"里，宫部美雪的说法表面貌似很有说服力，但小说乃作家创造之物，作者这里通过自己肯定的人物之口对东条英机等战犯所做的"理解"，作为这场侵略战争的主要发动者和推动者之一的东条英机，最后在小说人物眼中成为坦然接受命运的"男子汉"，作为被侵略一方的中国读者不仅在情感上无法接受，深层追究起来又关涉人类的文明史进程与社会伦理、善恶关系等重大问题，在偷换概念、避重就轻之余，曲折传达的却是作家对战争的认知。而在想象中如此重塑的日本的战争像，在国民意识建构中起到的与众不同的作用与价值不容小觑。

参考文献:

[1]関川夏央. 解説 過去を差別しないという原点. 宫部みゆき. 蒲生邸事件[M]. 東京: 文藝春秋, 2000.

[2][法]皮埃尔·诺拉. 记忆与历史之间: 场所问题[A].黄艳红译. 皮埃尔·诺拉主编.记 忆之场: 法国国民意识的文化社会史[C]. 南京: 南京大学出版社, 2015.

[3][日]宫部美雪.蒲生邸事件[M]. 徐方知译. 北京: 新星出版社, 2016.

[4][日]小森阳一. 天皇的玉音放送[M]. 陈多友译. 北京: 三联书店, 2004: 8.

[5]矢野達雄. 宫部みゆき「蒲生邸事件」と司馬史観. [OL]. http:www1.cpm. ehime-u.ac.jp/yano/sub7essay.html.

冲方丁文学世界的存在主义思考

曲 宁①

（北华大学文学院 吉林 132013）

【摘要】冲方丁是日本近年来炙手可热的大众文艺作家之一，同时也作为脚本或系列构成参与过许多热门动漫和电影的制作，其作品与脚本在读者中评价甚高。纵观其代表性创作，可以发现冲方有意在特定的技术条件下思考生存的假象与真相、自我与他者、目的与手段的边界及相互关系，进而设置攸关生死的戏剧冲突情境，以探索人在存在与虚无之际所做的选择意义。通过对冲方丁《壳中少女》《双面骑士》《天地明察》等代表作品的系统评析，挖掘其存在主义的思考如何贯穿在他的全部创作之中，并形成一个互文性的对话系统，有助于理解日本当代大众文艺创作在启发哲思方面的积极作用，以期对我国的同类创作有所启示。

【关键词】冲方丁 存在主义 大众文学 写作伦理

Existentialism in Tou Ubukata's Literature World

QU Ning

(College of Literature, Beihua University, Jilin 132013)

Abstract: Tou Ubukata, a SF novelist and script writer for animations and films in Japan in recent years, has enjoyed great popularity among readers. His masterpieces discuss the boundary and interrelation between illusion and truth of existence, ego and other, as well as end and means by using certain techniques. He sets up dramatic life-or-death conflicts to explore the meaning of choices between existence and nothingness.

① [作者简介]曲宁，北华大学文学院讲师，博士，从事西方文学理论史研究。

This paper is a systematic review and analysis of his representative works, such as *Mardock Scramble, Chevalier, Tenchi Meisatsu*, exploring how his existential thinking runs through all the works. It constructs an intertextual dialogue and shows how mass literary and artistic creation enlightens philosophical thinking in contemporary Japan. This is a potential inspiration to the creation of similar works in China.

Key words: Tou Ubukata   Existentialism   Mass Literature   Writing Ethics

冲方丁（Tou Ubukata，1977—）是日本大众文学领域新锐作家，其作品从广受好评的轻小说到漫画不一而足，也担任过诸多《双面骑士》（Chevalier，2006）《苍穹之法芙娜》（2004/2015/2019）《英雄时代》（2007）《攻壳机动队》（2013/2014/2015）以及《心理测量者》（Psycho-Pass，2014/2019/2020）等热门动漫的脚本或系列构成，他的小说《壳中少女》（Mardock Scramble）在2003年获得第24届日本SF大奖；[1]《天地明察》于2009年第31届吉川英治文学新人奖，并在次年力压村上春树《1Q84》等同期佳作，获得第7届日本书店大赏（本屋大赏）；[2]《十二个想死的孩子》（2016）入围第156届直木奖提名。[3]他的几部代表作也先后被改编为动漫、游戏或电影，在观众中广受好评。由冲方丁参与制作，已成为日本流行文艺作品质量保证的代名词之一。

冲方丁创作的作品题材范围相当广泛，《壳中少女》《苍穹之法芙娜》以及他编剧的诸多动漫作品多以科技的讨论为主，带有科幻色彩；《双面骑士》以路易十五时代的法国为背景，讲述的是骑士与炼金术士间的纠葛；[4]《天地明察》是以日本江户时代前期为背景的历史传记小说；《十二个想死的孩子》则是现代的悬疑推理作品。尽管创作类型不拘一格，读者们还是能够从他写作或参与的作品中看到统一的调性。无论是奇幻、科幻、历史抑或是推理题材，冲方作品多以极限情境下的生死抉择为切入点，展现人物各自背负的伤痛，剧情推进稳重缓慢，鲜少迎合读者对大团圆结局的诉求，主题往往沉重深邃，充满悲怆与厚重感。

纵观冲方的代表性作品，不难发现其思想重量与其对存在主义哲学的刻意引用有莫大联系。"存在""虚无""自由选择"等存在主义哲学术语反复出现在他的大多数作品中，我们也不难在他对人物命运的把控、剧情的推进和主题的收束，以及对技术本质的一再讨论中看到他对存在主义哲学观的思考与辩答。本文即试图从上述几个角度来讨论冲方如何借用存在主义丰满了他的文本创作，又如何用他营造出的一个个触动人心的角色与故事，对若干重要的存在主义命题进行了自己的推导与解答。

一、存在之痛

"你在那里吗？"是冲方参与艺术构成与脚本的著名科幻动漫《苍穹之法芙娜》中出现率最高的一句台词，用于叩问人类对自身存在本质的理解。人的存在，"此在"，借由海格德尔的定义，即是这样一种独特的存在，它"在它的存在中，无论以任何一种方式、任何一种表述都领会着自身……此在总是从它的生存来领会自己本身，总是从它本身的可能性——是它自身或不是它自身——来领会自己本身"。[5]16动漫里一句"你在那里吗？"便是在辨识人类对存在的理解是否与自身一致，事实上也就是在询问人类个体对其"此在性"的觉悟，考验人们是否能够经过省思地回答：我在这里。

承认存在的"此在性"，并且直面它，这是冲方为我们指出的生存之门。作为一个存在主义者，要直面事物，就应"如存在者就其本身所显现的那样"使存在者获得无所遮蔽的展示。[5]44而由于沉迷在过往的人类总是在顾左右而言他，很少直面存在，反而用大量冗余的衍生概念遮蔽掉存在的本真，因此存在主义甚而就是一种对抗遮蔽的思想方式。那么冲方所展现的此在，是何种样态呢？生存的真相乃是苦难。

冲方丁的所有作品都关乎对生存真相的发现和领悟。《壳中少女》中的女孩芭洛特一开篇就在被背离的惨剧中理解了雏妓之于恩客并非爱的对象，而是道具，幸存下来的她想要了知其中因由，由此展开了新的人生；《双面骑士》中男主迪安本来作为骑士忠心耿耿为巩固法王路易十五的王朝奔走，结果在出使欧洲各国的过程中了解到君权神圣论的虚伪，以及骑士精神的荒谬；《天地明察》中涩川春海出于对算术天文的兴趣，探明当时日本奉为真理的宣明历与日本本土天象观测结果不符，而历法的推行竟然也是公家与武家夺权斗争的妥协产物……可以说，设定一个情境，把角色抛于其中，迫使他们了知存在被遮蔽的事实，并引导他们走上探寻真相的道路，是冲方丁创作的一个内在公式。其中每个情境皆需人们经历二项选择：如果选择放弃真相，就可以与遮蔽物轻易同化，获得幸福；如果选择直面真相，那么就只好承担真相所带来的伤痛，因为真相就是生存充满苦难。

说生存充满苦难怕有耸人听闻之嫌。毕竟历史总似不会重现，科幻与奇幻也似乎虚无缥缈，现实中最为流行的论调是"活在当下，快乐就好"。然而存在果真如此轻松吗？苦难的真相在《十二个想死的孩子》中得到了最为集中而又切近的体现。作品中一众正处于花样年华理应无忧无虑的少年人在各自的生命中都迎来了自己难以承诺的痛苦。温柔敦厚的男孩莫名其妙地成了学校里同学的霸凌对象；善良体贴的女孩因无心之失致使亲爱的哥哥遭遇车祸终身瘫痪；品学兼优的学生罹患癌症，病痛与日俱增、寿数日渐衰竭；相貌出众的少女成为当红偶像，成人强加给她的人设和真实自我之间不断对立撕扯；一家大型医院院长家的公子见证了父母离异，事业风生水起的父亲选择自杀，留下他自己满心伤痕；一位职业女性的女儿经历母亲加班前吸烟所酿成的火灾，弟弟在她面前惨死，她自己身上留下无法愈合的烧伤……所有这一切放在概率论的视野下无非偶然事件，然而当他们聚集在一起，就成为生存苦难的集中体现。

现代文明不断向我们许诺，追求快乐幸福是人天赋的权利，高速膨胀的商品流通与批量生产的大众娱乐似乎为兑现这一许诺提供了充分的条件，借由它们，我们就可以把自己淹没在物质和精神的双重过度消费之中，在生活的画布上不断涂抹快乐的颜料，手绘一幅美妙如意的蜃景。但在冲方丁笔下，平滑的世界布景总是充满裂痕与危机，他正是在通过自己的创作，坚持向沉湎于自我催眠产生的安逸幻觉中的读者暗示，在机缘到来之日，这幅图画将要向我们揭露其脆弱虚假的面目，镜像反射机制一旦失效，其后苦痛的底色就要呈现出来，届时我们又该如何选择，我们是否有勇气坦然回一句"我就在这里"？

二、在自杀与存活间的自由选择

加缪著名的言论之一为"真正严肃的哲学问题只有一个：那就是自杀"。[6] 对于存在主义者而言，不单对快感的追求毫无可靠性可言，即便是传统中被标榜为真理的那些神学或哲学"意义"也都无非是人们附加在存在本质之上的"遮蔽"。正如克尔凯郭尔所言，哲学家振振有词维护的形而上体系以及由此带来的精神满足，不及他身上的小刺带来的痛觉真实。[7]54 又如萨特所说，我们如此自由，以至于在死亡的深渊面前，没有任何外力在阻拦我们一跃而下。如果存在的本质是意义的虚设与痛觉的实有，如果没有任何道德律令能够约束我们赴死的自由，那么我们何以不自绝于人间，还要苟活求生呢？关于这一点，存在主义者们穷尽推演的方式也并未得出与其理论完全自洽的结论，而冲方丁则借由他笔下人物的命运选择尝试回答了这一问题。

《壳中少女》的第一部，少女芭洛特刚刚登场，尚未遭到恩客榭尔的残害之前，就已经在思考这个问题：是否死去更好。少女年幼时遭遇家庭变故不幸沦为雏妓，从身到心皆被贬低为商品，任人唾弃。为了逃避痛苦，她将自己的意识与自己的身体遭遇隔绝开来，犹如将自己闭锁在壳中。眼下，虽有金主榭尔替自己赎身，但她也无从判断，自己对他而言究竟有何价值。这样的生存方式令她无法对自身的生命产生认同，因此有了这样的想法——是否死去更好。下一场景中，女孩发现榭尔是个以杀人为乐的凶手，在自己生存的价值已被彻底否定的同一刹那，强烈的求生心理忽然被唤起——"我不想死！"芭洛特拒绝任由外在他者来决定自己的生死，因为还不曾知道自己为何而活着，决意要给自己争取一个重新了解生存价值的机会，因此在死生一线，她选择呼救。

对于加缪的问题，我们何以不自杀，冲方丁的回答是：在未透悟生命之前，谈论死亡是虚妄的。《十二个想死的孩子》用更浓重的笔墨重复了这一观念，进而将之作为整个作品的核心主题。孩子们感受到生命过程中的种种伤痛，并为此感到绝望，想要以死亡结束各自的苦痛，于是相约一起赴死。约定的日子来临，他们来到自杀组织者提供的废弃医院，一切外部条件准备停当，本可以马上着手实施集体自尽，但却被偶然发生的事件延宕，已然决意一死、不愿暂留的诸人，在假定中生命的最后一天发现自己并未真的理解生命的本义，至少个体的苦痛并不就是生存的全部，总有些其他可能，使得生命还有延续下去的必要。

在冲方丁笔下，生死关头的重大危机不是，或者至少不仅仅是推进情节的功能性要素，而是帮助人物领悟生存、充分实现自由选择的关键节点。设置这样的节点，并让角色在这节点中挣扎犹疑，最终冲方丁的孩子们总是会停住向下跃向死亡深渊的脚步，凭借自己的自由意志留在存在的这一边，因为在他们看来，所有选择中自我放弃式的死亡是最不负责任的一种。

这种理解也可以体现在冲方对他笔下人物的处置上。冲方丁作品中的主角团成员死亡率极高，冲方本人也因此一向被读者评为无慈悲的作家，简直可比把角色养熟了就要收割的死神。然而只要细读就不难发现，与许多标榜暴力美学的作家不同，冲方并不借大量的偶然性死亡来烘托惨烈感，也不靠角色经受的被动屠戮来刻意造就悲剧性。准确地讲，不但自杀、意外事故等传统悲剧噱头不被冲方所赞许，即使是那些出于大义名分而选择的"牺牲"，也并非冲方笔下主角们会选择的道路。冲方的角色在面临生死之时，绝大多数是在有充分自觉的情况下做出的主动选择。

冲方笔下着力刻画过的角色，鲜有尚未对自己的生命核心探寻完毕就无端枉死者。以《双面骑士》为例，作品开端，主人公迪安便获知姐姐自杀身亡的消息，他拒绝相信姐姐会自残性命，坚持按照姐姐临终时留下的暗示彻查死因。与此同时他作为法王座下的直属骑士受命执行秘密任务，消除异端分子对法王权力的威胁，结果得知国王下令成事后诛杀迪安一行以便封口，同时也了解到姐姐同样是王权牺牲品。在这一双线并行的发现道路上，迪安意识到骑士阶层尽力维护的王权反过来要求己方无妄牺牲，这种无法自洽的逻辑不能让人接受，也体悟到靠榨取他人生命来自我维持的君主制的荒诞性，这种认识将他推到了俯首听命引颈就戮的反面，选择挺身反抗……可以说让自己的角色死得其所，活得透彻，是冲方丁秉持的写作操守。

冲方笔下人物拒绝自杀或无谓牺牲的最大理由，不是认为自己一劳永逸地寻找到了生命的"意义"，而是因为发现了生命的意义唯有在它的趋近完成的过程中才得以向自身呈现。自杀来自于虚无的迷惑，牺牲源发自"大义"的诱导，对于冲方的角色来说，无论是让步于"命运"还是妥协于"使命"都是同等的虚妄，放弃自己对生命的探索，听凭外部的规定性对自己的人生进行衡量判断、予取予夺，不值得提倡。就此而言，冲方的孩子们都是克尔凯郭尔歌颂过的约伯。《圣经》里约伯经历莫大的创痛，周围的人们都敦促他进行自检，承认是因他自己有罪才引得上帝降下惩罚，然而约伯拒绝接受既成的道德规制的审判，经过对人生的长久自省，得出结论：自己所遭受的苦难与其说是惩罚，莫若说是上帝对无罪而虔诚的自己的考验，并靠着这种信念度过劫难，重获安宁。克尔凯郭尔把这样的约伯奉为精神上的共鸣人和引路者，认为把苦难视为历练，就避免把人放在"原罪论"等一类外在评价体系下进行定性判断，而还原了生命在时间中延展的超越性。[7]94人生尽管会时时经历磨折，然而这不是生命的本质，因为全然自由的生命并无本质，其样貌端看自由的个体的自由行动与承担。第二手的道德训诫与自身所经历的苦难同样无法成为否认人生意义的充足理由，正如抽象的"命运"或"使命"都不足以用来描述个体的自我生命体验。就像这样，冲方丁的孩子们每一个都在直面生命的苦痛的同时，愿意将它们接受为自己生命中的一个组成部分，并在这一底色上尽力延展自己的生命，直到穷尽它的一切可能。

三、与虚无对决

存在主义的观念往往被诟病为虚无主义的一种变体。如果一切既定的评判体系都是不足取信的，那么也就没有任何衡量所谓生命价值的标准，自然也就消解了"意义"与"价值"本身。既然如此，对于人类个体而言，就没有任何伦理上的限制，行为自然也就没有了约束。理论上说，存在主义的核心观念正是如此认为的。但是落实到具体生命的角度来说，存在主义者们都会结合各自的人生思考提出取舍建议。克尔凯郭尔在约伯式的思想论争中、海德格尔在荷尔德林式诗意的栖居中、萨特在共产主义者式的社会介入中、加缪在西西弗斯式与荒谬的不断对抗中，得到了行动的旨归，从而避免了虚无主义的窠臼。存在主义并不许诺为迷茫的现代个体开列任何普世的自救药方，他们所做的，就是将人从外在的规制中解放出来，敦促其从自己独一无二的生命体验中自行发现"意义"。

纵观冲方丁的作品，每个主要角色都自觉地行走在对自我生存意义探寻的道路上。《壳中少女》中芭洛特被正在追踪榭尔的特别搜查官博士与乌夫库克救起后，准备投身到对凶手榭尔的罪证搜集中，从而找到生命的"有用性"。最初她认为自己的有用性就在于将榭尔绳之以法，但随着调查的展开，芭洛特逐渐了解到，榭尔与自己有着类似的悲惨童年，身体都曾被至亲滥用，不同的是成年后榭尔选择靠不断制造其他人的不幸来弥补自己的心灵创伤，因此成了连环谋杀犯。这一发现使芭洛特放下了对榭尔的仇恨，同时也将自己从复仇者这一世俗身份中解放出来。与此同时，芭洛特也与自己的拯救者博士和行动搭档鼠形万能武器乌夫库克建立了特别的依恋关系，在与二者的合作互助中明确了自己的生活所依——她要帮助慈父般的博士完成他的各种罪证搜集任务，也要跨越生命形态的差别，与乌夫库克相爱；反过来讲，她又作为独立的个体，而非符号性的助手和搭档，被博士与乌夫库克尊重、信任和关爱。在这种共存关系中，芭洛特体验到了充分的"有用性"。

"他者即地狱"常常被存在主义的反对者拿来作为指责这一学说狭隘性的证据，认为据此足以说明存在主义是自利性的哲学。然而还原到语境中去，萨特此语是说当我们与他者形成互相封闭的状态时，或者一者将另一者视为自己的附属物时，彼此的隔绝或吞噬会障碍自由的实现，造成无限的猜疑和痛苦。事实上存在主义要求人们从具有自欺意义的外在规定性中解放出来，并不意味着因此就自绝于人世间的所有，孤家寡人地守持自己的"本真"。实则，海德格尔提出，放弃了一切外在约束性的个体可以"共在"，即每一个充分体悟到自身存在独特性的"此在"们相互不相侵犯与误用地同等生存。另一位存在主义者伊曼努尔·列维纳斯在他的专著《总体与无限》中，进一步提出了一种自我与他者的伦理学，即当我们与另一个他者面对面相处时，就会形成一种沟通和道德期望关系，我们并不合二为一，也不是一者被另一者吞没，而是互相回应，在理解对方始终是独立的存在的基础上，共同承担双方的伦理义务。[8]冲方丁的作品可以说每一部都在探讨这种伦理关系的可行性。

《十二个想死的孩子》中的孩子们最初之所以寻求死亡，或者说他们无法忍受的苦痛的来源，或是因父母、同学对自身价值的否认，或是将自己的生存基点错误地放置在了异化的他者规范之下，致使他们各自不同程度地丧失了生存下去的意志。在相约赴死、协同布置自杀现场的合作中，真实的合作体验引导着孩子们反思最初的轻生念头是否妥当，并纷纷从自己对他人实际能够起到的扶持作用中找到了踏实感，使得生命重获重量。慎思之后，他们带着各自的收获告别，重新迈向属于自己的人生。

《双面骑士》中迪安曾经对自己的骑士效忠理念深信不疑，在接受法王命令、靠外交手段解除王权的隐形威胁的过程中，迪安沿着前任外交家姐姐的生前足迹行遍了欧洲，亲眼见证了专政的王权在各国的败坏与畸变，通过与姐姐过从甚密的改革者与革命者间的多维接触，挖掘出姐姐参与变革、因而被法王秘密处死的真相，借此才能够形成对路易十五施政风格的批判眼光。此间姐姐的生前知交也成为他的友人与同志，激励他迈出反抗王政的关键一步，并将与他携手共赴新时代的创建征程。《天地明察》中涩川春海本是御用棋士，实际身份是代代世袭的宫廷弄臣。凭借自己对数理和天文的兴趣以及武家的信托，春海结交了当代数理高手关孝和、天时方舆勘定大师建部和伊藤等人，与几个人的切磋、共事启发了他看待世界的方式，明确了自己责无旁贷的人生主题：在数学、天文学、堪舆学之间建立联系，并借此重写日本历法，并敦促天皇改历，这一大任最终在众人的帮助与推动下得以实现，他本人也得以跳脱出王室附庸的命运，成为幕府首代"天文方"，终身从事天地之理的明察工作，收获了如坐春天海潮边的终极幸福。

存在并不虚无。虚无在冲方笔下是不被他人需要、不被他人记忆的存在空洞，它不是实体，而是存在的阙如。不在对他的关系中建立自我，不在利他的过程中补充自我的内核，那么存在也将化为虚无。造成地狱的不是"他者"，而是对他人的摒弃与敌对。《壳中少女》中乌夫库克的前任搭档破坏了二人间的信任关系，无视乌夫库克自身的需求而将他视为杀人工具，因此关系崩裂，无法修复；《十二个想死的孩子》中孩子们将父母、同学或社会当成是自身的迫害者，因此沦入痛苦的深渊。人若不愿用心面对自己与他者间的关系，最终都陷于孤立虚无之所。存在固然伴随着痛苦，然而虚无就只有虚无而已。虚无中产生不了意义，但是存在可以；痛苦本身或许同样无实义，但是减免痛苦就有意义；通过减免他人存在的痛苦，我的生命价值得以成立，我所背负的苦痛也一并获得了真谛。就这样，凭借对存在伦理的摸索，冲方丁对他所涉猎的各种文体都有所突破。在他笔下，悬疑作品不仅仅是揭破真相的解谜游戏，历史传记作品不仅仅是历史人物个体奋斗与成败的摹写，科幻作品也不仅仅是世界观的拟定和新科技的想象，在所有这些既成的文体框架下，冲方自始至终都在向读者展示，人在不同的情境下，如何借与他人关系的建构经营克服了苦痛，实现了自我，战胜了虚无，将一段段生命活得充盈丰赡。

四、技术何为

对技术的讨论是冲方作品中另一个重要的组成部分。正如我们所知，对技术的批评也是海德格尔等存在主义者甚为关切的话题。海德格尔在《路标》等作品中专章论及技术，认为技术应是对存在物的发现，将自然从被人的狭隘认知的遮蔽下得以展露的方法，然而，工业文明时代，受人类中心主义的偏见的影响，自然物与技术性产品对于人而言工具性价值逐渐大于其存在本身，技术蜕变为对世界的饕夺与索取工具，一切自然物甚至人类自身都成了工业发展的"资源"，这种倾向就造成了技术、物与人的多重异化。

冲方丁的作品总是从不同角度在批判着技术误用。有趣的部分是，与对被异化为工具抱有一概而论的恐惧、希望人"诗意栖居"回田园牧歌中去的海德格尔不同，冲方故意在他的笔下塑造出一系列其存在意义始发自其工具性的角色。比如《壳中少女》的乌夫库克这一角色的设置，乌夫库克是科技研究集团SCramble-9制造出来的一种生物武器，平时会化为老鼠的形状，与人组成搭档后，可按搭档的需求来转换成装甲或武器，在作品的情节展开过程中，他也主要作为武器和其他可用工具来被芭洛特使用。同理，《双面骑士》中迪安被路易十五用作维护王权的一把骑士之剑；《天地明察》中一部不变历法被视作御家治世千年的象征，而春海的棋术被当成宫廷仪式的组成部分；《十二个想死的孩子》中死亡集会的组织者最开始也仅仅被大家当成是组织人而已……可以说冲方丁作品的主角们每一个都作为某项技术的掌握者而存在，他们身上都带有"工具性"的特征。

推演这些角色的命运时，冲方丁也并未回避此类工具性。以《壳中少女》为例，乌夫库克将与人类搭档来实现自身"有用性"视为使命，但是他有自身的思想判断，不愿成为简单的杀人工具，希望能够成为搭档的保护者，当他的前任搭档违背他的意愿大开杀戒的时候，乌夫库克选择背弃伙伴关系，直到他遇到了愿意珍视他、保护他、爱他的芭洛特，他也在呵护她、帮助她、回应她的过程中找到了自己的终极"有用性"，成了更好的武器。由此可见，与谨慎小心地维护个体不容侵犯的存在独立性的海德格尔相比，冲方丁并不畏惧他的角色为人所用，也不畏惧对现有技术进一步精益求精的拓展。带着这样的视角去看其他作品，上述结论也不难得到证实：迪安因自身的剑术为王室所用，也将靠自己的剑术来捍卫变革的权利；春海从对棋术的精通开始，衍生出对数理天文的兴趣，也凭借棋术对御家而言的仪式化意义，打开了推行新历法的门路；凭借前院长之子的优势有效利用废弃医院的场地征集了对生活绝望的孩子，靠自己的组织能力使一批又一批的集体自杀演变为集体救赎……冲方丁借这一个个故事表达的，不正是无须畏惧技术的发展、对技术的善用正可以克服对技术的滥用之弊这一理念吗？

后现代主义在反思现代性进程中对人和自然造成的戕害时，往往以彻底的反对工具理性为出发点，强调人的本体性价值。人本自由，不是任何人或组织的工具，同理，自然物和人类造物也该有其自在不受人类工具性使用的权利。然而果然如此，未必就意味着我们获得了更为完整的新时代伦理。人是自由的不能被擅自驱遣，物是自在的不该被人侵犯，则任何人都无可作为，因为举手投足无不在损害他人他物。与此同时，任何他者对我有所需求时，我也自认有理由不做任何回应。然而正如存在主义指出的那样，既存的道德规范固然无非是对存在本然状态的遮蔽，但人因置身其中的具体处境真实无疑，绝对自由的人在某一处境中会采取某种行为，故此人在具体处境中自然也就要负担着行为后果所产生的相应责任，这就是存在主义体系下唯一具有合理性的道德。我们无法规避对他人他物的"使用"，同理，也不能避免成为他人他物的"使用对象"。不但如此，自由的存在正是因为彼此间的此类联系而获得了"价值"。根本意义上来说，人或物唯有在利益他者、满足他者的需求的基础上才得以延续自己的存在，免于陷入虚无。因此服务他者、慰藉他者、拯救他者，是具有自我的我们最好的归宿。

《天地明察》中，涩川春海凭借自己的数理知识重新审视现有历法，发现沿用了八百年的宣明历实际上是依照中国唐代的天文地理测算拟定的，于时于地都已不适用，经常发生预测错误，导致人民耕种不得其时，粮食歉收频频发生，严重时甚至会爆发饥荒。对此深感忧虑的他通过多载的实地勘测，步遍大和，丈遍星空，并借全新的数学观念，在天文与地理之间建立关联，重新拟定了适用于日本的授时令，进而在经年的努力下，终于使幕府武家与天皇御家两厢首肯，实现了改历大计。春海借助于对天地规律的探究证实了通行数理逻辑的弊端，以此促成了更为合乎天道的数学观的推行，这种发现，是海德格尔式的对自然的"解蔽"，但他又并不纯然如此，他尊重自然，但是也要使自然为己所用，为民所用，唯当天地像他的预期那样向世人展明时令规律之时，其研究才称得上是"天地明察"。人理与天道本不相隔，自在与自为本是一体，过分强调二者的差别只怕是陷入了另一种人造的"遮蔽"之中。在具体的人与物的处境之中，与其在物与我的黑暗边界上闭目猜疑，莫如跨出一步，走进他者之中，与之相触、相交、相助、相爱，相互勉励着前行，行进间，也许就不期然发现浓雾退散，天地明察。

五、结语

而今我们所在的时代如此纷繁，如奥尔巴赫所说，大概没有人能够再像现实主义的黄金时代那样自信满满地概括所有人眼中的现实。[9]科技愈发达，似乎人心愈隔阂，人人拿着越来越快捷的智能终端编织着越来越狭小的信息茧房，我们忙着从自己身上撕掉一切标签，拒绝被他人的理解所覆盖，终于成了另一个悲剧意义上的"自为"者——对内我们都是沉迷于自己镜像的那喀索斯，对外我们感到的尽是来自黑暗丛林的窥探与威胁。这种局面，想来是克尔凯郭尔们、海德格尔们、萨特们乃至加缪们都未曾预见得到的，而所有这些存在主义者或多或少要为这一局面承担些许责任。从一个存在主义者的角度还能否实现对我们时代困境的突围呢？冲方丁的作品或者提供了一种样本。阅读，倾听，走进世界，与他人同悲共喜，与异我的一切达成谅解，心柔软了，世界或许也会以此报我。

参考文献：

[1][日]冲方丁. 壳中少女[M]. 庄湘萍译. 台北: 尖端出版社, 2006.

[2][日]冲方丁. 天地明察[M]. 徐旻钰译. 北京: 北京十月文艺出版社, 2014.

[3][日]冲方丁. 十二人の死にたい子どもたち[M]. 东京: 文艺春秋, 2016.

[4][日]冲方丁. Chevalier[M]. 梓庭译. 台南: 长鸿出版社, 2007.

[5][德]马丁·海德格尔. 存在与时间[M]. 陈嘉映等译. 北京: 生活·读书·新知三联书店, 1987.

[6][法]阿尔贝·加缪. 西西弗斯的神话[M]. 张清 刘凌飞译. 北京: 中译出版社, 2019: 7.

[7][丹麦]克尔凯郭尔. 重复[M]. 京不特译. 北京: 商务印书馆, 2019.

[8][英] 莎拉·贝克维尔. 存在主义咖啡馆[M]. 沈敏一译. 北京: 北京联合出版公司, 2017: 274.

[9][德]埃里希·奥尔巴赫. 摹仿论[M].吴麟绶等译. 天津: 百花文艺出版社, 2002: 618.

新时代中国科幻展望

走向世界的中国科幻

王侃瑜①

　　2015年8月22日晚，美国华盛顿州的斯波坎市会展中心内，一群中国科幻迷隐匿于来自美国、英国、澳大利亚、日本等国家的科幻迷中间，紧张地盯着舞台上的大屏幕。拥有一半中国血统的美籍宇航员Kjell Lindgren正从国际空间站传回录像，宣布该年的雨果奖最佳长篇小说得主为中国科幻作家刘慈欣的《三体》（英文版由美籍华人科幻作家、译者刘宇昆翻译），会场中的中国科幻迷沸腾了，传回中国的消息也在社交媒体上沸腾了。对于混迹科幻圈多年的幻迷来说，雨果奖是代表圈内幻迷喜好的、历史悠久的重要科幻奖项；对于中国来说，雨果奖则是中国文学在国际上斩获的又一项荣誉，是对中国文化软实力的证明。

　　六年之后再提旧事似乎有些过时，但《三体》荣获雨果奖确实是中国科幻的一个重要转折点。在那之后，郝景芳的《北京折叠》又在2016年获雨果奖最佳短中篇小说奖（英文版同样由刘宇昆翻译）。同年9月，时任中共中央政治局委员、国家副主席的李源潮在北京出席2016中国科幻大会开幕式并致辞，这大概是中国历史上第一次有如此高级别的国家官员为科幻背书。

　　回望过去，科幻在新中国历史上数度起落，无论是中华人民共和国刚成立

---

①　[作者简介]王侃瑜，作家、学者和编辑，生于上海，现任奥斯陆大学CoFUTURES项目博士研究员。研究方向为中国当代科幻小说，尤其是性别和环境议题。运用中英双语写作，创作科幻小说、非虚构和学术论文。已在中国出版了两本个人小说集《云雾2.2》和《海鲜饭店》，在意大利出版了双语小说单行本《云雾》，并即将在德国出版小说集。曾六次荣获全球华语科幻星云奖，作品被翻译成10余种语言，在拉斯维加斯驻市写作，得到上海文化发展基金会的资金支持，并成为上海市作家协会的签约作家。还编有英国科幻协会评论期刊《矢量》的中国科幻专号，以及由全女性和非二元性别创作者组成的中国科幻奇幻小说集《春天来临的方式》（即将由Tor出版），并担任《流浪地球电影制作手记》英文版的编辑（即将由Routledge出版）。现任或曾任世界华人科幻协会联席秘书长和常务理事，Plurality University理事，科幻苹果核和亚洲科幻协会的联合创始人等。

时所兴起的承载科普功用的科幻浪潮，还是七十年代末叶永烈的《小灵通漫游未来》在市场上获得的巨大成功，都没能持续太久。如今我们所看到的"中国科幻新浪潮"①源于80年代末、90年代初，二十多年来，中国科幻如同一支"寂寞的伏兵"②般默默积攒着力量，不为外界所关注，直到《三体》因"黑暗森林法则""降维打击"等术语在中国互联网圈中受到热捧，直到中国科幻作家连续两年获得雨果奖认可，才让国家层面的政府重新关注并认可科幻。

历年的雨果奖都在世界科幻大会（World Science Fiction Convention, Worldcon）上颁发，由该年的世界科幻大会会员投票评选而出，无论是大会本身还是雨果奖，都是有悠长历史的粉丝文化盛宴，由热心科幻迷志愿付出来组织筹办。海外的科幻大会（convention）大多如此，它们更像是老朋友的聚会，即便有一些进行商业化运作，也很少受政府指导。但是在中国，情况却不太一样，要举办一场大规模、国际化的科幻大会，首先要获得的就是政府许可和支持。科幻文学作为一种类型文学，无论是出版还是翻译，在中国都很难得到政府的直接支持，但从科幻大会的举办上面，我们多少可以看出中国政府对于科幻的态度冷热。

早在1991年、1997年和2007年，《科幻世界》就曾举办过几次国际性的科幻大会，受到政府的支持，并有政府领导出席。2016年起，中国科学技术协会每年主办中国科幻大会（China SF Convention），相继在北京、成都、深圳等地举办，除了首届开幕式上国家副主席的出席之外，每年均有科协及地方政府领导出席。而四川成都也借2017年联合举办中国科幻大会之际，同时推出"中国国际科幻大会（China International SF Conference）"，并宣布该活动永久落户成都，每两年举办一次。

上述名字和渊源似乎令人头晕，但目前看来中国国内具有规模性且有政府支持的科幻大会分别由中国科协及四川省科协主办，而另一源于民间的科幻活动——全球华语科幻星云奖则在发起者自掏腰包几年后赢得了政府与商业的支持。与海外科幻大会的粉丝导向不同，中国国内的重要科幻大会均与科幻科普产

---

① 由学者宋明炜提出，认为自1989年始的当代中国科幻与西方的"新浪潮"有相似之处。

② 由科幻作家、学者飞氘（贾立元）在2010年的"新世纪十年文学"国际研讨会上提出。

业发展衔接，少不了领导讲话、高峰论坛、灯光秀和闭门晚宴这样的环节。为了使国内的科幻大会与国际接轨，科协及地方政府也纷纷派遣代表参与近年的世界科幻大会，学习海外国际性科幻大会的举办模式，于是我们也能看到海外幻迷们所熟悉的主题论坛、创意市集、艺术展览、酒会等活动。相较之下，中国的科幻大会显得更加"高大上"，也更加商业化，海外的科幻大会则更草根。

特别值得一提的是，四川省成都市作为中国老牌科幻杂志《科幻世界》的根据地，正在与美国孟菲斯、加拿大温尼伯竞争申办2023年世界科幻大会。这是成都打造"科幻之都"城市名片的又一项重要举措。根据中国科普研究所中国科幻研究中心、南方科技大学科学与人类想象力研究中心发布发布的《2019年度中国科幻产业报告》，"四川省成都市，为了打造科幻影视硅谷近两年已投资超过20亿，目前建成投入使用15万平方米、在建20万平方米，签约总投资超过260亿元。"投入资金发展科幻的绝不只有成都政府，四川绵阳的"双鱼巨蛋科幻世界"项目占地2500亩，总投资50亿人民币，将利用世界领先的VR/AR技术打造科技旅游目的地；湖北潜江打造首个"中国科幻作家村"，邀请科幻作家担任荣誉村主任、书写以"潜江龙虾"为题材的科幻作品，并计划进行相关商业开发。

由此可见，科幻对于中国政府来说绝不仅仅是文学，更是可以拉动经济的产业。2019年，中国科幻产业总值为658.71亿元，较2018年的456.35亿元进一步增长，阅读市场在其中所占的比例仅仅为3.05%和3.9%，占据大头的电影市场产值则分别达到了195.11亿元和209.05亿元，而2019年全年的科幻游戏产值突破了430亿元。①对于已经斩获两座雨果奖——"科幻界的诺贝尔奖"奖杯的中国来说，正是影视游戏这些真正推动经济发展的科幻产业分支吸引了政府的兴趣。2020年8月，国家电影局与中国科协联合印发了《关于促进科幻电影发展的若干意见》（所谓的"科幻十条"），标志着官方对于中国科幻电影产业的扶持。

尽管中国政府多年来通过孔子学院等官方项目推广中国文化及汉语学习，中国科幻在海外的推广却几乎全是依靠民间力量。早在1964年，老舍的《猫城记》便已被翻译至英文，之后陆续有多部其他中国科幻被翻译到英、日、德、

---

① 数据来源：《2019年度中国科幻产业报告》https；//mp.weixin.qq.com/s/Y33fjxmrgchZzoQx7St6RQ
《2020中国科幻产业报告》https；//mp.weixin.qq.com/s/x1w8hs2JCjFFqdMyd_n9dw

法、意等语言中去。进入21世纪后，新一代科幻作家的作品亦通过作者结识译者、作者自译、选集约稿、出版社推介等多种方式与各国读者见面。一个很好的案例便是中国科幻作家陈楸帆通过网络知晓美籍华裔科幻作家刘宇昆，主动写邮件与其认识，并将他的作品推介到中国科幻杂志上发表，而后将自己请人翻译成英文的小说发给刘宇昆看，请他把把关，刘宇昆看后觉得不如索性自己来重译，才促成了刘宇昆翻译中国科幻的开始。这篇小说《丽江的鱼儿们》也成了美国科幻杂志《克拉克世界》（Clarkesworld）上第一篇发表的中国科幻小说，并夺得了2012年的最佳科幻奇幻翻译奖。后来，正如大家所知，刘宇昆将越来越多的中国科幻作品翻译成英语，而《克拉克世界》也与中国的科幻创业公司微像文化合作设立了中国科幻翻译专栏，迄今为止已在杂志上发表了近60篇来自中国的中短篇科幻小说，并培养了一支优秀的译者队伍。

从早先的"用爱发电"到后来的商业资本介入，中国科幻在美国的流行可谓是偶然中的必然。《三体》本身就是一部十分优秀的科幻小说，正是看准了它的商业潜质，中国教育图书进出口有限公司才会出资将其翻译到外文，并在多个国家以多个语种出版。而有了《三体》的成功案例，无论是美国出版商还是手握作品版权的中国公司，对于中国科幻的市场信心都大增，愿意更多尝试出版原本在美国市场并不吃香的翻译小说。而作为世界文化强国，美国出版社的选择又引起了其他国家出版社的注意，使得中国科幻被翻译到了更多语种。

对于美国出版方来说，他们并不总是乐意承担不菲的翻译费用，而对于中国政府的翻译扶持基金来说，类型文学又不是他们考虑的首要目标。因此，在中国科幻文学的英译中，翻译费用主要通过两种方式来支出：一是作者与译者分享稿费，译者在翻译作者的作品前并不确定自己是否能够拿到报酬以及能够拿到多少，合作建立在双方愿意且对作品有信心的基础之上，这一模式更多存在于早期；二是由中国的文化公司来出资，比如在微像文化-克拉克世界的合作中，所有翻译费用都由微像来承担，而克拉克世界根据支付给英文作者的稿费标准来给中国作者支付稿费。当然，随着翻译模式的成熟、译者队伍的扩大，中译英的科幻译者正获得更大的议价权，有时候也能够让美国出版方来支付翻译费用。翻译收入的保障反过来又使更多专业译者加入到这项工作中来，使得更多中国科幻作品得以被翻译成英文。十分有意思的是，在与意大利出版人Francesco Verso的交流过程中，我了解到，在意大利有许多学习中文的学生，比起传统文学来，科幻对他们来说更为有趣，因此他们更愿意翻译中国的科幻小说来作为课堂作业或论文。Verso已通过他的出版机构未来小说（Future Fiction）出版了多本中意双语的中国科幻小说。而在德国，有一群年轻人因为对于中国科幻的兴趣而创办了中德双语的杂志《胶囊》（Kapsel），专注发表中国科幻，并且成功申请到柏林市参议院文化和欧洲部的支持，展开了一系列中国科幻作家访的活动。

另一方面，中国科幻爱好者也不遗余力在各个场合进行推介，这些人既包括中国国内的科幻迷，又包括国外对中国科幻感兴趣的人群。长久以来，科幻迷群体在中国国内就是少数派的存在，形成了相对小众且凝聚力强的文化圈层，在他们与海外科幻迷的交往过程中，科幻成了一种跨越文化的语言，因此他们总是不遗余力推荐自己喜爱的优秀作品。随着中国科幻在国际上获得成功，中国科幻迷们拥有了作为中国人和作为科幻迷的双重骄傲，更多人自发成为中国科幻的推广大使。而国外对中国科幻感兴趣的人群既包括奥巴马、扎克伯格这样的名人粉丝，又包括核心科幻圈内的意见领袖，他们的好评让更多人关注到中国科幻。

与此同时，海内外学术界的科幻研究交流也在促进中国科幻走向世界方面功不可没。早在2013年，科幻领域内的"顶级刊物"《科幻研究》（Science Fiction Studies）就出版了由吴岩老师和Veronica Hollinger共同主编的中国科幻专号。2021年，由科幻研究协会（Science Fiction Research Association）出版的《科幻研究协会评论》（SFRA Review）更是在短时间内相继推出"中华未来主义"和"中国科幻"两期专号；英国科幻协会（British Science Fiction Association）旗下的评论期刊《矢量》（Vector）亦推出了中国及海外华人科幻专号，囊括海内外华裔华人创作者在科幻文学、艺术、电影等方面所做的成绩。国内方面，孟庆枢老师多年来坚持出版《跨海建桥》系列学刊，分专题、多维度促进科幻学术的国际交流，也已成为业内公认的重要阵地。

作为一种具有普适性主题的文学类型，科幻较之传统文学来说本就更易于被不同国家、不同文化的读者接受，无论是人工智能、气候变化，还是电子垃圾、外星人入侵，这些主题都是全球性的，能够引起所有人的共鸣。而中国作为一个正在崛起的大国，自然也吸引了诸多来自世界的目光，其中交织着对于当下动荡以及对于未来不确定性的焦虑，以及对于中国的好奇。尽管难免有西方读者或媒体会在阅读中国科幻时加以政治滤镜，但对于大部分的读者来说，中国科幻满足了他们对于精彩而多元化的故事的需求。而对于中国的科幻作家来说，作品并非是讨论政治的场域，更多时候他们只是书写一种可能性，发出警示，提醒人们注意不要陷入可怕的未来，而那种未来是不分国度的。毫无疑问，政府的支持和商业的注资在当下中国科幻产业发展中起到了重要作用，但这一切的开始，源于科幻迷们对科幻的热爱，以及那一句跨越语言的"你好"。

从乌托邦文学到新人文主义：科幻文学的源头和未来

齐秀丽　王　雨①

（长春理工大学文学院　吉林长春　130022）

【摘要】本文通过文学史和思想史的追本溯源，表明科幻文学同乌托邦文学共同拥有一个源头，即柏拉图的《理想国》《蒂迈欧篇》等哲学对话；人文主义理想始终是科幻文学的主导精神；而当代建设性的新人文主义可以帮助中国科幻文学走出困境，实现超越性发展。

【关键词】当代科幻文学　困境　新人文主义

From Utopian Literature to Neo-Humanism:
The Origin and Future of Science Fiction

QI Xiuli　WANG Yu

(College of Literature, Changchun University

of Science and Technology, Changchun 130022)

Abstract: This study traces back to the sources of literature history and the history of thoughts. It proposes that science fiction shares one common origin with Utopian literature—Plato's *The Republic*, *Timaeus*, and other philosophical dialogues. Meanwhile, the guiding spirit of science fiction has always been humanism. Neo-Humanism is modern and constructive, and it will lead Chinese SF literature out of the

---

① [作者简介]齐秀丽，女，长春中医药大学副教授，研究方向：日本语言文学；王雨，男，长春理工大学文学院副教授，研究方向：日本文学及中外文学比较研究。

predicament and achieve tremendous advancement.

Key words: Modern Science Fiction   Predicament   Neo-Humanism

近期有不少评论说，中国科幻文学正在"走向辉煌"，比如2020年第六届中国科幻大会就预示着中国科幻文学和科幻事业"黄金时代"的到来，同时科幻研究也已"异军突起"。①的确，随着刘慈欣、王晋康、郝景芳作品荣获科幻国际大奖，他们的代表作一版再版，新作迭出，并由科幻电影《流浪地球》的推动，科幻小说大举进入影视、动漫、电脑游戏领域，科幻出版和读书市场热潮迭起，异常活跃；大中小学校园再掀（二十世纪八十年代后）科幻科普文学热……然而，这会不会是出版界、媒体和商家共同营造的一种炫目的表象呢？在这令人欣喜的一派繁华中，如果有人指出，中国当前科幻文学实际上佳作乏善可陈、繁华难继，乃至前景渺茫、危机重重，恐怕会被斥为无稽之谈吧？至多也不过是一句杞人忧天的妄语！

但是，显然，一些根本性的问题我们必须面对：相较于美、日等国引领性的成熟的科幻文学，看起来正在走向繁荣的中国科幻文学仍显贫乏和脆弱，创新力明显不足。那么我们如何反思自身的问题与不足？如何审视现实处境，开辟科幻文学未来的新路？

一、中国科幻文学的危机之问

其实，就中国科幻文学发出"盛世危言"者不在少数，往往就是科幻文学圈内之人，并且他们还不是一般的圈内人，恰恰首先是领军人物刘慈欣和王晋康先生。早在2016年，即刘慈欣、郝景芳刚刚斩获雨果奖之际，刘慈欣就严肃地指出：

---

① 参见宋妍妍.第五届中国（成都）国际科幻大会闭幕 科幻大咖在蓉"开脑洞"[N].成都日报,2019-11-25(5)；关于当前科幻文学研究可参阅赵晋.科幻研究现状分析（2017—2019）[J].科普创作.2019（4）：44-51.

"其实不要说突破前人的想象力框架，就是突破自己的想象力框架也很难。……以创意为核心的科幻越来越困难，并不是因为作家的想象力达到了顶峰，而是在现在这个时代人们对科学技术的奇迹已经不再陌生，科技在人们的心目中已经失去神奇感了。所以传统的科幻小说要想再让读者感到震撼，感到新奇，就比较困难了。不但我没办法克服这个创作瓶颈，我估计整个科幻文学界都没有人有办法克服。这也是目前整个科幻文学呈现一种衰落态势的重要原因。最近这些年来，我几乎没读到过让自己特别激动的科幻作品。"[1]

事实如何？2016年以来，国内除了一两部科幻小说改编摄制的科幻电影外，令读者"特别激动的科幻作品"并未出现，我们今日津津乐道的仍然是《三体》《北京叠加》以及王晋康的几部旧作（而《三体》已经是十年前的作品了）。

2020年11月1日的中国科幻大会确可谓盛况空前，王晋康先生在会上肯定了中国科幻文学令人欣喜的发展态势，却也委婉地透露了他的担忧：

"……总的来说，中国科幻文学与（迅猛发展的）时代相比还远远不足，科幻作家比较少，经典作品也不多，科幻电影及其他下游产业刚刚起步。还有一个很大的不足，就是科幻研究，与纯文学研究相比，科幻研究还是一棵嫩苗。

科技发展到今天，尤其是人工智能和生物技术（生命科学）的发展，使人类和人类社会已经到了变革的临界点，科技对社会，尤其是对人本身的作用是前所未有的、全方位的、颠覆性的，自然的人类正在异化为科技的人类，……科幻文学是面向未来的文学种类，但未来却只有五分钟，……科幻就是五分钟后的现实主义文学，甚至是主流文学。"[2]

作为当代中国科幻文学界元老级人物，王晋康先生对科幻文学的未来充满信心——科幻可能是未来的"主流文学"；但很显然，存在诸多问题与不足的当代中国科幻很难走向这个"未来"。王晋康和刘慈欣谈话的要点是科幻文学创新力不足，难以实现自我突破，以及科幻作家队伍整体的薄弱，这也就意味着中国科幻文学后劲乏力，这不是危机又是什么呢？而"科幻研究不足"则意味着，科幻文学还未引起主流学术界、思想界的充分重视，也即意味着我们中国学界还未从根本上对自己的科幻文学进行全面的反思和批判，缺乏根本性的自我认识；科幻研究还不能对科幻创作发挥引领和推动作用，当然对科幻的未来也就无法预见、预设，不甚了了。

不可否认，中国科幻文学是"舶来品"，从上个世纪初梁启超作《新中国未来记》、鲁迅翻译第一批西方科幻小说到今天，虽说历史只有百余年，却拥有同中国现代新文学一样的历史；我们对五四新文学和当代中国文学的研究可谓深入全面并一直在向纵深拓展，而我们对拥有同等历史的中国科幻文学却从未进行过彻底的思考和研究。要实现上述的反思、批判和未来设计，就必须从科幻文学起源上进行一次根本性的梳理和查考。

二、从科幻文学的源头追问其本质精神

谈到科幻文学的源起，有一个常识性的认识：它滥觞于十九世纪初欧洲浪漫主义时代英国女作家玛丽·雪莱的《弗兰肯斯坦》，并因十九世纪后期两位欧洲重量级科幻文学家儒勒·凡尔纳和D. G. 威尔斯而兴盛，"《弗兰肯斯坦》这部小说，如今已无可争议地被公认为世界上第一部科学幻想小说"[3]3；而凡尔纳和威尔斯"这两位作家是所有现代科学幻想小说的鼻祖"，由此"'这种新型小说'已经站稳了脚跟，科学幻想小说不再徒有虚名了，它现在基本上成了固定了的文学体裁"[4]。然而，文学史家们即便认定《弗兰肯斯坦》是第一部科幻小说，确认威尔斯和凡尔纳是科幻的正式"鼻祖"，却仍不忘继续追问他们本身的文学渊源：不论就玛丽·雪莱创作这部小说的具体情形而言，还是凡尔纳、威尔斯的"科学传奇小说"，除了十九世纪欧洲快速发展的自然科学（医学、生物学、实验科学）这个背景外，在文学上至少可以追溯到哥特小说和斯威夫特、伏尔泰等十八世纪欧洲文学大家笔下的幻想小说，如《格列弗游记》《小大人》（伏尔泰著）等，甚至一直追溯到古罗马幻想文学和古希腊神话、史诗、悲

剧，①现代科幻文学的渊源显然要更加久远和复杂。

与此同时，另一种考察也应引起我们的注意。作为现代科幻小说的开创者，D. G. 威尔斯同时也是一位高度关注现实的思想家，他曾积极参与社会活动，同萧伯纳一样是费边社成员，同情社会主义，他在创作《时间机器》《莫洛博士岛》等一批具有反乌托邦性质的科幻小说的同时，也写下了两部非小说的有关乌托邦的哲学著作：《对机械和科学发展之作用于人类生活与思想的预期》（1901）及《现代乌托邦》（1905），"表达了他对未来新世界的乐观主义态度以及对于技术进步必将改变世界的信心"②。必须注意到，同一时期（十九世纪末二十世纪初）恰是英国（乃至欧美）乌托邦文学的一个繁盛期，与威尔斯创作科幻小说同时，十九世纪英国社会主义者、文学家和思想家威廉.莫里斯出版了《乌有乡消息》和《梦见约翰·鲍尔》；塞缪尔·巴特勒有《埃瑞红》和《重访埃瑞红》（1902）面世，美国作家爱德华·贝拉米（Edward Bellamy）则以《回顾》预言2000年的世界社会主义大同。实际上，凡尔纳的主要作品如《神秘岛》《世界的主人》等也具有乌托邦文学色彩。③如果把乌托邦文学称为"社会幻想文学"，那么"科学幻想文学"在"幻想未来"这一点上便是与其一致了：都是幻想文学，都以自己的方式表达对世界和人类未来的想象、预言和设计。这里有一个奇妙的例证，就是弗朗西斯·培根的《新大西岛》，"科幻丰富的游记传统始自科学方法的鼻祖弗朗西斯·培根的《新大西岛》"[5]；而它本身就是一部"科学的乌托邦"，在培根为人类描画的这个理想的"社会图景中，科学最终占据了主宰万物的崇高位置"，培根是"想用科学家取代政治家"④。笔者认为，这是一部乌托邦文学与科幻文学的合体——完美结合的幻想小说，正如小说中的"所罗门宫"融合着科学、哲学、政治学与诗歌一样完美。而《新大西岛》的题材和故事源于柏拉图的《蒂迈欧篇》——再次把我们引向柏拉图。如此一来，欧洲乌托邦文学与科幻文学的源流，在近代可追溯到培根《新大西岛》和托马

---

① 参见[英]亚当·罗伯茨.科幻小说史[M].马小悟译.北京：北京大学出版社出版,2010：33-39.

② 参见阮炜 徐文博 曹亚军.二十世纪英国文学史[M].青岛：青岛出版社,1998：35,39-42.

③ 参见[英]彼得·斯科特洛.凡尔纳传[M].徐中元等译.南宁：漓江出版社,1982：125-126.

④ [美]威尔杜兰特.哲学的故事[M]上册.金发燊译.北京：三联书店出版,1997：187-191.

斯·莫尔的《乌托邦》，跨过中世纪神学和圣·奥古斯丁的"天国之城"，便可一直追溯到柏拉图的《理想国》等作品。

这样，上面两条线索都将科幻文学源头指向了古希腊时代哲学家和文学家柏拉图的《理想国》《蒂迈欧篇》等几部重要对话。在探讨爱欲问题的对话《会饮篇》中，喜剧家阿里斯多芬为他的听众讲述了著名的"球形人神话"：

……最初的人是球形的，有着圆圆的背和两侧，有四条胳膊和四条腿，有两张一模一样的脸孔，圆圆的脖子上顶着一个圆圆的头，两张脸分别朝着前后不同的方向，还有四个耳朵，一对生殖器，其他身体各组成部分的数目也都加倍。他们直着身子行走，就像我们现在一样，但可以任意向前或向后行走，等到要快跑的时候，他们就像车轮一样向前翻滚。如果把手也算在内，他们实际上有八条腿，可想而知，他们能滚得非常快。……他们的体力、精力、品性也是这样，所以他们实际上想要飞上天庭，造诸神的反，就像荷马史诗中的厄菲亚尔特和俄图斯。于是宙斯和众神会商对付人的办法。

……宙斯说，我有一个办法可以削弱人类，既能消除动乱而又不至于把人全都毁灭。我提议把他们全都劈成两半，这是一石二鸟的妙计，一方面他们每个人就只有原来一半那么强大，另一方面他们的数目加倍，侍奉我们的人也就加倍了。宙斯还说，让他们以后就用两条腿直着走路，如果以后再发现他们捣乱，我就把他们再劈成两半，让他们用一条腿跳着走路。宙斯说到做到，把人全都劈成了两半，就像你我切青果做果脯和用头发切鸡蛋一样。切完以后，他吩咐阿波罗把人的脸孔转过来，让他能用切开一半的脖子低下头来看到切开的这面身子，使他们感到恐惧，不再捣乱，然后再让阿波罗把他们的伤口都治好。阿波罗遵命把人的脸孔转了过来，又把切开的皮肤从两边拉到中间，拉到现在人的肚皮的地方，就好像用绳子扎上口袋，最后打了个结，我们现在把留下的这个小口子叫作肚脐。至于留下来的那些皱纹，阿波罗像鞋匠把皮子放在鞋楦子打平一样全把它们给抹平了，只在肚脐周围留下一些皱纹，用来提醒我们人类很久以前受的苦。

这些事都做完以后，那些被劈成两半的人都非常想念自己的另一半，他们奔跑着来到一起，互相用胳膊搂着对方的脖子，不肯分开。他们什么都不想吃，也什么都不想做，因为他们不愿离开自己的另一半。……先生们，你们瞧，人与人彼此相爱的历史可以追溯得多么远啊，这种爱不断地使我们的情欲复苏，寻求与他人合为一体，由此成为沟通人与人之间鸿沟的桥梁。[6]65-66

　　这段奇妙的幻想性文字给我们描述了什么？宙斯对人类的改造虽然是神创论式的，距离现代生命进化论还十分遥远，但这次伟大的"手术"却是彻底和成功的，赋予了人类永恒的爱的生命冲动和持久的爱的行为，而且"切开"、"扎上"、"抹平"等操作极为规范，极具"科学性"，《会饮篇》不就是公元前四世纪的科幻小说吗？如果把其中的宙斯和阿波罗置换成未来世界中的某两位超级科学神医，那么这次手术就成了对病态的人类的一次成功的"疗愈"，"球形人神话"犹如一则地道的当代科幻故事了！

　　同样，若是换个角度看《蒂迈欧篇》，也近似于一部当代的科幻小说：

　　"当造物主创造我们的世界时……凡是有生成的事物必然是有身体的，也是可见的和可触摸的；但若没有火，就什么也看不见，没有固体，则无从感知，而要有固体则非要有土不可。就是由于这个原因，神在开始建构宇宙身体的时候，就用火和土制造宇宙的身体，……然而，这个宇宙是立体的，能把立体结合在一起的中项绝不是只有一个，而必须要有两个。因此，神把水与气放置在火与土之间作为中项，尽可能使他们拥有恰当的比例，……就这样，他把各种元素结合起来，造就一个既可以看见又可以触摸的宇宙。"[7]

　　显然，造物主使用四元素创造宇宙时遵从了古希腊时代通行的物理学（或朴素唯物主义哲学）原则，并按照几何学原理完成了具体建造过程。接下来，在创造"宇宙的灵魂"过程中则严格运用了数学原理，《蒂迈欧篇》中全部关于数学的讨论和论证都用于宇宙、灵魂和人的创造，而这个被创造出来的宇宙及其灵魂，各种生灵以及人本身也要按照"数"即永恒的宇宙秩序来运行。①当然，涉

---

① [古希腊]柏拉图.柏拉图全集增订版第八卷[M].王晓朝译.北京：人民出版社,2017：176-178.

及宇宙运行的人体内部运行（以及各个感官、器官功能及运转）时，也充分运用了（古希腊时代的）天文学和生物学的知识工具。那么，既然《蒂玛欧篇》总体的运思基础仍然是柏拉图的（哲学）想象（由想象、譬喻而走向对"真理的洞见"[7]），"他拥有艺术家的想象、敏锐和精湛的技巧"[8]，它就成了一篇科学幻想式的叙事作品。更值得注意和细究的是"造物主（神）"这个词（或角色），"造物主"的原文是古希腊词汇"δημιουργὸς"，本义是"工匠"[6]171。在古希腊时代，特别是在柏拉图著作中，诗人、画家、音乐家、雕塑家同木匠、石匠一样都可称"工匠"，都是凭"技艺"和知识制作产品（艺术品）的匠人，那么"造物主"这位能够运用物理、天文、生物学知识和原理创造宇宙、灵魂、生命的"大工匠"不就是一位伟大的创造者——科学家吗？由这样一位"科学家"的创造行动构成的叙事文学——《蒂迈欧篇》不就是一篇科幻文学作品吗？进一步观之，作为"哲学戏剧（philosophical drama）"的《理想国》《蒂迈欧篇》《会饮》的作者哲学家柏拉图也是一位文学家、物理学家、天文学家、生物学家、地理学家、逻辑学家以及伟大的幻想家，他结合想象、科学、哲学和诗创作了伟大的科幻经典《蒂迈欧篇》《理想国》（关于《理想国》，完全可以做出上述《蒂迈欧篇》式的论证，即《理想国》总体上是一篇体制庞大的"回忆文"，其中的"洞穴譬喻""厄洛斯魂游三界"展示的宇宙图景及其复活等，都是古希腊时代的科幻文学，限于篇幅，本文不再具体展开）等，他不就是史上第一位科幻作家吗？相对于玛丽·雪莱、威尔斯和凡尔纳，唯有柏拉图配得上"科幻文学鼻祖"这一美誉吧。

所以，我们按照科幻小说自身的线索和早期科幻作家的学殖与精神的源流，可以推断出科幻文学的真正源头在古希腊时代，具体来源于柏拉图的哲学戏剧。那么，作为科幻文学鼻祖的柏拉图就人类理式、宇宙图景的"科学幻想"对全部科幻文学意味着什么？从柏拉图的构想到培根的设计，到阿尔都斯·赫胥黎的反讽（作为科幻和反乌托邦小说的《美丽新世界》），到阿西莫夫的"机器人三大定律"启示了什么？这些至少告诉我们一条：科幻文学从起源处到今日，其根本精神、核心理念是人文主义理想，是虽经不断变换但始终强大遒劲、持续升华的人文主义理想。机器人三大定律根本精神是维护、保护人自身，确保个体和全体人类的生存与发展；好莱坞最新科幻电影《超验骇客》的最后，人类宁可从高科技时代后退一步，宁可无奈地重新面对自身的苦难和病痛，宁可做出巨大的牺牲，也决不允许拥有计算机互联网身体的纳米超人来改造自己，医治生态，拯救地球，因为那意味着人类的毁灭。

三、从精神理想探问科幻文学的未来：建设的新人文主义

不断变更和升华的人文主义精神与人文主义理想，过去是、现在是、未来也应是科幻文学的主调或"主旋律"。现代之初，这便作为一种"文学基因"植入了科幻文学。以《弗兰肯斯坦》为例，它的改编版本（舞台剧、影视剧）有可能遮蔽了其本有的人文精神。且看这段文字：

"当他独处沉思时，他就像一位光环绕身的神灵，没有任何哀思或愚念敢闯入这一光环中。我对这个神圣的漂泊者（弗兰肯斯坦）流露出近乎顶礼膜拜的热情，……有时我试图从他身上寻找出，究竟是哪一种气质使他鹤立鸡群般地超出一般常人。我想就在于，他具有一种出于直觉的洞察力，一种敏锐的、从不失误的判断力；一种极其精确极其明澈的穷究事物本源的领悟力；此外，还有副滔滔若江河的口才，以及抑扬顿挫、宛若仙乐般令人销魂的嗓音。" [3]17

熟悉英国浪漫主义文学的人一眼便可以看出，玛丽·雪莱是以她丈夫诗人雪莱为模特塑造了弗兰克斯坦这位科学家的形象，并且将他理想化了：

"我一直在反省我过去的所作所为，我认为是无可指摘的。凭着一股疯狂的热情冲动，我造出了这个有理性的生物，因而也就对他负有义务，……但是我还有比这更重要的义务，对我自己同胞的义务，我更应当把这放在心上，因为这关系到更多人的幸福或痛苦。" [3]209

诗人雪莱是一位理想主义者，文学人物弗兰克斯坦更是，这是一位勇于为

自己的错误负责，为了人类的福祉牺牲生命的理想主义人物。所以，不管这部小说描述了怎样恐怖可怕的景象，它最终张扬的仍然是近代成熟了的强大的人文主义理想。

在凡尔纳的科幻小说中，最动人最成功的也是这一类秉持人文精神、践行人文理想的人物，如尼摩船长、航空冒险家罗伯尔等。曾预言"技术专制统治"即将到来的赫胥黎在晚年的《重返美丽新世界》中一如既往强调文学的理想：

现代精神病理学再次印证了一个事实——无论人类在身心上存在多大的差异，爱都像食物与房屋一样，是人类必不可少的需求。最后，要明确智力的价值，没有智力做支撑，爱就无法立足，自由也无从保障。[9]290

没错，许多年轻人似乎不在乎自由。但是，……没有自由，人类就不是真正意义上的人类，因此，自由的价值是至高无上的。也许，威胁自由的力量过于强大，我们也抵抗不了多久。但是，我们仍然要肩负责任，竭尽所能地抵抗这些力量。[9]305

他在晚年的访谈《终极变革》（1962年）中再次申明：

"我们的任务是，明确当前发生了什么，然后运用想象力，预测未来会发生什么，预测技术会遭到怎样的滥用。由于科技的进步，我们掌握了巨大的权力。如果有可能的话，我们应该确保这权力为人类谋福利，而不是给人类惹祸。"[9]317

显然，这是赫胥黎留给世界和人类的遗嘱，其实这也可以算作他本人以及当代西方科幻文学秉承的总体精神和道路。阿西莫夫在晚年的自传中也表达了同样的思想和信念。他承认有些科幻作家惯于预言人类的毁灭，许多科幻小说也写到了人类和地球的末日，但这只是为了提出"改造世界的建议和对世界遭到毁坏的警告"，而他本人从不做"对厄运忧心忡忡的描述"：

"我的书倾向于庆祝技术的胜利而不是它的惨败。其他科幻小说家也一样，比如著名的罗伯特·海因里希和阿瑟·克拉克。看来似乎很奇怪，或者很有意思的是，我们这科幻三杰全都对技术的进步持乐观态度。"[10]

当然，阿西莫夫的乐观不仅仅来自对科学技术的美好明天的坚信，更是来自对地球文明和人类命运光明的未来的信念。不可否认的是，阿西莫夫等"科幻三杰"可以代表西方乃至世界科幻文学的主流，他们坚定不移地坚守着主流的方向和道路，主流的观念和精神，主流的信念和理想。这恐怕也是现当代科幻文学长盛不衰的主要动因吧。

以此观照当下繁华表面之下的中国当代科幻文学，我们能看到怎样的真相？哲学学者吴飞在评论刘慈欣《三体》时指出，"刘慈欣《三体》中建构了一个宏大的学科体系，……以黑暗森林为中心的宇宙社会学是贯穿全书的主线，它是霍布斯政治哲学的宇宙版本，并成为塑造整个宇宙的基本力量。黑暗森林中的战争状态与霍布斯所描述的情形非常一致，却不可能建立社会契约，在反复的黑暗森林打击下，……实质的神学也被取消了，因为宇宙间没有一个绝对的正义。这就是刘慈欣给出的宇宙图景"，但"黑暗森林宇宙社会学"与霍布斯政治哲学却有个本质的不同，"上帝存在，但并不关心人类的善恶祸福，在西方哲学史上，曾经出现过几次这样的神学理论，伊壁鸠鲁、斯宾诺莎等哲学家都表达过类似的说法。但比斯宾诺莎更臭名昭著的霍布斯不持这样的观点。在他那冷酷的政治哲学背后，仍然隐藏着一颗相信上帝、热爱和平的心灵。他仍然期待着上帝之国在人类当中的实现，仍然充满了对黑暗王国的谴责，……但现在，刘慈欣无情地把这个幻想打破了。那些创造宇宙规律的不是神，而是拥有神一样力量的敌人。当这个事实被揭示出来，其冷酷程度远远超出了伊壁鸠鲁和斯宾诺莎的想象。当充满宗教意味的公元纪年被危机纪年取代，人类已经完全不可能靠充满敌意的神来拯救了"，进而"（《三体》）如此复杂宏大的故事，如此众多的人物，如此惊人的宇宙学理论，靠冥思苦想、严密推演是建构不出来的，而是在他的写作过程中自然而然生长出来的。无论这个宏大的史诗级故事，还是如此暗黑的宇宙学理论，都有其自身的生命力。……刘慈欣在生活经验和文学写作中对这些重大哲学命题的探讨，远远超过学院中的许多哲学工作者，尽管他呈现出的宇宙图景无比黑暗，无比虚无。"[11]

刘慈欣凭借黑暗森林宇宙社会学"呈现出的宇宙图景无比黑暗，无比虚无"，也就是说，就这部科幻作品表达出的这种政治哲学思想和文学精神而言，刘慈欣还没有超越三百年前的霍布斯，因为霍布斯哲学虽可谓冷酷黑暗，但至少"仍然隐藏着一颗相信上帝、热爱和平的心灵。他仍然期待着……"，[11]霍布斯并未脱离近代文艺复兴建立起的人文主义理想轨道，在英国资产阶级革命前后的黑暗时期，是霍布斯将这一英国的人文主义精神延续到了十八世纪光明的启蒙时代。而刘慈欣笔下的这一恐怖的宇宙未来图景"是在他的写作过程中自然而然生长出来的。……都有其自身的生命力"又意味着什么呢？笔者以为，这第一表明了刘慈欣的科幻小说和未来社会哲学是在中国特有的文化土壤中"自然而然生长出来的"，暗示着面向未来时中国当代文化的总体的困境；第二意味着，作为刘慈欣的代表作，《三体》也是刘的高峰之作，作品最终展示的虚无、黑暗的绝境也是一种面对未来的中国文化、精神、思想的困境，这是他自己无法超越的——正如前面所言，他已"无法突破自己的想象力框架"；第三，《三体》某种意义上也是中国科幻文学的一部绝唱——在它的巨大阴影下，映现出当前科幻文学举步不前的困顿处境，"不但我没办法克服这个创作瓶颈，我估计整个（中国）科幻文学界都没有人有办法克服"。可以认为《三体》已达中国科幻文学乃至精神与思维的绝顶，要翻越这座高峰，就不单纯是科幻文学创新力和想象力的问题了。

那么，如何突破这个"瓶颈"——困境，使当代科幻文学向前向上跨越一步呢？恐怕没有谁会轻易地给出答案，这个答案也不能轻易在学术或理论研究中找到，而只能依靠全体科幻作家在创作实践中开拓探索来完成。这里有一种相关的思考维度足以引起我们的关注，那就是目前的新（后）人文主义思想建设运动。新人文主义者是在现代性的（米歇尔·福柯意义上的）"人之死"之上并在排除人类例外主义和人类中心主义思想前提下思考人的后现代困境的，通过"重新定义人类"而建构"新人文"，从而建构新人类，重新界定人与宇宙、人与自然及其他物种的关系，进而尝试预设和铺展通向未来的道路。[①]新人文主义充分注意到了当代科技（量子科学、生命科学、人工智能、互联网技术等）和哲学的最前沿进展，如"心对物质世界似乎有一定的影响——有些是直接的，……心灵对日常生活和一般现象确实有一定的影响力"，"宇宙的最终实体是有意识的，'心'或意识是第一性的，物质—能量从某种意义上讲产生于'心'。意识不是物质进化的最终产物……"，"人类现在和将来都是宇宙的共同创造者"。[②]显然，这些思想是凡尔纳、赫胥黎、阿西莫夫们的理想主义和乐观主义精神的持续与升华，并回扣着柏拉图《蒂迈欧篇》中对支撑着整个宇宙和生命界有序运转的"宇宙灵魂"的设计，再次证明了西方乃至世界科幻文学的人文主义精神主流的强大与持久。——当然，这一"新人文主义"也一下子超越了刘慈欣《三体》中的令人绝望的"黑暗森林哲学"。

建设性的新人文主义或可将中国当代科幻文学引向突破和创新的大道，这意味着一种启示。

参考文献：

[1]刘慈欣 刘雅麒.如果有可能，我会不惜一切代价去未来[N]. 北京青年报, 2016-4-10(9).

[2]据科普中国网[OL].http://www.kepuchina.cn/more/202010/t20201031_2836080.shtml, 录音整理.

[3][英]玛丽·雪莱.弗兰肯斯坦 译序[M]. 陈渊 何健义译. 南京: 江苏科技出版社, 1982. 另可参阅[英]布莱恩. 奥尔迪斯 戴维. 温格罗夫. 亿万年大狂欢: 西方科幻小说史[M]. 舒伟等译. 合肥: 安徽文艺出版社, 2011: 46.

[4][英]彼得·斯科特洛. 凡尔纳传[M].徐中元等译.广西:漓江出版社, 1982: 231, 234.

[5][英]爱德华·詹姆斯 法拉·门德尔松主编. 剑桥科幻文学史[M]. 穆从军译. 天

---

① 陈世丹.后人文主义：反思人在世界中的地位[N]. 中国社会科学报. 2021-1-7(5).

② [美]大卫.格里芬编.后现代哲学——科学魅力的重现[M]. 马季方译. 北京：中央编译出版社出版, 2004: 66, 172-174。

津:天津出版传媒集团百花文艺出版社, 2018: 57.

[6][古希腊]柏拉图. 会饮篇[M]. 王太庆译. 北京: 商务印书馆, 2010: 65-66.

[7][英]罗素.西方哲学史上册[M]. 何兆武译. 北京: 商务印书馆, 2005: 166.

[8][英]多弗（K.J.Dover）等著. 古希腊语文学常谈[M]. 陈国强译, 北京: 华夏出版社, 2012: 9134.

[9][英]阿尔多斯·赫胥黎.重返美丽新世界. 美丽新世界 重返美丽新世界[M]. 陈亚萍译.上海: 华东师范大学出版社, 2014: 290, 305.

[10][美]阿西莫夫. 人生舞台：阿西莫夫自传[M].黄群 许关强译. 上海: 上海科技教育出版社, 2012: 280.

[11]吴飞.黑暗森林中的哲学——我读〈三体〉[J]. 哲学动态. 2019（3）: 17-26。

书 评

不忘初心　白首穷经

——评孟庆枢教授《回声·镜鉴·对话——中日文化与文学》

韦　华①

宋代学者苏辙在《范镇可侍读太一宫使告词》中有云："谓白首穷经之乐，尚可推以与人。"用这句话来形容孟庆枢教授的学术追求是再恰切不过了。数十年孜孜不倦地开垦与深耕，收获了《孟庆枢自选集》《日本近代文艺思潮与中国现代文学》《固本求新》等7部专著，150余篇学术论文，300余万字的日文、俄文译著，主编了《西方文论》（教育部组编）、《中国比较文学十论》等教材和学术刊物《中日比较文化文学研究》（2012年至今）。此外，孟庆枢教授更是以对川端康成、大江健三郎和村上春树的研究及其对中日比较文学与文化交流的贡献享誉学界。2020年3月，这名在祖国的关心和培养下由"文学少年"成长起来的学术老兵推出了他的新著《回声·镜鉴·对话——中日文化与文学》，该书是他不忘初心，感恩回报式的学术生涯中形成的又一智慧结晶。

本书是作者积四十余年的研究功力完成的一部充满原创精神的学术力作，旨在世界背景下，在动态网络场域中重新认识文学，思考同是汉文化圈的不同国度在文化变迁中的多元性，为构建人类命运共同体提供有益思考。本书共分四章。第一章"隔海觅音"旨在中日文学之间搭起一座初步沟通的桥梁，梳理了日本诗学、日本比较文学的发展概况。尤其突出了中国文学对日本文学的影响研究，提出在"世界场域"中重构文学史的观点，指出中日两国在新时代共同面临

---

① [作者简介]韦华，女，汉族，齐齐哈尔大学文学与历史文化学院（新闻传播学院）教授，文学博士，硕士生导师。

的机遇和挑战；第二章"世界场域中的中日文学"，在梳理中日两千年左右的文化交往史的基础上，选取最有代表性的作家和文本，克服既往研究中的误区与欠缺，以有中国特色的理论话语，做出一系列创新阐释，许多研究在我国文学理论界均为开拓性工作。其对川端康成《雪国》和李商隐的借鉴关系的论证，关于森鸥外的《雁》与《水浒传》的关系的阐释，对夏目漱石所提出的"文"的理念的深入探索在中日两国学界都是嚆矢之言。作者对日本文学所谓"脱政治性"的深刻批评则集中体现在本书的最后两章中。第三章"日本近现代文艺思潮：文学批评与中国"，围绕"现代性"这一关键词，展示了平行研究的范例；第四章"转型期的日本文学批评"，既有对长谷川泉、小林秀雄这样的批评大家的个案研究也有对日本批评界的综合考量和审视。

习近平总书记指出："创新是一个民族进步的灵魂，是一个国家兴旺发达的不竭动力，也是中华民族最深沉的民族禀赋。在激烈的国际竞争中，惟创新者进，惟创新者强，惟创新者胜。"[1]创新更是学术研究的生命，是决定学术成果价值高低的关键，是一个真正的学者的毕生追求。换言之，一个学者要将从事学术研究作为一项事业、一种生活方式，既不惑于人云亦云也不囿于自我复制。他的学术思维要不断自我突破，他的研究视野要不断拓展。孟教授作为东北师范大学首批资深教授，素来以对学生严格要求而闻名。他要求研究生努力做到的五个"必须"（必须准备为学业拼搏终生、必须是个思想者、必须尽量吸纳一切优秀知识成果、必须时刻关注时代的发展、必须把创新作为起点）其实就是其一直恪守的准则。正因为这般的勤奋与自律，方使得孟庆枢教授当之无愧地成为中日比较文学研究领域中深耕多年，成就卓著的学者之一。坚守在学术前沿，深厚的学养积淀和旷日经久的垦拓，使他有更加开阔的视野和愈发敏锐的判断，从而提出很多极富创见、穿云裂石般的观点。他的创新精神在该著作中得以客观呈现，如他旗帜鲜明地指出：在中日两国的日本文学研究中，关于川端康成对战争态度的论述不仅存在着一些不足，更存在着误区。实际上，川端康成对战争经历过很复杂的思考，并非如有的学者所一厢情愿的想象——川端是一个具有反战精神的作家。在《封闭于"丹波"，还是冲出桎梏：以川端康成、大江健三郎的文学与战争关系为中心的评论》一文中对此进行了集中探讨。简而言之，在《古都》里，川端将人物模式设定为"孤儿+弃儿",完成了关乎个人命运的孤儿根性意识向更为普遍的社会意象的转化。在日本战败后,他身心俱疲,伤情心碎之时甚至将自己幻化为"美丽的日本"。他将"女性的无私奉献"和"日本的传统美"作为拯救日本民族灾难的良方。而这种思想可归结为其作品中的"丹波壶"的自生自衍。这和德国对待战败的态度迥然有别,也与大江健三郎具有的反战观念相对立。又如曾有研究者通过对《山月记》的解读,提出"中岛敦是一名反战作家"的观点。而在该著作中,我们可以看到孟教授是如何在通读中岛敦的全部作品后抽丝剥茧、层层深入地对上述观点进行批驳的。"不要以自己个人的偏见,不经过认真考察就浅尝辄止地说出一些吸人眼球的话,搞中日比较文学研究最忌讳的就是不着实际、不经考证的哗众取宠。"[2]这既是孟老对青年学者的忠告,也是他的治学之道。

与为了规避前人研究的影响焦虑,从而选择边缘化文本和研究对象的"新著作"不同,本书并不回避对经典作家和文本的研究,反而突显了问题意识和独具的学术眼光。因而我们会在该著作中读到对小林多喜二的《蟹工船》、川端康成的《古都》《雪国》、大江健三郎的《万延元年的足球队》、村上春树的《海边的卡夫卡》等经典作家的经典文本的独特诠释。尽管近代以来日本强烈地受到西方文化的影响,但是它毕竟属于汉文化圈,在习俗文化、社会生活等诸多方面与中国文化仍然有着千丝万缕的联系,可以说"日本社会的文化乡愁,在一定意义上有着离不开中国文化的情结"[3]。所以孟教授一直努力厘清日本文学中的中国素材,辨析其包蕴的中国趣味,挖掘其中潜藏的中国文化基因,展示中华优秀文化在异域的"回声"。其对《雪国》的解读最显功力。孟教授精通日语,他的日本导师长谷川泉教授是"日本川端文学研究会"的会长,得其真传的孟先生更是披沥考究川端原著,对其艺术特质了如指掌。他指出川端康成在作品中多次写到银河,旨在充分地为结尾的出现做铺垫,最后所写的银河倾泻于岛村怀里的幻象与李商隐的"直教银汉堕怀中"的奇异想象是相通的。该意象传达了主人公要使银河永驻心怀,与今生所爱天长地久的希冀与心愿。李商隐和川端康成都是从民间风俗和神话传说中吸收养分,把银河作为爱情纽带的象征意象融入文本,并且赋予笔下的银河意象以发展和变化,使得银河堕入怀中的奇思妙想在二位优秀的作家笔下都成为爱情升华的形象表达。这并非是先生的想象性误读，而是基于对川端的熟悉和对李商隐"银河诗"的深入探究而得出的证据确凿的结论。日本古代传说——"蚕的由来"被川端融入进《雪国》作为前文本，作品中有很多对蚕的描写。而主人公驹子极爱　"清洁"，有着一种"无法形容的纯洁的美"，甚至有着如同"蚕"一般"透明的身躯"。再从驹子这个名字中的"驹"来看，也可以得知"蚕"的意象与驹子的纯洁及无私奉献形成了本体象征关系。此外，作家在《雪国》中颇为突兀地提到唐代一位不甚重要的诗人——秦韬玉（《全唐诗》仅收录35首）。而孟教授却认为秦韬玉是负载不了《雪国》的主旨的。由于其多年来潜心研究李商隐，他自然就把李商隐的诗（《全唐诗》收录599首）与《雪国》横向联系在一起了，如上文所论及的李义山的银河诗对《雪国》情节推动和人物烘托塑造所存在的影响。然而，孟教授的钻研并未止步于此。反复深入研读和探究后，他发现川端康成的文本中实际上还隐含了李商隐的《无题诗》"春蚕到死丝方尽，蜡炬成灰泪始干"的意象；并认为驹子和叶子可看作是精神与肉体的统一体，二者相辅相克、阴阳互补。在"大胆假设"提出之后，如何小心求证？孟教授拜托川端康成的养子——川端香男里教授查阅了川端的藏书，证实了"川端康成曾经研读李商隐的诗"这一预想的确凿性。因此可以说，川端康成通过驹子、叶子这两个女性人物，哀婉地唱出了一首对人类生命的憧憬之歌，一首对人类之爱的悲伤的歌。这就是本书第二章中《春蚕到死丝方尽：论〈雪国〉中驹子形象兼及〈雪国〉主题》一文的诞生过程及得出的科学结论。

　　由此可见，本书也充分体现了作者严谨的治学作风，并凸显了其研究方法的价值——"到任何时候掌握第一手资料，从文本出发的阐释乃是根本。"[4]170张隆溪先生也曾经撰文再三强调文本证据是比较文学研究的基础，指出缺乏文本证据的比较文学研究对学科发展的危害。比较如果只是在抽象概念、晦涩的术语间你来我往，空洞而牵强，只能令人质疑比较文学的价值，而不会推动其蓬勃发展。[5]"千淘万漉虽辛苦，吹尽狂沙始到金。"　比较文学研究绝对没有捷径可言，每一项有价值的成果都要经历一种漫长的积累、坚持不懈的追寻，深入地挖掘方能取得。研究工作中，故弄玄虚的近义词便是弄虚作假。

　　比较文学是在全球化背景下建立的学科，通过在参照中的自省和认知，促进各国的相互理解，引领各国文学的发展。比较文学的本质是基于国别比较与国际互识方法论基础上的跨地域、跨文化、跨学科的跨越性文学比较研究。要想把握它的本质就必须遵循两个维度——历史的维度和变化的维度。所谓"变化的维度"就是比较文学是一个不断变化、不断发展的学科；所谓"历史的维度"就是要在历史文化的变迁中审视其不断的丰富、完善和创新，而不是将其视为既成不变的客体，犯下胶柱调瑟的错误。总而言之，就是要在动态中把握实质，发展中完善定位。早在改革开放之初，孟教授就曾经指出："世界正在发生深刻变化，形成新格局之际，各国之间要和平共处，就要超越意识形态、政治体制，这就必须增进各国间的相互理解，而文学交流是一个重要方面。……世界文学在走向中国，中国文学也要走向世界，每一个比较文学研究者都肩负着重要的历史使命。"[6]可以想见，这一观点在20世纪80年代甫一提出所引发的震动了。在进行比较文学研究时，不能仅仅将两国文学的可比性内容并置一处作简单的线性描述，满足于得到浅层的结论，而应该在文化的背景下进行深入的分析，得出有益于两国文学发展和文化建设的有益结论。在"欧洲中心论"已经瓦解的大背景下，1996年举行了"中国比较文学学会第五届年会暨国际学术研讨会"。孟先生向与会的200多位学者阐述了他关于"如何与西方对话"的思考。他指出：日本与韩国是一个重要的参照系，中国在与西方文化碰撞中所采取的文化策略，会在日本和韩国那里得到反响和借鉴，日本、韩国与西方文化交流的经验对于中国也是至关重要的。换言之，中日比较文学研究对整个比较文学的发展具有特殊作用。[7]。

相较中西比较研究，中日比较文学更应受到重视。这一断语被提出的原因简单明了——中日共同归属于东亚汉文化圈，日本是我国比较文学研究不可或缺的独特参照系。对其深入研究，可以充分发挥该参照系的镜鉴作用，使其他山之石的效应被充分激发。2014年，接受《吉林日报》的采访时，孟教授再一次恳切地阐发："日本在古代深受中国文化的浸润，近代以来又始终处于和西方文化交流、碰撞的漩涡，但在深层次上仍与中国文化有割不断的关系，为此在日本发生的东西文化交融中的经验，可从另一视点做立体思考。"[8]以此为鉴，才能更好地建设中国新时代的新文论。这既是担任中日比较文学研究会副会长、长期从事中日比较文学研究的作者写作本书的初衷，也是其自觉肩负的使命。

这也使得本书的另一亮点格外突出，那就是在"世界文学的坐标"中进行中日比较文学研究。引用作者谦逊的表达就是："研究日本近代作家与中国文学关系必须放在世界文化大背景中考察，又要从每个作家的实际进行微观研究，只有这样才能对一些带规律性的东西说出点一己之见，如达此目的，足矣。"[4]111诚如我们所知，平行研究在比较文学学科发展中的最大贡献就是拓展了研究的疆域或曰范围，坚持在"和而不同"的前提下，开展跨文化的整体性研究和平等对话，才能真正发挥"文化之境"的参照作用。在这样的理论背景下，"可比性"作为学科的内在价值便显得尤其重要。那么中日比较文学及文化研究的可比性如何凸显呢？本书的作者给出的建议是：立足于中国文化传统，高度重视日本文化所起的作用，努力发现同中之异。如在对日本近代启蒙主义文学与我国晚清的启蒙主义文学进行比较研究时，作者指出两者在近现代文学的发展中都具有尝试性、过渡性和开拓性的特点。具体表现在以下几个方面：一是两国新兴的资产阶级登上政治舞台的伊始，都选择小说作为宣传自己政治主张的"传声筒"，这种尝试是前所未有的；二是随着政治运动的偃旗息鼓，与之紧密依附的政治小说悄然退场，其思想性和艺术性上的不足和缺失，彰显着过渡性；第三，幼稚粗糙和偏颇不足并没有遮蔽其思想传播上的巨大冲击力和文学形式上的创新变革。此外，"翻译作品与创作的结合"也是中日两国启蒙主义思潮的共同特点。最初，两国翻译界都是以意译为主，再发展到直译与意译并存；且初期皆以浪漫主义作品的译介为主。然而"不同的国情，不同的文化背景，不同的文化沉积，决定了中日两国在对待外来文化具有不同的标尺与滤器。"[4]223所以，在我国近代文学中不曾出现类似矢野龙溪的《浮城物语》和藤田鸣鹤的《济民伟业录》那样鼓吹日本"南进"和张扬领土拓张的作品。"求其友声"的自然规律也使中国学者把关注的焦点更多地投向被压迫、被奴役民族的文学，从而与日本学者执着于对西方文化的吸收形成鲜明的对照。

如前所述，比较文学是一个不断发展的学科，与时俱进是其鲜明的特色。时代要求比较文学研究者要保持敏锐的问题意识。根植于五千年文明沃土的中国话语是固本求新的："固本"不是简单地坚守传统的精粹，盲目自大；"求新"是要打通传统的"任督二脉"使之接上时代的地气。诚如孟教授所一贯主张的："和域外文化交流是平等的对话，所谓'对话'是互为交融的沟通、互补、双赢。它绝不是任由一方的随意的话语权的霸凌。"[4]111针对中日比较文学研究而言，即明确日本文化中哪些元素需要被重视，哪些东西需要被重新挖掘，将其与中国传统文化和文学形成交叉格局，并在全球化的背景中进行考察、研究、对话；即使不能达成一致，亦可以达到"和而不同"。"比较"不是目的，"构建"才是旨归。构建人类命运共同体是中国特色比较文学的"出发点与归着点"。时代在给比较文学提供了更加广阔的发展前景的同时，也设置了更为严峻的考验。古稀之年，壮志不已。孟庆枢教授这名令人钦佩的"学界老兵"以本书的出版在"为新时代中国比较文学助力"，也是在发出吁请——希望有更多的"新兵"继续进行垦拓，因为对祖国的热爱始终是研究者们的源头活水。

参考文献

[1]习近平.2013年10月21日在欧美同学会成立100周年庆祝大会上的讲话.

[2]杨雪.有一种乡愁是对文化的乡愁——孟庆枢先生访谈录[N].人民政协报,2014-1-27.

[3]孟庆枢.扎根故土 足行万里 风月同天——从日本近来对著名作家井上靖的纪念活动谈起[N].人民政协报,2020-3-23.

[4]孟庆枢.回声·镜鉴·对话——中日文化与文学[M].福州:福建教育出版社,2020:170,111,223.

[5]张隆溪.神秘之镜与魔法之镜：以文本证据建立东西比较文学之基础（英文）[J].国际比较文学(中英文),2019（4）:601-613.

[6]国家教委社会科学发展研究中心.中国100所高等学校中青年社科教授概览[M].长沙:湖南师范大学出版社,1994:206.

[7]刘铠葳.中日文化的使者——孟庆枢[N].长春日报,1997-1-17.

[8]王丽娅.固本求新——与东北师大资深教授孟庆枢面对面[N].吉林日报,2014-8-26.

[9]孟庆枢.给新时代中国比较文学助力——学习洛特曼新诗学理论的启示[N].人民政协报,2019-8-26.

毁灭与新生的应许之地

——《怨仇星域Ⅰ：挪亚方舟》的三大看点

伊库塔[①]

凡你所看见的一切地，我都要赐给你和你的后裔，直到永远——《旧约创世纪》

圣经中写到以色列人的祖先亚伯拉罕由于虔敬上帝，上帝与之立约，应许其后裔将拥有流牛奶与蜜之地——迦南，从此便诞生了"应许之地"这个词语。若将尺度拉开到全宇宙，地球是已知的唯一适宜人类生存和居住的土地，倘若真有一位全知全能的造物主存在，想必地球就是这个神明赐予全人类的"应许之地"。在遥远的未来，地球即将遭遇灭顶之灾。少部分精英抛弃了剩下的人类乘上"挪亚方舟"，踏上了寻找新的"应许之地"的旅程，而在一百七十光年的彼端等待他们的不仅是"奶和蜜"，还有跨越了空间和时间仍难以消散的怨恨，这便是日本温情SF大师梶尾真治（1947— ）的星云奖获奖作品"怨仇星域"系列的主要内容。这部作品的第一部《挪亚方舟》采取了三线叙事，穿插叙述了地球上残存的居民、"挪亚方舟"上的背叛者们以及跳跃到新"应许之地"的怨恨者们三部分的故事，矛盾尖锐，情感真挚，意蕴悠远，深入地探讨了环境的变化对于人类的情感认知和社会结构的深刻影响，是一部不可多得的软科幻杰作。我将从三个角度简单探讨下这部作品的看点，由于篇幅限制，这篇着重写第一个亮点：社会变迁。

---

① [作者简介]伊库塔，前浙江大学科幻协会会长，现科研搬砖废柴。典型科幻迷，非典型推理迷。主要兴趣领域为日系SF、时空SF和SF推理。

一、极端环境对于社会形态的重塑

优秀的科幻作品永远离不开对于人类社会形态和社会结构的探讨，正如经济基础决定上层建筑，不同的时代背景、不同的环境决定了人类社会的千姿百态。远离地球，从基本认知到道德伦理，从社会组织到管理体系，人类社会的宏观和微观都会因为环境的不同而得到重塑，原本我们习以为常甚至奉为圭臬的行事准则都可能发生天翻地覆的变化。为了讨论这个经典命题，梶尾老师在本书中一次性提出了三种各不相同但都异常极端的环境，并对于每种环境下人类社会可能发生的变迁都进行了合理的想象与深入的刻画。三个社会之间亦形成了非常强烈的对比，更鲜明地反映出人类乃是适应环境的生物，即便陷入绝境也有对抗绝境的生存方式。下面将分三个场景介绍梶尾真治笔下的人类社会变迁。

（一）种族的消融与宗教的崩塌

首先是来到了"应许之地"的跳跃者们。在跨越了千难万险成功降落在异星后，这群怨恨者才发现这仅仅只是苦难的开始。"应许之地"并不像它的名字那样美好，随处都潜伏着致命的威胁。跳跃者们既要克服新环境的各种困难，又要承受着母星毁灭背井离乡的忧伤。然而人类还是顽强地以村落的形式支撑了下去，并日渐恢复了生气。不同于地球上的社会，新的人类社会不再以国家、民族、宗教等标签来区分彼此。种族消融，宗教崩塌，不同肤色、不同背景的人克服标签的桎梏，共享一个名字"family"，这和阿瑟克拉克在《遥远的地球之歌》中提出的概念不谋而合。《遥远的地球之歌》同样讲述了人类在异星重新启航的故事，且也出现了先后到达异星的群体间发生的矛盾，和本作有大量的相似之处。两位不同时代的科幻作家在这一相似的命题上不约而同地认为，当面临生存的压力时人类根本无暇进行争斗，只能放弃过去的恩怨，携手并进。这是一个田园牧歌式的乌托邦社会，众人各司其职，互帮互助，共同对抗困难，遇到重大事项也会通过多数表决来决定。不再有政府和掌权者也意味着不再有阶级和压迫。当然这只能是梶尾老师美好的想象，人类即使真的回到这种原始社会结构恐怕也很难真正放下仇恨的种子。即使在书中，梶尾老师也留下了很多意味深长之处。例如，整个人类社会内部稳定的维系仍然依赖于共同的外部假想敌。众人始终无法放下的对于挪亚方舟先行者们的怨恨，还将复仇作为誓约形式代代相传。

（二）空虚的螺丝钉们

其次是挪亚方舟上的先行者们，他们在茫茫的太空进行着时长相当于几代人寿命的漫长旅程。虽然身处外太空，但飞船上的社会结构却与之前在地球上的社会一脉相承，几乎完整地延续了之前的社会秩序。人在地区社会中的地位高低直接反映在了飞船社会的地位上。曾经的大富翁，飞船的制造者们身居高位，成了飞船上的特权阶级，而侥幸登船的相对弱势的群体则只能在飞船上辛苦地种番茄。挪亚方舟简直就像是一个微缩版的地球社会，唯一不同的是这里的阶级更加固化，船长和富翁们的家族将在飞船上永远地保持着特权，阶级之间没有任何上下流动的通道。当然这个社会结构的假设有十足的合理性，这一船人大部分都是地球上的精英，一直以来都对原本那套赋予了他们特权的社会准则深信不疑，也自然会将其无缝衔接到飞船上，而财富和地位也顺带着携带了上来。飞船的社会不只有岁月静好，也有大量的问题和矛盾，甚至由于空间的限制，问题被更加激化，看似稳定的社会结构实则非常脆弱。对于大多数飞船上诞生的人而言，这是一场没有终点的旅行，他们看不到未来，也感受不到生命的意义。从降生以来，他们便被赋予了为人类传宗接代，延续人类香火的使命。而其他一切的欲望和追求对于飞船乃至整个人类而言都是不必要的，因而这些杂乱的想法都被抹杀殆尽。不交配，不生育，在船上就约等于没有价值的废人，是浪费资源，危害人类种族延续的害虫。他们就像一颗颗螺丝钉，感受不到一点点的自我认同感，唯有重复着完成被赋予的工作，借此忘却自己的空虚。人类整体处境尚且艰难，生育自由被剥夺也可说是无奈。另一批出问题的是以总统为首的最顶层掌权者，他们做出了放弃大部分人类换取种族延续这个艰难决定，但也时刻对自己的所作所为感到内疚与怀疑。自己到底是人类的救世主还是人类历史上最大的罪人刽子手？随着时间的推移地球还没有按照预期灭亡，他们的认知偏移也变得愈加强烈。以至于总统不得不演了一场滑稽戏。文中有一句经典的台词："失去故乡的悲凉和未能拯救数十亿人生命的罪恶感，以及只能独自品尝这份悲凉的孤独感占据了他的全身。"人类在太空中求生已经筋疲力尽，娱乐活动自然早已变成奢侈，这更加重了众人的精神压力，导致飞船上的自杀率居高不下，这是时代的悲剧。被动之下，总统最终祭出的措施仍然是利用延续人类的使命来加强团结与认同感，新生儿代表着人类的希望真是亘古不变。

（三）回光返照的温柔时刻

留在地球上的居民大部分都是没有能力进行跳跃的孤寡老人，但也有少部分渴望与地球同生共死，见证地球终末的信徒。梶尾老师认为，当大部分的人类生力军离开地球之后，人类社会将经历短暂的动荡，随后便会以地区合作的形式组织起剩余的劳动力。虽然地球上的人口变少了，但资源压力也变小了。每周做三休四，物流体系也做了一定的保留，加上大家互帮互助，人类整体的生活品质可能并没有很大的下降。在整个剩余人类篇里，梶尾老师着重用笔墨刻画人性的光辉。人类世界正在衰退，但讽刺的是人与人之间的情感维系却在加深，大家变得更像个"命运共同体"，倡导了无数年的人类温暖大家庭居然在这种情况下变成了现实。这究竟是由于资源的压力减少消弭了彼此的矛盾，还是大家面对着共同的敌人——死亡而变得团结一致，抑或是在灭亡之前觉得一切皆是虚幻，一切皆无意义，为了利益大打出手还不如与人为善？梶尾老师没有给出答案，但读者们都有着自己的想象。其实这个篇章对于现实世界是有很强的启发作用的，现在全球的生育率都在走低，目前多地已经出现了各种空心村，未来还可能出现大量的收缩城市，人类的发展正在抵达一个拐点。日本一直在采取乡村合作的政策，中国也提出了乡村振兴，但效果目前还不尽人意。也许，人口减少并不是一件坏事，大而强固然好，小而美也有存在的意义。只要能保障一个平稳的衰退，回归自然，减少人口也是一种生存的方式。回到本书，虽然人类社会还是维系了稳定，但谁都知道人类已经陷入了穷途末路。地球毁灭的趋势不可逆转，加上两次移民带走了主要的人类生力军。这是一个慢性死亡的星球，这是一个没有年轻人，没有希望，没有未来的世界。对于部分本身就生活的并不快乐的人们而言，也许早日解脱才是最好的选择。政府给每个居民发了三枚安乐死药丸，在人类终将灭亡的大背景下，每个人得到了决定自己生死的权利。

整体而言，本书算是一个小规模的社会实验，是梶尾老师依赖卓越的想象力的和深刻的洞见在脑内创造出来的三部人类史。虽然写的是未来，却浓缩了过去，启发了现在，对于大家思考人类社会，思考人类这种生物的存在逻辑有很大的助益。

二、神奇动物在哪里?

本书一大吸引人之处是"应许之地"上特殊的生态系统和特有的动植物。异星生态学本身是一门研究难度极大的前沿科学，它不仅非常考验交叉学科知识，而且极其缺乏数据支持。目前大量的异星生态学研究都只能依赖于仿真模拟，前几年国家地理就曾出过一部纪录片《外星人报道蓝月》，通过仿真模拟构筑了一个有趣的外星生态。对于异星生态的塑造与分析对于科学家而言都绝非易事，出现在科幻小说中可以很好地反映出一名科幻小说家的写作功底。而本作中梶尾老师对于这部分的写作处理堪称异星科幻作品中的范本，他运用的写作技巧对于类似主题的创作是非常有启发性的。

（一）重点突出，留白丰富

在著名的硬科幻小说《龙蛋》中，罗伯特基于自身物理学家的背景，塑造出了与地球截然不同却精密到宛如艺术品的中子星生态系统。当然，大部分的科幻作家并不具备专业知识，他们由于知识的局限性而很难创作出和《龙蛋》一样连细节都栩栩如生，抑或是人类很难理解的自成体系的异星生态。我们能读到的绝大部分带有异星叙事的科幻作品倾向于以人类熟悉的方式一笔带过的描述异星生态系统，这类作品也往往更侧重于故事的展开。梶尾老师采取了以上两种方式的折中，一方面本作并没有花大量的篇幅，将应许之地整个生态系统的方方面面介绍得滴水不漏，但另一方面作品也充分利用了有限的笔墨，重点刻画了几类特殊的、具有代表性的物种。这种突出重点，大量留白的写作方式既能让读者对于异星的印象更为深刻，迅速代入背景，同时也保留了足够的想象空间。此外，在物种的习性与特点上，梶尾老师也多处留下了伏笔和疑问。例如虫和鸟的增长关系是否反映出了"应许之地"生态系统的结构是简单而脆弱的，蛇鲨究竟如何移动和狩猎等等。随着后续的展开，梶尾老师可以一边加入新的物种，一边填充已有的生物构成的生物网，并解开更多的疑问。生物圈本身就是与一个星球的气候环境存在大量交互的系统，而生物圈内部也有着错综复杂的关系网。某种程度上来说，这块丽而神奇的"应许之地"就像是一款充满了探索空间和自由度的游戏，存在着丰富的可能性。对于读者而言，利用书中已有的信息并适当拓展来构建异星的生物图鉴将是一件非常充满趣味的事。日本常常诞生优秀的奇幻生态系统设定系作品，而读者往往热衷于进行填白。例如漫画《来自深渊》，深渊世界的每一层都有着复杂的生态系统和充满幻想感的生物，读者根据它们进行了大量的二次创作。可以想象，以《怨仇星域》为蓝本的异星图鉴也有着类似的潜力。

（二）身临其境的"地味"描写

异星生命体描写的大忌就是作者自说自话，而读者莫名其妙，这也是为什么这类作品往往会配上大量的插图和说明性文字。本书既没有插画也没有说明，但梶尾老师依然让大部分的读者对于异星生物产生了直观而立体的认识。为了实现这个目的，他在全书中主要使用了三种写作技巧：首先是大量使用了类比的方式，使得异星的生物和地球的原生生物之间产生某种程度的关联。这种关联可以是形态上的，可以是习性上的，亦可以是名称上的。比如"应许之地"的民众们最喜爱的食物——"毯牛"，这种动物光从名称上就不难发现它和地球上的"牛类"存在的关联。梶尾老师在文中写道"毯牛的味道相比于地球的牛肉也有过之而无不及"，如此寥寥数句在勾起读者食欲的同时，也迅速让读者建立了概念。而前缀的一个"毯"字更是简单明了地点出了这种动物在形态上最大的特征——像一张地毯一样平铺在地面上。而"蛇鲨"顾名思义，是像地球上的蛇和鲨鱼一般危险的动物，加上它的触手和蛇一样灵活而恶心，又是一层巧妙的双重类比。其次，梶尾老师多处使用了侧面描写，将异星动植物的描绘嵌入到了日常生活和角色对话中，非常自然地营造出了异星的生态。在阅读的过程中，读者可以通过人们布置陷阱、狩猎、播种、进食、驻防等生活的点点滴滴发现异星动植物的痕迹。读者始终保持着角色的视角，感受着角色的生活方式，自然产生了身临其境般的体验，对"应许之地"的环境当然也包括动植物更加倍感亲切。第三是生动的场景描写，最精彩的例子莫过于对于蛇鲨的狩猎，从未知生物杀人于无形的恐怖，到经过两次殊死搏斗逐渐摸清了一些规律，再到偶然发现彻底揭开蛇鲨真面目，最后化被动为主动展开反击，在整个过程中，梶尾老师一直使用细腻的笔触刻画着蛇鲨与人的互动，给读者留下强烈而深刻的印象，蛇鲨的怪异冷酷与人类的勇敢乐观都跃然纸上。此外，还有一点值得注意。梶尾老师很讨巧地把本书的舞台设置成了和地球相似的环境（当然这也是非常合理的，人类自然会选择适宜生存的星球生存），这使得异星生态系统可以和地球较为相似，从而免去了刻画许多更加奇特的生物的必要性。

（三）wonder feel

读者对于科幻小说（如果拓宽一下范畴也可以是一切的类型小说）总会有一种天然的期待，他们希望可以读到奇特的足以震撼自己认知的东西，也就是现实之外的所谓wonder feel。如果将这个概念套用到生物上，那么读者总是希望读到更加稀奇古怪，令人着迷的新生命体。本书发生在一颗类地行星上，自然无法像诸如《哈利波特》之类的奇幻小说一般天马行空，出现各种夸张的神奇动物。但如果"应许之地"的生物不够奇特，不够富有特色，那仍然无法对读者产生足够的吸引力。梶尾老师在生物特色的设计上还是下了很大的功夫的，不论是前面提到的"毯牛""蛇鲨"，还是没有提到的"陆蟹""影卡"等等无不具备着特殊的魅力，同时又处在一条完全可能的进化路径上。梶尾老师从外形、移动模式、捕食方式和弱点四个方面出发，赋予了这些想象中的生物体以灵魂。看惯了立体的动物，梶尾老师创造出了平面的"毯牛"；见多了形态始终一致的动物，梶尾老师又呈现了可以"变形"的蛇鲨。倪匡的《犀照》中曾经提到，哪怕是地球也可能在不同的时期存在着外形极其迥异的物种，异星生命体的形态不该被人类的认知制约，而应当奇特到无法想象。这句话并不完全正确，生物体的进化方式还是受到环境的制约，无法随心所欲。而梶尾老师的精心设计让"应许之地"作为一颗和地球环境接近的星球诞生出了相似却又奇特的生物，令人啧啧称奇。

三、招牌式的人文关怀

梶尾老师的作品一大特色便是强烈的人文关怀，不论是《回忆爱玛侬》《黄泉归来》还是《克洛诺斯的奇迹》，梶尾老师总是尝试在自己的世界观之下试图挖掘人性中最美好的东西，而《怨仇星域》也同样如此。纵观梶尾老师的科幻作品，可以发现四个主要的特点：

（一）人本位的思想

梶尾老师的科幻作品无比强调"人本位"的思想，不论小说的背景处在何种时代，不论当时的技术演进如何，作品对于"人"这个主体的刻画永远要高于对于其他元素的塑造，可以认为梶尾老师的小说中一切设定都是为了传达人的个性与情感而服务的。他的作品中总是通过极其丰富的对话和心理描写，试图保持宏大背景和细腻人物情感的平衡。不同于许多作家的书中会存在作为靶子的反派角色，梶尾老师笔下的角色往往不是简单的非黑即白。所有人的性格都是复杂的，无法进行简单的概况，但在这种复杂的情绪中，最主要的部分却又总是向善的。以《怨仇星域》为例，美国总统抛弃了大部分的人类，这行为显然是可耻的，也毫无疑问地夹带着自私的因素。但与此同时，他做出这个决定的重要动因是为了延续人类。当他在地球的末日独自品尝那份愧疚与孤独时，相信没有人会继续指责他的行径。而在《克罗诺斯的奇迹》的第二个短篇故事中，女主角未婚夫的言行起初令人生厌，但在男主角深陷困境时却又不计前嫌地伸出援手，最后甚至成人之美。梶尾老师始终坚信着人性本善，在他的笔下处处闪耀着人性的光辉，以此为基础构筑出的自然是内核无比温柔的故事。此外，梶尾老师也常在作品中强调善意的回归性。他认为，当人类面临共同的威胁，或是出现对于全人类普适的大事件时，人性中的温柔和善良将再次成为世界的主流。越是处在黑暗的时刻，越能让人类团结一心共同对敌。作为万物之灵，人类是地球上唯一同时兼具种族认同感与个体同理心的生物，内耗的血与泪终究只会是短暂混沌时代的注脚。

（二）泛幻想的属性与童话的内核

梶尾老师的小说几乎全部被归类到了"软科幻"的范畴，他很少使用大量笔墨来构建故事的理论基础和科学背景，甚至连最重要的设定也往往带着强烈的幻想气息。如《回忆爱玛侬》中能够不断传承地球记忆的女孩，《黄泉归来》因为天外来客而导致死者复生，《克罗诺斯的奇迹》中要支付代价的时空机。这些看似"不切实际"，天马行空的设定使得梶尾老师的作品看上去更接近于奇幻而非正统的科幻作品，但又无法否认作品中所蕴含的现实性。对于这类难以鉴别具体框架的作品也存在着一个文学标签，即所谓的"泛幻想"。科幻，奇幻，甚至是童话和冒险都可以归入这个文学范畴。有趣的是梶尾老师的小说有着科幻的外衣，奇幻的设定，却有着类似于童话故事的内核。童话故事存在着一类母版，即所谓的遭遇威胁，得到第二次机会（获得力量、魔法），过上幸福快乐的生活，这些元素被置换了形态之后都出现在了梶尾老师的作品中。梶尾老师的童话内核体现在三处：首先，如上一章节所述，梶尾老师笔下的人物大部分都无比天真善良，这与童话故事中的主角不谋而合。其次，梶尾老师倾向于给每个角色赋予美好的结局，他的所有作品几乎都是大团圆结局，王子和公主都过上了幸福快乐的生活。最后，在童话的幻想中，人类往往可以得到第二次的机会来弥补遗憾，这可以称之为神明对于人类的温柔，如《黄泉归来》中与逝去亲人的重逢，还是《克罗诺斯的奇迹》中使用时光机来拯救爱人的性命，抑或是《星域怨仇》发明的物质转移无比利用设定赋予了个体与群体重新开始的机会。也许梶尾老师的本质就是童话故事中的神明，大手一挥便能改写人类的命运，给每个人书写一个幸福的结局。

（三）去英雄主义

梶尾老师在塑造角色时倾向于使用去中心化的写作方式，书中出现的每个角色都能够对于剧情产生足够的影响，不存在严格意义上的主角。这些小说的本质都是群像剧，名义上的主角往往只是起到串联剧情，引出故事的作用。《黄泉归来》《怨仇星域》自不必说，哪怕是《回忆爱玛侬》这样似乎围绕着女主为核心的短篇，每个篇章真正的主角也不是女主。女主只是一个永恒的见证者，一台不灭的刻录仪，忠实地记录了其他角色的故事。甚至扩大一点边界来说，她本身就象征着知识和记忆的传承，她正是我们每一个人的故事。梶尾老师从不把普通人和英雄放在天平的两端，每当危机来临，英雄也会露出怯弱的一面，凡人也会出现光辉的瞬间。梶尾老师通过特殊的设定赋予了平凡人在特殊状况下大显身手的机会，让普通人直接参与了足以改变地球和人类命运的事件。《克罗诺斯的奇迹》中为了拯救自己心仪的女孩不惜透支时光的只是一个普通的职员，《怨仇星域》中在"应许之地"奋斗开荒的人们也不过是被精英们抛弃的普罗大众。但最终他们显示出的强大远远超出了他们身上普通的标签，也带给了读者难以言表的感动。同样的，梶尾老师笔下的"英雄们"（姑且称之为英雄）很多时候有着现实而寻常的一面，例如《怨仇星域》中传输仪的发明者最大的动机并不是拯救人类，而是为了追逐自己的爱人。总之，梶尾老师试图传达的观点带着强烈的去英雄主义色彩：个人的生活也好，人类种族的命运也罢，最终都是取决于我们每个人的努力。不要期待有什么英雄来拯救你，每个人都是自己的英雄。只要眼中有光，就会有奇迹出现。小说中的角色地位均等，其实容易导致写作上的困难。一方面要照顾到群像的塑造，一方面也要兼顾矛盾与冲突，但梶尾老师总是能处理得非常流畅。也许这是因为他本身就是一个能平等看待众生的人。

（四）故土情怀

故土情怀是SF中一个非常重要的主题，早在科幻小说的诞生之初，在凡尔纳的《从地球到月球》一书中就出现了有关故土情结的描写。而后阿瑟·克拉克、阿西莫夫等二十世纪的科幻大师在他们的长短篇作品中将这类主题逐渐发扬光大。近些年来也有许多作家在书中融入类似这种故土情结的家国情怀，比如我们所熟悉的《流浪地球》便是一个典型的案例。笔者认为，广义的故土情节本质上是对于一个具体的空间/时间点（段）的强烈认同感在另一个陌生的空间/时间点（段）激发出的怀念与追忆之情。故土情节的渲染需要满足两个前提条件，第一是原始的时空坐标（可以是故乡，也可以是童年，或是兼而有之）对角色造成的深刻的影响，第二则是角色处在一个新的时空坐标且暂时难以回到曾经的坐标（即拉开距离的所谓"陌生化"处理）。在梶尾老师之前的几部小说中，已经可以明显地感受到故土情节的一些特征。《回忆爱玛侬》的"爱玛侬"是地球数十亿年的记忆和知识的载体，这个角色的存在本身就带有强烈的故乡色彩。《克罗诺斯的奇迹》则是时间上的"故土情节"，回到过去会让角色感到亲切和温暖。而在本作《怨仇星域》中，梶尾老师更是以一种立体而深刻的面貌呈现了故土情节，对于人类而言即将灭亡的地球象征着一个即将永久失去的心灵坐标，人类的诞生演化的根源被彻底切断了，对于曾经在地球上居住过的一代人而言将留下永远无法弥补的空洞，这是人类的一次精神埋葬与重生。从另一个角度而言，地球的灭亡也意味着一次无法拉近距离的"陌生化"处理，这可以说是极端的故土情怀了。

博硕论坛

固本求新，交流互鉴

——2020年中国日本学方向博士论文综述

孙胜广[①]

（吉林大学外国语学院　吉林长春　130012）

【摘要】综观2020年中国日本学方向博士论文，文学研究几乎绕不开战争语境，文化研究多以东亚为视野，语言学和翻译研究与外宣紧密相关。另一方面，社会科学研究者表现出更强烈的解决现实问题的意识，多以日本为镜鉴，寻求解决本国问题的答案。

【关键词】日本学　战争　东亚　外宣　镜鉴

Consolidate the Foundation, Seek New Ideas, Exchange and Learn Mutually

Summary of Doctoral Dissertation on Japanese Studies in China, 2020

Sun Shengguang(College of Foreign Languages, Jilin University, Changchun 130012)

Abstract: From a comprehensive view of the 2020 Doctoral dissertations on Japanese studies in China, literature studies can hardly be separated from the context of war, cultural studies are mostly from the perspective of East Asia, and linguistics and translation studies are closely related to external publicity. On the other hand, social science researchers show a stronger sense of solving practical problems, and often take Japan as a mirror to seek answers to their own problems.

---

① [作者简介]孙胜广，男，吉林大学外国语学院讲师，文学博士。研究方向，日本文论。

Keywords: Japanese studies   war   East Asia   external publicity   mirror

引言

　　博士论文是接受过一定专业学术训练的博士生在导师指导下撰写的学位论文，是授予博士学位的重要依据，往往也是很多学人学术之路的真正起点甚至代表作。博士论文的撰写者和指导者或是高等院校或科研机构的生力军，或是学术骨干甚至学术带头人，经两者合作而诞生的博士论文可以说是观察学界动态的风向标。在这一意义上，对博士论文的综述或研究是极有价值的。

　　本文在中国知网的中国博士学位论文全文数据库中，以"日本""日语"作为主题词，检索到2020年发表的人文社会科学领域日本学①方向的博士论文50篇②，并对其进行了综述。

选题倾向与特色

　　作为综述对象的50篇博士论文来自24所高等院校或科研机构，其中吉林大学13篇，东北师范大学5篇，天津外国语大学4篇，外交学院3篇，四者加起来占了半数。仅就2020年而言，可以认为这体现了一定的地缘特点，或者说四校或所在地区在日本学研究领域的研究积累。

　　从研究内容或所属学科看，文学6篇，文化4篇，语言学1篇，翻译4篇，思想史4篇，近现代史4篇，教育6篇，政治4篇，经济9篇，法学2篇，社会及其他6篇。考虑到学科边界日趋模糊，这里并没有严格按照博士生所属学科进行分类，而是将研究内容作为了主要依据。整体观之，包括语言学、文学、文化在内的传统的语言文学研究刚超过二成，如果将翻译研究计算在内，刚好是15篇即三成，此外的七成全都是其他人文社会科学领域的研究。从学科专业构成来看，唯一的

---

① 　一般可以认为以日本为研究对象的或与日本相关的学问即为日本学。在本文中，日本仅作为背景或语境出现的博士论文，如《抗战时期中国共产党文化建设研究》《抗战时期毛泽东爱国主义思想及其当代价值研究》等未列为综述对象。虽已通过答辩但尚未上传至中国知网的论文也未列出。

② 　截至2021年8月10日。

1篇语言学论文出自日语语言文学；文学研究中1篇为日语语言文学，2篇为亚非语言文学；文化研究中有1篇出自日语语言文学；翻译的4篇全部为日语语言文学。综合来看，在本就为数不多的语言文学和翻译研究中，仅有7篇出自日语语言文学专业。即使将范围扩大到全部50篇论文，这一数字也没有变化。换言之，2020年日本学方向其他43篇博士论文出自非日语专业博士点。这一方面固然与日语语言文学博士学位授权点较少不无关系，另一方面也是中国日本学研究和跨学科研究的热度在博士论文层面的体现。受专业和学识所限，以下重点综述文学、文化、语言学及翻译类论文，对其他研究则以归纳特征、总结问题为主。

战争语境下的文学研究

6篇文学类论文多涉及战争，其中有2篇以日本文学为研究对象，分别是彭旭《宫本百合子的文学创作与女性主义思想》和王净华《战争语境下坂口安吾小说主题研究》。作为战时日本文坛唯一没有转向的女性作家，宫本百合子吸引了众多研究者的目光。在学界已有与宫本百合子相关的博士论文的情况下，彭文的撰写具有一定难度，其独特之处在于从女性主义批评的视角出发，指出宫本百合子在创作中始终贯穿着对女性问题的关注，其女性主义思想与后来在世界范围内兴起的女性主义思想潮流相吻合，具有超前性。王文通过文本细读、社会历史批评等方法，将坂口安吾小说主题概括为"故乡丧失""历史审视""生命认知"和"文化思考"，称这四大主题不仅适用于战争语境，甚至贯穿其整个创作生涯，是对战争语境下"日本精神"的解构，体现出坂口安吾一贯的叛逆性思维。

同样涉及战争的研究还有李想《比较文学视野下的抗日叙事研究：以当代中朝韩抗日主题书写为中心》、刘金《金学铁抗日文学研究》和范娉婷《伪满乡土文学研究》。李文的选题可以说具有鲜明的民族、地域和学校（延边大学）特色。该文以中朝韩共有的抗日叙事为研究对象，从文本与历史语境交互作用的视角，对三国的抗日书写进行了比较，指出中韩重视"义"，朝鲜突出"忠"；中国抗日叙事呈现多元化、多样性，韩国凸显民族主体性和历史叙事性，朝鲜存在"领袖-忠臣"模式，三者均受时代和社会政治环境的深刻影响。相较之下，刘文关注朝鲜族抗战老兵金学铁个人的抗日记忆自传体书写，认为其抗日文学贯穿着互文性叙事，成为重要的"记忆之场"。在日本的历史认识依然是东亚矛盾重要诱因的当下，李想和刘金的研究颇具现实意义。范娉婷的研究属于伪满殖民地文学研究。范文指出在殖民语境下，伪满乡土作家内部虽有分歧，但都试图在伪满乡土文学这一夹缝中挣扎、生存，从而确认自身的情感寄托和文化认同，这也使伪满乡土文学成为伪满文学的重要组成部分。

日本对中国文学的接受方面，王乐以和刻本清诗总集为文本，聚焦江户、明治汉诗坛对清诗的接受，称该过程是一个由"功利性"到"本体性"再到"典范性"的学习的接受过程。日本在吸收中国文化的过程中舍弃什么，选择和接受什么，可以反映出日本人的思维方式和日本文化的典型特征。从这一意义上说，日本对中国文学的接受是观察日本的重要窗口，因而也是中国日本学研究的重要组成部分。

东亚视野下多重证据交织的文化研究

2020年中国日本学方向的文化类博士论文固然涉及日本，却又不限于日本，而往往以东亚为背景，表现出研究者较宽阔的学术视野和较广泛的学术志趣。相关研究的证据链条也较为丰富，既有传统的史料和文献，也有可视为动态图像的电影和动画，还有民间故事等参照材料，多重证据①交织，为论证过程奠定了坚实的基础。

李岩《东亚新电影中的性别政治研究(1987—2020)》以东亚社会转型期中日韩三国的新电影为文本，借鉴性别文化研究的最新成果，主要从男权危机、女权崛起、性少数平权等角度，对电影中的诸多性别政治现象进行分析，将性别政治现象看作生物本能和文化行为的综合性产物，认为其终将消亡。李文结构合理，语言通顺，材料翔实，理论运用合理，论证过程具有说服力，是一篇扎实的博士论文。同样是以影像为文本，张路《符号学视角下日本动画符号系统建构与受众

---

① 有关多重证据的论述可参阅以下文献：叶舒宪.物的叙事：中华文明探源的四重证据法[J].兰州大学学报（社会科学版）.2010（4）.

消费研究》选择日本文化的代表性符号——动画，用结构主义影像与叙事的手法，从"角色"与"场景"两个角度，对日本动画的表征与叙事结构进行分析，继而又从"角色"与"世界观"两方面，探讨了受众对日本动画的符号消费。相较之下，杨圆《伪满洲国时期长春的日本人社会研究》用作证据的史料和文献要传统一些。其研究属于殖民地都市文化研究，采用人口移动理论、文化人类学等方法对伪满洲国时期长春日本人社会的形成、政治文化心态及其影响进行了论述。值得注意的是，该文出自东北师范大学，而上文述及的范娉婷《伪满乡土文学研究》出自哈尔滨师范大学，据此似可认为，地处东北的便利影响了两人的选题。此外，杨文是仅有的两篇用日文撰写的日本学论文之一，另一篇是前文提及的彭旭的宫本百合子研究。当然，撰写论文所用语言不同，只是因为各高校或科研机构的要求不同，并不能说明什么，但一般而言用日语要比用母语写作更耗费时间和精力。阮鸿璜《康僧会汉译佛典故事与东亚文化认同研究》虽用中文撰写，但并非母语写作，作者是一名越南来华留学生。阮文运用比较故事学和历史地理学的方法，将康僧会汉译佛典故事与东亚文化圈的中国、越南、朝鲜、日本等国的民间故事进行比较，探讨其演变以及传播过程中构建起的东亚文化认同。该研究似乎也可归为文学研究，但考虑到其最终指向文化认同，因此权且列入文化研究。很明显，其论述范围不仅限于日本，而是辐射到东亚文化圈的主要国家。

与外宣联系紧密的语言学及翻译研究

语言学本体研究方面仅有1篇论文，即温晓亮的《日语信息结构研究》。温文针对前期成果多探讨单句层次的现状，从系统论的视角将日语信息结构视为有机整体，从单句、复句、语篇三个层次勾勒出其基本架构及作用机理，有助于了解日语信息表述[①]习惯背后的逻辑。今后可扩大研究范围，充实语料，进一步深化研究。

作为语言学非本体研究的翻译研究涉及4篇论文，研究方向均为"党和国家

---

① 可以理解为一种具体而微的外宣。

重要文献对外翻译研究（日语）"，均出自天津外国语大学。该校以翻译研究为其特色之一，可谓国家外宣文件翻译研究的重要基地。薛悦《关联理论视阈下习近平著作复句日译对比研究——兼论对日话语体系构建》运用关联理论，以中央编译局和中国外文局组织翻译的习近平著作日译本中的复句为对象，分别从译者和受众视角进行考量，指出实现"传播—反馈"双向循环才能发挥中央文献外译在对外话语体系构建中的重要作用。关永皓《基于语篇连贯视角的〈习近平谈治国理政〉日译研究》以《习近平谈治国理政》中日文两个版本为对象，对两个语料的语篇连贯进行分析，指出语篇连贯在中央文献日译中切实可用，是一种有效的翻译策略。朱雯瑛在《毛泽东著作的日译及其在日本的传播（1949—1978）》中，对新中国成立后三十年间毛泽东著作日译及在日传播进行研究，对译本成功的多方因素进行了考察，为中央文献外译提供了参考。童富智《基于语料库的〈政府工作报告〉日译文本翻译语言特征研究》基于语料库翻译学理论，对《政府工作报告》（2004—2018）日译文本的词汇、句法、搭配、语义韵等特征进行了分析，并对中央文献日译策略提出了建议。以上4篇翻译研究论文虽运用了不同理论，视角也各异，但因选题特殊，能够不同程度地服务于外宣，故具有较大的理论价值和现实意义。

在碰撞中不断扬弃的日本思想史

日本思想史在与中西的碰撞中不断扬弃，也使日本文化的特质愈发明晰。于洋《加藤弘之"族父统治"论研究》以加藤弘之"族父统治"论为研究对象，探讨了其萌芽、形成、实践保障和内核。作者指出，加藤早期是提倡民权的，但后来倒向社会达尔文主义，否定天赋人权，将天皇看作具备"公人"资格的"族父"，沦为维护天皇专制统治的工具。天皇制研究是解码日本乃至东亚近现代史诸多问题的关键，如何看待天皇自然成为研究的重点，相关研究具有较大的理论和现实意义。"族父统治"论的形成过程中出现了日本与西方思想的碰撞，这种碰撞同样可见于王禹耕《转变与选择：日本对汤因比思想的"扬弃"》。王文对日本与汤因比在战前与战后截然不同的互动进行分析，指出日本战败后社会上出现的精神空洞是日本接受汤因比的重要诱因，但归根到底是基于固有思维的部分吸收。对此，韩东育曾有过形象的描述："日本一路走来，不是越来越像中国，也不是越来越像西方，而是越来越像自己。"[1]无独有偶，选题具有地域特色的曲晓燕《近代日本人游记中的山东认识（1871—1931）》同样论及日本的"自中心化"，表现在日本人在对"他者"中国山东衰败景象的描写中获得了优越感，确立了自身的文明形象。近代日本人游记中的山东认识是近代日本中国观的缩影，某种程度上充当了日本侵华的催化剂。王岩《中日韩〈孟子〉学研究——以朱熹、伊藤仁斋与丁若镛为中心》以中日韩三国代表性儒学家对出自山东的亚圣孟子著作的注释为文本，梳理了三者对"道""理""仁""性善说""不动心"等的理解，指出三国儒学的不同之处，同时强调三国形成了不同于西方的、基于儒学的群体合作、人际和谐等精神传统。

　　史学方面除思想史外，还有4篇近现代史研究论文，内容涉及二战、抗日战争、伪满洲国和移民。何岸《太平洋战争时期日本保护海上交通线作战失败原因研究》从政治、军事、组织、敌人四个方面探讨了论题所示作战的失败原因，提出了其对当今海洋战略的启示。刘瑞红《生死线：铁路与抗日战争研究》着眼于抗日战争中铁路的重要作用，对两者的互动关系进行了研究。吕春月《东北沦陷时期关东军邮政检查制度研究》指出，关东军邮政检查制度旨在构建殖民者的话语霸权，推进防谍，给沦陷区人民带来了深重的苦难。吴占军《战前日本美洲移民及其政策研究（1868—1941）》认为日本的美洲移民政策经历了从消极保守向积极奖励的转变。可以说，积极奖励期日本向南美巴西的移民虽然与向中国东北派遣的满蒙开拓团在性质等方面不尽相同，但在服务于日本的国家海外发展战略这一点上，两者无疑是相通的，均属于"国策移民"。显然，大规模移民不是简单的人口移动，而是背负着国家意志的行为。以上4篇论文丰富了相关领域的研究成果。

重视镜鉴的社会科学研究

　　教育研究论文有6篇，除1篇出自理工院校外，其他5篇均来自师范类院校。从具体研究内容来看，几乎涵盖了教育的各个阶段，如中小学文化传统教育、社会科课程中的价值观教育①、高中与大学教育衔接政策、战后日本女子高等教育、大学生教育志愿行动激励机制等，甚至还包括属于专业教育领域的工艺图案教育。就研究方法或特色而言，整体上表现出极为明显而强烈的镜鉴意识：或是在论文标题中出现 "比较" "影响" 等字眼，如刘丽丽《中日大学生教育志愿行动激励机制比较研究》和陈日红《日本对中国近代工艺图案教育的影响》；或是论文标题中虽未体现，但在正文中设置了专节甚至专章来论述对中国的影响，如张家雯《日本和新加坡中小学文化传统教育比较研究》、孙成《日本社会科课程中的价值观教育研究》和周菁菁《协同与贯通：日本高中与大学教育衔接政策研究》。这种镜鉴意识反映出研究者对教育问题的严重关切和希望交流互鉴的强烈愿望。

4篇政治研究论文研究的主要行为主体都是日本，涉及的论题都是国际政治，也都与中国息息相关，选题有着极强的现实针对性。张育侨《安倍二次执政后的日本安全保障战略研究——以权力转移理论为视角》指出安倍的安保战略调整源于日本国内、东亚地区和国际社会的权力转移，文章认为中国在保持理性姿态的同时，应全面增强综合实力。刘玉丽《借力与平衡：日本在南海大国博弈中的战略行为研究》从新古典现实主义的视角构建分析框架，主要论述了日本在南海大国博弈中的"借力"与"平衡"战略，认为这种战略加剧了中日之间的不信任感，主张两国应摆脱零和思维，寻求共同利益。常婷婷《新世纪日本在东南亚地区的海外利益维护政策研究》论述了日本在东南亚的海外利益维护政策的历程和特点，并专辟章节总结其对中国"一带一路"等海外利益的启示和可能的应对措施。黄冰《大国竞争与区域合作——以大湄公河次区域的制度竞争为例》从中美日在大湄公河次区域合作与发展的良好局面切入，打破了大国竞争会带来负面效应的固有印象，提出了大国竞争促进区域合作的理论模型，并以三国在上述地区的制度竞争为例对该模型进行了检验。该研究视角新颖，如能用更多案例加以验证，将更有说服力。从上述日本学领域政治研究论文可以确认，中日关系涉及诸多复杂的历史和现实考量，既要竞争又要合作；中国的和平崛起并不容易，既

---

① 一般指小学和初中阶段，用作广义时也包括高中。

要警惕日本开倒车，又不能放弃合作，需要大智慧和大战略，更需要全面增强自身综合实力。

经济研究论文有9篇，内容比较多元，既有对具体经济问题的研究，也有对措施、政策、战略层面的探讨，但都表现出极强的应用型指向。9篇论文中，仅有1篇论述日本农业政策转向的论文未明确谈及影响、启示或政策建议。其他8篇中，6篇设专章论述日本经验对中国的启示；1篇直接将中日进行比较，最后提出政策建议；另外1篇研究欧日经济伙伴协定综合效应的论文也专门提及对中国的影响，并给出政策建议。这些研究的应用型指向很大程度上是经济学的社会科学属性决定的。值得注意的是，除研究个案的启示外，这些研究整体上也共同反映出一个事实：日本虽是市场经济高度发达的国家，但政府并不是完全放手不管，而是会提前预判国际政治经济形势的变化，并适时调整措施、政策乃至战略。

作为实践性极强的一门学科，法学也有交流互鉴的需要。这一点在日本学领域为数不多的法学论文中也有所体现。张广杰《日本国际私法研究——从〈法例〉到〈通则法〉》和黄宣植《日本司法制度改革研究》均专设章节总结启示，后者不满足于成功经验，还设专节分析日本司法改革失败的教训，为中国司法改革提供了重要启示。

日本社会及其他研究方面有6篇论文，整体上均包含着交流互鉴的问题意识。王郅《近代日本早期美术馆发展研究（1869—1926）》和全龙杰《日本少子化问题研究》设专章探讨对中国的启示，后者还设专节进行了比较，总结了经验教训。胡那苏图《产业地域典型社区协同治理研究——基于日本丰田市的个案分析》、贝力《日本休闲服务意识研究》和郭莹莹《中日传统家具近代化历程比较研究》均设专节论对中国的启示，其中郭文本身就是比较研究，其选题也体现出学校①的特色。此外，刘冰《战后日本家庭观念的变迁研究（1945—2019）》虽未专设章节论述启示或经验教训，但也有未雨绸缪的意识，指出对中国将来可能面临的类似问题具有现实参考意义。

毋庸赘言，相较文学、文化、语言和翻译类研究，作为社会科学的教育、

① 中南林业科技大学。

政治、经济、法学、社会等学科更重视比较、影响、启示、借鉴、应对策略等，具有更明确的现实考量和交流互鉴意识。

结语

综观2020年日本学领域的博士论文，涵盖学科众多，使用的理论、方法、框架也各异，似乎很难理出一条清晰的脉络，但认真思考后还是可以总结出以下三个特点。

其一，受博士点少等因素影响，以语言文学为代表的人文科学研究虽不温不火，却也有着鲜明的特色：文学研究几乎绕不开战争语境；文化研究往往以东亚为视野，甚至更加广阔，证据链也较丰富；语言和翻译研究与外宣联系紧密；思想史研究注重分析日本接受和改造外来文化时扬弃背后的文化心理。

其二，由学科属性决定，社会科学研究有着更明确、更强烈的解决现实问题的意识和研究的主体性，在社会处于关键转型期的当下，这种意识促使很多学人去关注和研究日本这个近邻，以其为镜鉴，总结经验，吸取教训，获得启示，解决本国问题。

其三，使用最多的研究方法是比较法，比较的对象远不止中日两国，还包括中朝韩、中美日、中日印越朝、日新、日欧等。从这一意义上说，今后的日本学研究需要更广阔的视野。

当然，日本学博士论文中也存在着原创理论不足、个别研究资料有余而深度欠缺、结论有待升华等问题。期待这些问题能在今后得到解决，也希望中国的日本学研究能有更好的发展。

参考文献：

[1]韩东育.从"请封"到"自封"——对日本"自中心化"过程的立体观察[J].北京师范大学学报（社会科学版）.2017(4): 109.

2020年中国日本学方向博士论文目录①

1.何岸.太平洋战争时期日本保护海上交通线作战失败原因研究.北京大学.

2.孙成.日本社会科课程中的价值观教育研究.东北师范大学.

3.王禹耕.转变与选择：日本对汤因比思想的"扬弃".东北师范大学.

4.吴占军.战前日本美洲移民及其政策研究（1868—1941）.东北师范大学.

5.杨阳.战后日本女子高等教育的变迁：性别平等的视角.东北师范大学.

6.杨圆.伪满洲国时期长春的日本人社会研究.东北师范大学.

7.王宇鹏.欧日经济伙伴协定的综合效应研究.对外经济贸易大学.

8.范娉婷.伪满乡土文学研究.哈尔滨师范大学.

9.刘丽丽.中日大学生教育志愿行动激励机制比较研究.哈尔滨师范大学.

10.王曼.基于经济增长的日本地方政府债务适度规模研究.河北大学.

11.温晓亮.日语信息结构研究.黑龙江大学.

12.阮鸿璜.康僧会汉译佛典故事与东亚文化认同研究.华东师范大学.

13.张广杰.日本国际私法研究——从《法例》到《通则法》.华东政法大学.

14.王净华.战争语境下坂口安吾小说主题研究.华中师范大学.

15.周菁菁.协同与贯通：日本高中与大学教育衔接政策研究.华中师范大学.

16.常婷婷.新世纪日本在东南亚地区的海外利益维护政策研究.吉林大学.

17.胡那苏图.产业地域典型社区协同治理研究——基于日本丰田市的个案分析.吉林大学.

18.黄宣植.日本司法制度改革研究.吉林大学.

19.李燕玉.日本海外资源开发战略的推进措施研究.吉林大学.

20.刘伟岩.战后科技革命推动日本产业升级研究——基于创新体系的视角.吉

---

① 首先按培养单位拼音排序，若培养单位相同，则按作者姓氏排序。

林大学.

21.刘玉丽.借力与平衡：日本在南海大国博弈中的战略行为研究.吉林大学.

22.吕春月.东北沦陷时期关东军邮政检查制度研究.吉林大学.

23.全龙杰.日本少子化问题研究.吉林大学.

24.邵冰.战后日本战略性贸易政策研究.吉林大学.

25.王博.战后日本技术创新与经济增长研究.吉林大学.

26.于洋.加藤弘之"族父统治"论研究.吉林大学.

27.张路.符号学视角下日本动画符号系统建构与受众消费研究.吉林大学.

28.张育侨.安倍二次执政后的日本安全保障战略研究——以权力转移理论为视角.吉林大学.

29.李岩.东亚新电影中的性别政治研究(1987—2020).南京大学.

30.刘金.金学铁抗日文学研究.山东大学.

31.彭旭.宫本百合子的文学创作与女性主义思想.山东大学.

32.曲晓燕.近代日本人游记中的山东认识（1871—1931）.山东师范大学.

33.王岩.中日韩《孟子》学研究——以朱熹、伊藤仁斋与丁若镛为中心.山西大学.

34.王乐.日本江户、明治汉诗坛的清诗受容——以和刻本清诗总集为中心.上海大学.

35.王郅.近代日本早期美术馆发展研究（1869—1926）.上海大学.

36.刘瑞红.生死线：铁路与抗日战争研究.苏州大学.

37.关永皓.基于语篇连贯视角的《习近平谈治国理政》日译研究.天津外国语大学.

38.童富智.基于语料库的《政府工作报告》日译文本翻译语言特征研究.天津外国语大学.

39.薛悦.关联理论视阈下习近平著作复句日译对比研究——兼论对日话语体系构建.天津外国语大学.

40.朱雯瑛.毛泽东著作的日译及其在日本的传播（1949—1978）.天津外国语大学.

41.胡云莉.对外直接投资中的政治与经济互动关系研究——对中国、日本对外直接投资的政治经济学考察.外交学院.

42.黄冰.大国竞争与区域合作——以大湄公河次区域的制度竞争为例.外交学院.

43.张晨.国际政治经济视角下的日本农业政策转向问题研究.外交学院.

44.陈日红.日本对中国近代工艺图案教育的影响.武汉理工大学.

45.李想.比较文学视野下的抗日叙事研究：以当代中朝韩抗日主题书写为中心.延边大学.

46.贝力.日本休闲服务意识研究.浙江大学.

47.张家雯.日本和新加坡中小学文化传统教育比较研究.浙江师范大学.

48.李晓乐.日本新能源产业政策研究.中国社会科学院大学（研究生院）.

49.刘冰.战后日本家庭观念的变迁研究（1945—2019）.中国社会科学院大学（研究生院）.

50.郭莹莹.中日传统家具近代化历程比较研究.中南林业科技大学.

孙胜广　整理

附　录

小松左京作品列表

刘　健　整理　李向格　编译

小松左京作品列表1953—1971

作品类别标记：L 长篇小说；S 短篇小说；SS 微型小说；J 青少年读物；NF 纪实作品

作品名称	类别	初出	初出年月日	备注
慈悲	S	ARUKU	19531100	同人志
最初的悔恨	S	ARUKU	19550600	同人志
渐融之物	S	对话创刊号	19561000	同人志
失败	S	对话2号	19570300	同人志
样品一号	SS	宇宙尘57号	19620700	同人志
易仙逃里记	S	SFM	19621000	
冲突	SS	宇宙尘60号	19621000	
什么都要看一看	SS	宇宙尘60号	19621000	
梦	SS	宇宙尘60号	19621000	
一杯之战	SS	NULL 8号	19621100	
上班族是轻松的职业……	S	宇宙尘61号	19621100	
冤家	SS	团地期刊	19621118	
无尽的债务	S	SFM	19621200	
新设施	SS	团地期刊	19621216	
妄想日本之旅	NF	放送朝日	19630000	
茶泡饭的味道	S	SFM	19630100	
和平的大地	S	宇宙尘63号	19630100	
年菜	SS	团地期刊	19630101	

作品名称	类别	初出	初出年月日	备注
南国	SS	团地期刊	19630127	
攀爬	SS	团地期刊	19630310	
遗迹	SS	浪花暖帘	19630400	大阪版
时间的面孔	S	SFM	19630400	
无题	SS	名古屋电视台	19630400	与《双重销售》一样
脸	SS	团地期刊	19630407	
北斋的世界	SS	新刊新闻24号	19630415	
雾中的住宅区	SS	团地期刊	19630421	
黄金周	SS	团地期刊	19630500	
佛手	S	别册sunday每日	19630500	
传说	SS	宇宙尘67号	19630500	
墓碑不归	S	NULL 9号	19630500	
蚁园	S	SFM	19630600	
是纸还是头发	S	OORU读物	19630700	
卑味呼	S	SFM	19630700	
永生的累赘	S	SFM增刊	19630800	
逞能的家谱	S	SFM	19630800	
是女人还是怪物	S	别册宝石	19630900	
厚姆，看看你的家乡	S	宇宙尘71·72号	19630900	
当影子重叠时	S	SFM	19631000	
火星上的金子	SS	铃兰4号	19631000	
祖先万岁	S	别册sunday每日	19631000	
釜崎2013年	S	世代	19631100	
烟花	S	现代插花	19631100	
规模问题	SS	笑泉	19631100	
双三角	S	每周产经	19631104	
花之心	SS	现代插花	19631200	
耻	SS	日本	19631200	
雪中送炭	SS	文艺朝日	19631200	

作品名称	类别	初出	初出年月日	备注
再见了，穷神	SS	朝日新闻	19631226	
在耶路撒冷的地下（遗迹）	SS	NULL10号	19640000	原标题：遗迹
召唤	S	SFM	19640100	原标题：在我消失的那一天
大阪之洞	S	历史读本	19640100	大阪城漏洞之思
读心怪	SS	洋酒天国61号	19640200	
墓地集会	SS	新刊新闻43号	19640201	
愚行之环	S	别册宝石	19640300	
大自然的呼喊	S	SFM	19640300	
日本的阿帕切人	L	光文社KAPPA	19640305	
淫荡之星	SS	笑泉	19640400	
海底油田	SS	季刊能源1号	19640400	
卖掉日本	S	每周产经	19640400	
物体O	S	宝石	19640400	
超能间谍	L	漫画サンデー	19640408	
征召令	S	OORU读物	19640500	
D系列	SS	笑泉	19640700	
正午	S	人类科学	19640700	
沼泽	SS	SANSPO	19640706	
误解	SS	SANSPO	19640713	
十一人	SS	SANSPO	19640720	
入伙	SS	SANSPO	19640727	
石头	S	推理故事	19640800	
逃离日本	S	漫画文艺	19640800	
未来的妖怪们	S	漫画读本	19640800	
胎内巡礼	SS	SANSPO	19640803	
鬼屋	SS	SANSPO	19640810	存在同名短篇小说作品
星际棒球	SS	SANSPO	19640817	
遗产	SS	SANSPO	19640824	

作品名称	类别	初出	初出年月日	备注
新干线	SS	SANSPO	19640831	
复活之日	L	早川書房	19640831	
科幻节目	SS	SANSPO	19640907	
赏月之谱	SS	SANSPO	19640914	
赏月前	SS	每日新闻	19640921	
归来的男人	SS	SANSPO	19640928	
捡来的男人	S	推理故事	19641000	
交通停滞	SS	SANSPO	19641005	
超人的秘密	SS	SANSPO	19641012	
秘密计划	SS	SANSPO	19641019	
模型	SS	SANSPO	19641026	
召唤石	SS	阿童木俱乐部	19641100	
报应	SS	SANSPO	19641102	
理科时间	J/SS	朝日新闻	19641108	
狐狸	SS	SANSPO	19641109	
公社计划	SS	SANSPO	19641116	
不会算术的子孙们	J/SS	朝日新闻	19641122	
故障	SS	SANSPO	19641123	
风俗酒吧	SS	SANSPO	19641130	
逃走的孩子	J/SS	朝日新闻	19641206	
告别月亮	SS	SANSPO	19641207	
弄坏	SS	SANSPO	19641214	
飞越天空之物	J/SS	朝日新闻	19641220	
星际棋盘	SS	SANSPO	19641221	
破产前一天	SS	SANSPO	19641228	
像女人一样的恶魔	S	推理故事	19650100	
新花样	S	SFM	19650100	
鸡蛋和我们	SS	文艺春秋漫画读本	19650100	
仁科的装备	SS	新刊新闻	19650100	

作品名称	类别	初出	初出年月日	备注
逃离梦境	S	小说现代	19650100	
明日小偷	L	周刊现代	19650101	
正月日记二〇一X年	SS	日本经济新闻	19650103	
初梦	SS	SANSPO	19650104	
章鱼和外星人	J/SS	朝日新闻	19650110	
空中住宅	SS	SANSPO	19650111	
发掘通天阁	SS	每日新闻	19650111	
冰箱中	SS	SANSPO	19650118	
异次元结婚	S	周刊大众	19650121	
下雪的地方	J/SS	朝日新闻	19650124	
新型储蓄箱	SS	SANSPO	19650125	
被偷走的味觉	S	FIVE 6 SEVEN	19650200	
无尽漂流的终点	L	SFM	19650200	
四次元厕所	SS	漫画读本	19650200	
黑色的包	SS	SANSPO	19650201	
狐狸和外星人	J/SS	朝日新闻	19650207	
牛脖子	SS	SANSPO	19650208	
期待落空的人象	SS	SANSPO	19650215	
窥视未来的机器	J/SS	朝日新闻	19650221	
新城市建设	SS	SANSPO	19650222	
被遗忘的土地	SS	漫画读本	19650300	
地道	SS	SANSPO	19650301	
红色汽车	J/SS	朝日新闻	19650307	
超能力者	SS	SANSPO	19650308	
三块滑雪板	SS	SANSPO	19650315	
来自地球的孩子	J/SS	朝日新闻	19650321	
标准化石	SS	SANSPO	19650322	
赏花园	SS	SANSPO	19650329	
哲学家的小径	S	OORU读物	19650400	

作品名称	类别	初出	初出年月日	备注
大型机器人	J/SS	朝日新闻	19650404	
镜子里的世界	SS	SANSPO	19650405	
依次传递	SS	SANSPO	19650412	
六只脚的小狗	J/SS	朝日新闻	19650418	
野兽	SS	SANSPO	19650419	
事故	SS	SANSPO	19650426	
M哭了两次	S	EQMM临时增刊	19650500	
有用的苍蝇	SS	燃气与生活	19650500	
爱钓鱼的外星人	J/SS	朝日新闻	19650502	
爱吃怪东西的人	SS	SANSPO	19650503	
回向	SS	SANSPO	19650510	
阳奉阴违	SS	新刊新闻	19650515	
蚂蚁、蝴蝶和蜗牛	J/SS	朝日新闻	19650516	
鬼星	SS	SANSPO	19650517	
儿童之神	SS	SANSPO	19650524	
偷汽油的贼	J/SS	朝日新闻	19650530	
城市病	SS	SANSPO	19650531	
高桥和巳的态度	NF	《文艺》	19650600	
四矢怪谈	S	FIVE 6 SEVEN	19650600	
在陌生的旅馆	SS	SANSPO	19650607	
外星人的作业	J/SS	朝日新闻	19650613	
午夜广播	SS	SANSPO	19650614	
丢失的飞船	SS	SANSPO	19650621	
变成船的爸爸	J/SS	朝日新闻	19650627	
不实之罪	SS	SANSPO	19650628	
奥托奈	SS	偏执狂	19650700	
在五月的一个晴天	S	SFM	19650700	
贿赂法案	SS	SANSPO	19650705	
出梅	J/SS	朝日新闻	19650711	

作品名称	类别	初出	初出年月日	备注
信仰	SS	SANSPO	19650712	
夏季活动	SS	SANSPO	19650719	
在宇宙的尽头	J/SS	朝日新闻	19650725	
贸然断定	SS	SANSPO	19650726	
本国东西朝缘起备忘录	S	SFM临时增刊	19650800	
桃太郎	J/S	光文社版铁人28号14	19650800	
恢复自信	SS	SANSPO	19650802	
旧情	SS	SANSPO	19650809	
青空	SS	SANSPO	19650816	
变成"主人"的潜水艇	J/SS	朝日新闻	19650822	
超度	SS	SANSPO	19650823	
洲本	NF	周刊朝日	19650827	
白色房间	SS	SANSPO	19650830	
完美犯罪	SS	漫画读本	19650900	
消失的女人	S	OORU读物	19650900	
时间代理人	S		19650900	分为8个故事
原人走私作战	S	HEIBON PUNCH DELUXE	19650900	时间代理人1
换班	SS	别册文艺春秋	19650900	
可惜	SS	九電	19650900	
夏末	SS	SANSPO	19650906	
某种生物的记录	SS	SANSPO	19650913	
工程	SS	SANSPO	19650920	
宇宙模型飞机	J/SS	朝日新闻	19650926	
野佛	SS	SANSPO	19650927	
南海太阁记	S	历史读本	19651000	
大阪	NF	Sunday每日	19651003	
土耳其夫人	SS	SANSPO	19651004	
大阪续篇	NF	Sunday每日	19651010	

作品名称	类别	初出	初出年月日	备注
来自遥远的国度	SS	SANSPO	19651011	
被抛弃的人们	SS	SANSPO	19651018	
同时违反	SS	SANSPO	19651025	
小白冒险记	J/S	铁人28号光文社版	19651100	
第一个小伙计	S	HEIBON PUNCH DELUXE	19651100	时间代理人2
腐蚀	S	推理故事	19651100	
蜘蛛丝	SS	SANSPO	19651101	
离开	SS	SANSPO	19651108	
机器人地藏	J/SS	朝日新闻	19651114	
开花爷爷	J/S	铁人28号光文社版	19651200	
幽灵时代	S	宝石	19651200	
造出来的机器	S	高2课程	19660000	
新猴蟹大战	J/S	铁人28号光文社版	19660100	
拐骗幼儿作战	S	HEIBON PUNCH DELUXE	19660100	时间代理人3
小星球上的孩子	J/SS	朝日新闻	19660116	
伊万的傻瓜作战	S	故事特集	19660200	
硬邦邦的大山	J/S	铁臂阿童木光文社版	19660200	
霉菌	S	SFM	19660200	
卫星操作	S	宇宙尘100号	19660200	
看着地球的人	J/SS	朝日新闻	19660213	
TDS和SD的不祥之夜	S	故事特集	19660300	
时间问题	S	HEIBON PUNCH DELUXE	19660300	时间代理人4
春天已经来到冥王星	J/SS	朝日新闻	19660320	
活着的洞穴	S	推理故事	19660400	

作品名称	类别	初出	初出年月日	备注
眨眼	S	故事特集	19660400	
金太郎的秘密	J/S	铁臂阿童木光文社版	19660400	
比丘尼之死	S	OORU读物	19660400	
五右卫门的日本日记	L	朝日图表	19660401	
一寸法师	J/S	铁臂阿童木光文社版	19660500	
变成地球的男人	S	故事特集	19660500	
搜寻地图！	S	HEIBON PUNCH DELUXE	19660500	时间代理人5
救援队到来	J/S	铁臂阿童木光文社版	19660600	
来自星星的感谢	SS	阿童木俱乐部	19660600	
奥尔加	S	OORU读物	19660700	
海底妖怪	SS	阿童木俱乐部	19660700	
梦幻东京	S	HEIBON PUNCH DELUXE	19660700	时间代理人6
四次元菖头	SS	漫画读本	19660700	
《青年文化》	NF	《突变体代替者》	19660700	
来到马虎国的特务	SS	漫画读本	19660800	
日本漂流	S	故事特集	19660800	
时间精灵（时间机器）	S	故事特集	19660900	
蚂蚁	SS	阿童木俱乐部	19661000	
宗主国的宅邸	S	别册小说新潮	19661000	
归还	SS	新刊新闻	19661015	
迷路的孩子	SS	阿童木俱乐部	19661100	虫制作友之会内部杂志
长途旅行	SS	每日新闻	19661120	
继承	SS	周刊F6 SEVEN	19661126	
前往彼岸	S	故事特集	19661200	
这边与那边	SS	周刊F6 SEVEN	19661224	

作品名称	类别	初出	初出年月日	备注
亚当的后裔	S	别册小说现代	19670100	
请您选择	S	故事特集	19670100	
父亲	S	推理故事	19670100	
公开选举	SS	FIVE 6 SEVEN	19670100	
边境的寝床	SS	别册宝石	19670100	
第一夫人很久很久以前	SS	朝日新闻	19670101	
极冠作战	S	SFM	19670200	
怪兽乌瓦金的登场	NF	妇人公论	19670400	
为时已晚	S	故事特集	19670400	
＊◎～▲是杀戮密码	S	故事特集	19670500	
HE·BEA计划	S	科幻杂志	19670600	
堕落的男人	S	故事特集	19670600	
消灭怪兽	SS	别册宝石	19670600	
孩子们的旅行	S	OORU读物	19670700	
肮脏的月亮	S	故事特集	19670700	
粗俗的家伙	SS	新刊新闻	19670715	
雅克托邦	S	故事特集	19670800	
夜晚的声音	S	推理故事	19670800	
爸爸	SS	高1顶尖人才	19670900	
年轻的儿童漫画家们	NF	《欧姆传1》解说	19670900	
江户开城投降外星人观战记	S	历史读本	19671000	
通往神的漫长道路	S	SFM	19671000	
人类审判	S	故事特集	19671000	
双重销售	SS	年轻11/名古屋电视台12号	19671200	名古屋电视台宣传杂志
高层城市的崩溃	SS	产经新闻	19680000	
大器晚成	SS	学习研究社	19680000	
命运剧场	SS	别册小说新潮	19680100	
九段的母亲	S	故事特集	19680100	

作品名称	类别	初出	初出年月日	备注
日本时间旅行	NF	旅行	19680100	
模型时代	S	OORU读物	19680100	
唱歌的空间	SS	新刊新闻	19680115	
SECPO'69	S	漫画读本	19680200	原标题：小说 世博会
伟大的存在	S	SFM	19680200	
托·迪奥蒂	S	故事特集	19680200	首次出版是在同人志上
SF＆闹剧	NF	《隔壁的多摩毛太君》	19680300	
消灭蟑螂	S	小说现代	19680400	
禁止贩卖主妇法令	S	故事特集	19680400	
成吉思汗刑罚	S	大型漫画创刊号	19680401	时间代理人7
耶马台国骚动	S	大型漫画创刊2号	19680408	时间代理人8
未知的明天	L	周刊文春	19680409	
米利	SS	新刊新闻	19680515	
机械新娘	S	OORU读物	19680600	
细腻的感受性	NF	《Ken船长》解说	19680600	
谁将接手？	L	SFM	19680600	
饥饿的宇宙	S	推理故事	19680700	
迫近的脚步声	S	故事特集	19680700	
废墟的彼方	S	小说新潮	19680700	
2010年8月15日	S	故事特集	19680800	原标题：2020年8月15日
没有战争	S	文艺	19680800	
吃饱的星星	SS	鱼菜	19680800	
女狐	S	别册sunday每日	19680800	
休闲地狱	SS	周刊朝日	19680809	
虚幻的21世纪	SS	周刊朝日	19680816	
精彩创意的传播	NF	解说《Ken船长》	19681000	
美金斗争	S	OORU读物	19681000	
星之王子	SS	故事特集	19681100	献给三游亭元乐的落语

作品名称	类别	初出	初出年月日	备注
桑原学校	NF	《桑原武夫全集》月报	19681200	
恋爱与幽灵与梦想	S	小说ACE	19681200	
第二日本国诞生	S	月刊PUNCH oh!	19690100	
改变面貌	S	朝日新闻	19690101	
神志不清的时代	S	周刊新潮	19690104	
洞穴	S	SFM	19690200	
萨马奇革命	S	故事特集	19690200	
狭隘的无情文学论	NF	解说《蔷薇的睡眠》	19690200	
深情	SS	劳动文化	19690200	
甜甜圈	SS	新刊新闻	19690201	
一个外星人眼中的太平洋战争	S	丸	19690300	
厌恶少女	S	别册文艺春秋	19690300	
人生保险	SS	安田别册	19690300	
美好的事物	NF	萤雪时代	19690400	
疯狂的旅行	NF	萤雪时代	19690400	
长寿的秘诀	S	漫画读本	19690400	
想睡觉！	SS	劳动文化	19690400	
涅槃广播	S	别册小说新潮	19690400	
自暴自弃的青春期	NF	萤雪时代	19690400	
养子大作战	S	OORU读物	19690400	
我的青春	NF	萤雪时代	19690400	
我年轻时遇到的野蛮人	NF	萤雪时代	19690400	
我的读书经历	NF	萤雪时代	19690400	
狗	S	推理故事	19690500	
纪念品热潮	SS	故事特集	19690600	
照片中的女人	S	小说SUNDAY每日	19690600	
公司内部人员结婚	SS	劳动文化	19690600	

作品名称	类别	初出	初出年月日	备注
三只手的男人	S	每周产经	19690630	
凶猛的嘴	S	推理小说杂志	19690700	
猫脖子	S	别册小说新潮	19690700	
千载难逢的一个月	SS	每日新闻	19690706	
融雪	SS	新刊新闻	19690715	
这里是"生存价值科"	SS	劳动文化	19690800	
月之思念	S	银花	19690900	
就在那里	SS	周刊朝日	19690905	
女人的手	S	小说现代	19691000	
怪物世界	NF	解说《石森章太郎集》	19691000	
黄色老鼠	S	问题小说	19691000	
危险的绑架	S	推理小说杂志	19691000	
巨人的轮廓	NF	解说《江户川乱步全集》	19691000	
这里是"白痴科"	SS	劳动文化	19691000	
杀星者	S	SFM	19691000	
诶嘿嘿作战	S	读物专科	19691100	
交叉迎击	SS	周刊ampo3号	19691200	
这里是"二十世纪科"	SS	劳动文化	19691200	
下午的桥	SS	SFM	19691200	
集会	S	SFM	19700100	原标题：创始时期 集会
期待华丽的"第二步"	NF	《高桥和巳作品集》月报	19700100	
破镜	S	SFM	19700100	原标题：在生命尽头破碎的镜子
"不良少年"小说	NF	《一人三人全集》解说	19700200	
死胡同	S	SFM	19700200	
树欲静而……	S	问题小说	19700300	

作品名称	类别	初出	初出年月日	备注
四月的十四天	S	别册文艺春秋	19700300	
东海之岛	S	小说SUNDAY每日	19700300	
然后谁也不干了	S	小说宝石	19700400	
离开城市	SS	故事特集	19700400	
豆兵	S	小说新潮	19700400	
黑暗中的孩子	S	OORU读物	19700400	
船和水雷	S	小说新潮	19700500	
恶作剧	SS	朝日新闻	19700530	周六秀
失业保险	S	月刊经济学家	19700700	
喜剧动作片的精彩之处	NF	《棚下照生 猴子拳集》	19700700	
幽灵	SS	朝日新闻	19700704	
寻找"乳母"	SS	日立电子	19700718	
海的视线	S	小说SUNDAY每日	19700800	
人生旅行代理商	SS	观光消息	19700800	
手塚漫画的另一个秘密	NF	解说《手塚治虫集》	19700800	
人鱼公主升天	SS	花椿	19700800	
抢劫	SS	朝日新闻	19700808	
幽灵再见	S	月刊经济学家	19700900	
稻叶的白色兔子10	SS	朝日新闻	19700912	
蓝胡子和恶魔	S	别册小说新潮	19701000	
孤独的海边之旅	NF	《现代日本文学》月报	19701000	
沉默通道	S	问题小说	19701000	
在"城市"与"自然"之间	NF	解说《现代日本文学》	19701000	
曾几何时...	S	早川推理小说杂志	19701000	
古代的火	SS	原子力文化10号	19701000	
秋天的味道	SS	朝日新闻	19701017	

作品名称	类别	初出	初出年月日	备注
犬牙时代	S	SFM临时增刊	19701100	
"同性恋情色"论序说	NF	EROTICA	19701100	
过早的贺卡	SS	朝日新闻	19701121	
爱的空间	S	OORU读物	19701200	
脚步声	SS	朝日新闻	19701226	
关上再打开	SS	明治生命	19710000	
古代的女子	S	别册小说新潮	19710000	
一封没有幸福也没有不幸的信	S	月刊经济学家	19710100	
写小说这件事	S	故事特集	19710100	
录音	SS	Rikopii News	19710101	
在BS6005上发生了什么事情？	S	科幻杂志	19710200	
黑色信用卡	S	月刊 PUNCH oh!	19710200	
迷路	SS	朝日新闻	19710206	
上田秋成	NF	历史的京都 第6卷	19710300	
黄金色的跑车	SS	MAN TOP	19710300	
创造的喜悦	SS	钻石服务	19710300	
无耻的尽头	S	月刊 PUNCH oh!	19710300	
在废墟星球上	SS	朝日新闻	19710313	
生存价值银行	SS	BSD	19710400	
竹子之花	S	月刊经济学家	19710400	
将工作委托他人	SS	富士vending news	19710400	
性玩家	S	月刊 PUNCH oh!	19710400	
手相	SS	朝日新闻	19710417	
ZOTV骚动记	S	月刊 PUNCH oh!	19710500	
怨灵之国	S	小说宝石	19710500	
应天门之变	S	小说推理	19710500	
智慧树的果实	S	问题小说	19710500	
漏洞	S	历史读本	19710500	

作品名称	类别	初出	初出年月日	备注
中毒	SS	朝日新闻	19710522	
疯狂的日本	S	月刊 PUNCH oh!	19710600	
鞋店的小人	S	月刊经济学家	19710600	
信息时代的"礼仪"	NF	邮政	19710600	
大混线	S	BSD	19710600	
保护鸟	S	小说新潮	19710600	
休养	SS	朝日新闻	19710626	
明天的明天的梦想的终点	S	月刊 PUNCH oh!	19710700	
雾散了的时候	S	别册小说新潮	19710700	
错配	SS	朝日新闻	19710724	
被拥戴的人	S	月刊经济学家	19710800	
正当防卫	S	SFM	19710800	
消失的存款	SS	BSD	19710900	
智力活动指南图	NF	跨学科	19710900	
日本印象纪行	NF	现代	19710900	
大海再见	SS	朝日新闻	19710918	
有关荷兰行情疲软的建议	NF	文艺春秋	19711000	
短小的浦岛太郎	S	OORU读物	19711000	
毒蛇	S	SFM临时增刊	19711000	
出境外汇	S	月刊经济学家	19711000	
失物	SS	朝日新闻	19711030	
停尸房的围棋手	S	小说新潮	19711100	
人潮	S	月刊经济学家	19711100	
可食的开高健论	NF	新潮现代 日本文学开高健集	19711200	
土地和土壤	S	月刊经济学家	19711200	
"内部朋友"及其死亡	NF	《对话》	19711200	
私人管理	SS	BSD	19711200	
想减肥的王	SS	朝日新闻	19711204	

小松左京作品列表 1972—1994

作品类别标记：L 长篇小说；S 短篇小说；SS 微型小说；J 青少年读物；NF 纪实作品

作品名称	类别	初出	初出年月日	备注
讲谈仙女座战记		漫画sunday	19720000	
巨大的草食兽——俄罗斯	NF	文艺春秋	19720100	
Yota Sexualis	S	别册小说新潮	19720100	
HAPPY BIRTHDAY TO …	S	科幻杂志	19720200	
一日一屁	SS	面白半分	19720200	
优先的时代	S	月刊经济学家	19720200	
微笑与外交之国——泰国	NF	文艺春秋	19720200	
等待的女人	S	问题小说	19720200	
劝酒的话术	NF	《司马辽太郎全集》月报	19720200	
骨头	S	小说新潮	19720300	
理想国家——瑞士的现实	NF	文艺春秋	19720300	
退休金	SS	BSD	19720400	
湖畔的女人	S	问题小说	19720500	
最大的信息国家——梵蒂冈	NF	文艺春秋	19720500	
澳大利亚的光和影	NF	文艺春秋	19720600	
掉下来的中线	J/S	FROEBEL-KAN	19720620	绘本：和田诚
那个	S	别册小说宝石	19720700	
土耳其——东西方之间	NF	文艺春秋	19720700	
隆达小曲	S	小说新潮	19720700	
无污染的巨大国家——加拿大	NF	文艺春秋	19720800	
结晶星团	S	SFM临时增刊	19720900	
世界最古老的新兴国家——埃及	NF	文艺春秋	19720900	
幸福的少人口国家——坦桑尼亚	NF	文艺春秋	19721000	
22世纪的大国——巴西	NF	文艺春秋	19721100	
《墙》的回忆	NF	《安部公房全集》月报	19721200	

作品名称	类别	初出	初出年月日	备注
社会主义实验室——智利	NF	文艺春秋	19721200	
秋天的女人	S	别册小说新潮	19730100	
唱歌的女人	S	问题小说	19730100	
失落的结局	S	SFM临时增刊	19730200	
两队	S	周刊小说	19730209	
为了大阪的未来	NF	JC ACTION	19730300	
旅行的女人	S	问题小说	19730300	
人——短路反应	NF	Innatorip	19730300	
日本沉没	L	KAPPA NOVELS	19730320	
漫画　日本沉没	L	KAPPA NOVEL · W 少年冠军	19730320	
黄色的泉	S	小说新潮	19730400	
手捏饭团	S	别册小说新潮	19730400	
OVERRUN	S	故事特集	19730400	
我家的格斗猫	NF	Mrs	19730500	
关于"爱的进化"	NF	读卖周刊	19730505	
自然的问候	NF	读卖周刊	19730512	
情绪陶醉的开发	NF	读卖周刊	19730519	
科学与形象	NF	人类的世纪4卷 科学的任务	19730525	
祖先的午餐	HF	从终末起 创刊号	19730600	虚构采访
午夜观众	S	周刊小说	19730629	
向人口问题发起挑战	NF	世界と人口	19730700	
迁都	S	问题小说	19730700	
女王陛下之爱的终结	HF	从终末起2号	19730800	
春天的军队	S	别册小说宝石	19730800	
爱的能力	NF	Innatorip	19730900	
通俗小说的真正价值	NF	《山田风太郎全集》月报	19730900	
要有个性地生活	NF	Innatorip	19730900	

作品名称	类别	初出	初出年月日	备注
同类相残	S	小说推理	19730900	
有却不能用	NF	展望	19731000	
恶灵	S	别册小说新潮	19731000	
小夜时雨（狸）	S	小说新潮	19731000	
时间插孔	S	SFM临时增刊	19731000	
Poremisuto Yupoyuteru isutorian	NF	丰田有恒、平井和正的世界	19731000	
莅草丛生的荒凉房屋	S	周刊小说	19731005	
"解说之才"	NF	《开高健全集》月报	19731100	
关于高木文学的个人看法	NF	高木彬光长篇推理小说全集	19731100	
秘密	S	周刊小说	19731116	
帝王之眼	HF	从终末起4号	19731200	
狭长的房间	S	小说推理	19731200	
人：自杀与年轻人	NF	Innatorip	19731200	
发现"自然之魂"	NF	经济学家	19731204	
马儿啊，再见！	NF	Mrs/马屁	19740000	
鹭娘	S	别册小说新潮93号	19740100	
瞄准地球家族	NF	佼成	19740100	
天亮之后	S	周刊小说	19740104	
大人的冒险梦	NF	解说《黄土奔流》	19740200	
吃、喝、钓	NF	《开高健全集》月报	19740200	
这样的宇宙	S	SFM	19740200	
沾满鲜血的祭坛	HF	从终末起5号	19740200	
流动的女人	S	问题小说	19740300	
滂沱的泪水	NF	《开高健全集》月报	19740300	
飞窗	S	周刊小说	19740315	
如果暴风雨来临	HF	从终末起6号	19740400	
旅行的乐趣	NF	eslontimes	19740400	
四次元机器人	S	别册小说新潮	19740400	

作品名称	类别	初出	初出年月日	备注
精致的"花"	NF	《结城昌治作品集》月报	19740500	
"故事"与"叙事"的魅力	NF	解说《奇怪的祖先》	19740500	
人——性别和妇女参战	NF	妇人公论	19740500	
海上森林	S	周刊小说	19740510	
民间故事	SS	周刊朝日	19740517	
重返天空	HF	从终末起7号	19740600	
那个真诚的存在	NF	GORO	19740613	
中午一齐	S	人类科学	19740700	
快速爵士科幻	NF	解说《向灵长类南》	19740800	
重建	SS	朝日新闻	19740806	
蚊帐外	S	小说新潮	19740900	
红叶	SS	华歌尔	19740900	
SF的"历史的相对化"	NF	解说《时光犬舍》	19741000	
成熟女性的"开朗"	NF	解说《我的大阪八景》	19741100	
应天门之变	S	小说推理	19741100	
沉默的女人	S	问题小说	19741100	
蟒蛇	S	小说新潮	19750100	
三个"日本人的日本·日本人论"	NF	解说《日本教养全集》	19750100	
线	S	SFM	19750200	
戾桥	S	别册小说新潮98号	19750400	
猫的分娩	NF	新潟日报	19750417	
阳炎	S	小说推理（5·6月）	19750500	
在海角	S	狂野时代	19750500	
当今西学的启示	NF	《今西锦司全集》月报	19750600	
通往地球时代的地平线	NF	Totalmedia	19750600	
迎面错过	S	周刊新潮	19750612	

作品名称	类别	初出	初出年月日	备注
寻找男人	S	别册问题小说	19750700	
沃米莎	S	SFM	19750700	
竹花	S	OORU读物	19750700	
北山鸣动	HF	健谈的访问者	19750725	
健谈的访客　口上	HF	健谈的访问者	19750725	
OFF	S	PLAY BOY	19750800	
包含批判之"毒"的小说	NF	《奥约约总统的噩梦》	19750800	
明乌	S	小说新潮	19750900	
DSE＝SJ	S	小说新潮	19751000	
逆臣藏	S	OORU读物	19751000	
从兴奋中解脱	NF	iPHP nternational	19751000	
战争研究	NF	小说宝石	19751000	
天神山缘丝苧环	S	问题小说	19751100	
绘画语言	NF	能源对话3号	19751200	
地球之诗	NF	高校通信·东书·地学	19751201	
广告停战	NF	复印年鉴　1975	19751215	
戈尔迪亚斯之结	S	狂野时代	19760100	
预知的悲哀	S	周刊小说	19760123	
忘了吧...	S	小说推理	19760200	
成人"补习班"	NF	别册·文艺春秋	19760300	
共乘船的梦幻之路	S	小说新潮	19760300	
生存危机	NF	日本农业新闻	19760315	
这里是日本……	L	朝日新闻晚报	19760419	
模拟的爱	S	狂野时代	19760600	
关西的生活方式	NF	Aproach 54号	19760600	
犯人仍未获救	S	小说新潮	19760600	
山岳与地下世界的浪漫	NF	解说《沙漠古都》	19760700	
"女性特有"的青春感性	NF	解说《有11个人》	19760700	

作品名称	类别	初出	初出年月日	备注
超越"有限的生命"	NF	母亲与一年级学生	19760800	
虚空的脚步声	S	小说推理	19760800	
标题未定	L	周刊小说	19760816	
嘈杂!	S	河童杂志	19760900	
不挨饿的人	S	问题小说	19760900	
信息与人	NF	KIIS	19760920	
大型行动派	NF	《我的目的地是苍蓝的大地》	19761000	
逃跑	S	OORU读物	19761000	
时空道中膝栗毛	L	報知新闻	19761100	
出去!	S	小说现代	19761100	
末日论与未来意象	NF	SF幻想曲 NO.1	19770000	
《佐武和市》还有章先生	NF	解说《佐武与市捕物控》	19770100	
细腻且抒情的哈哈科幻	NF	解说《太空垃圾大战》	19770100	
高砂幻戏	S	问题小说	19770100	
迷路的孩子	S	周刊小说	19770103	
SPERM SAPIENS 的冒险	S	狂野时代	19770200	
闹鬼时代	S	问题小说	19770400	
将其呈现为"画"的胆量	NF	解说《回首望去是清晨》	19770500	
时髦的痴迷	NF	解说《广濑正小说全集》	19770500	
码头的挥霍无度	NF	《筒井康隆的世界》	19770500	
鬼屋	S	小说推理	19770500	有同名微型小说
交叉点	S	OORU读物	19770600	
美国墙	S	SFM	19770700	
从天而降的历史	HF	别册小说新潮	19770700	未完
从"大四叠半"开始的宇宙旅行	NF	「四次元世界」解说	19770700	

作品名称	类别	初出	初出年月日	备注
能源危机	NF	日本经济新闻	19770706	
关于"电革命"	NF	日本经济新闻	19770713	
年轻人	NF	日本经济新闻	19770720	
捐赠经济学	NF	日本经济新闻	19770727	
信息时代	NF	日本经济新闻	19770803	
重新审视人类史	NF	NHK文化演讲会	19770803	
宣传	NF	日本经济新闻	19770810	
关于改革入学考试的思考	NF	日本经济新闻	19770817	
"节约"和"节能"	NF	日本经济新闻	19770831	
灵感的闪现、良好的品味	NF	解说《续生活的思想》	19770900	
潜心考试的时代	S	周刊小说	19770902	
城市和文化活动	NF	日本经济新闻	19770907	
信息处理机	NF	日本经济新闻	19770914	
基因工程	NF	日本经济新闻	19770928	
寻找我的尸体	S	小说推理	19771000	
实用历史	NF	日本经济新闻	19771005	
秋天	NF	日本经济新闻	19771019	
歌舞伎	NF	日本经济新闻	19771026	
生活美学问题	NF	现代化学	19771100	
鸽鸣闹钟	S	周刊小说	19771100	
核心家族	NF	日本经济新闻	19771102	
决断	NF	日本经济新闻	19771116	
社交文化	NF	日本经济新闻	19771214	
世界主义	NF	日本经济新闻	19771221	
实业百年	NF	日本经济新闻	19771228	
挤压生物学	NF	生命	19780000	
乌托邦的终结	NF	SF幻想曲NO.5	19780000	
旅游局的邀请函	NF	小说新潮	19780300	
政治家的条件	NF	月刊政治家	19780300	

作品名称	类别	初出	初出年月日	备注
睡眠、旅行和梦想	S	SFM	19780300	
穿高领衣服的女人	S	OORU读物	19780300	
不屈不挠的旺盛斗志	NF	解说《海雕》	19780300	
山姥传	S	小说新潮	19780400	
凶枪	S	周刊小说	19780428	
走开	S	狂野时代	19780500	
大阪文化开发的重要性	NF	经济人　373号	19781000	
防卫的原点——比较门卫学	NF	初出不明	19781000	
通过"声音"体验SF	NF	解说《百慕大三角》	19781200	
《银河铁道999》的另一个出发站	NF	《银河铁道999珍藏版》	19781200	
反魂镜	S	小说新潮	19781200	
大众读物的威力	NF	文化会議	19781201	
华丽的武器	S	OORU读物	19790100	
重做	S	SFA创刊号	19790300	
在无限的新鲜和青春里	NF	解 说 《 ＰＡＳＳＥ COMPOSE》	19790400	
剧院	S	狂野时代	19790500	
从"习惯"的角度看斗争	NF	纷争研究	19790525	
突然出现在我面前的专业科幻画家	NF	解说《Starlog》	19790800	
在阴沉的天空下	S	小说新潮	19790900	
作为"命运"的洞察力	NF	解说《木村摄像机》	19791000	
直拳重量	NF	解说《太阳风交点》	19791000	
再现风土记	NF	解说《众神的流浪》	19791000	
邂逅歌舞伎	NF	一般观众　1号	19791100	
携风带雨走向晚霞的彼方	S	狂野时代	19800100	
地球时代的秩序	NF	庭野平和财团文化演讲会	19800208	
科幻的"科幻的"书目	NF	《日本SF古典》	19800500	

作品名称	类别	初出	初出年月日	备注
食欲和歌舞伎	NF	一般观众　2号	19800500	
再见，朱庇特	L	每周产经	19800500	
"太阳之塔"然后……	NF	解说《冈本太郎著作集》	19800500	
"南塔克与天才相差无几"	NF	解说《珍藏版鲁邦三世》	19800500	
一生的"公案"	NF	《图书》	19800600	
冰下的黑脸	S	狂野时代	19800600	
新世代的天才	NF	解说《塞壬》	19800600	
"一幕一付钱地站着观看戏"的时候	NF	一般观众　3号	19800900	
星佛	S	小说新潮	19801000	
有朋友就成了贪吃鬼	NF	解说《饮食生活探险》	19801100	
源氏的大阪	S	产经新闻	19810000	
水国·海都	NF	产经新闻大阪	19810000	连载
这个人真的是日本人吗？	NF	《插图》	19810100	
被操纵的殉情	S	小说现代	19810300	
作为家族一员的"妖精"	NF	解说《藤子不二雄自选集》	19810400	
"SF是画"的实践者	NF	《加藤直之画集》序文	19810700	
作为前辈的米朝师	NF	解说《米朝落語全集》	19810700	
花状星云	S	小说新潮	19810900	
关于"人生哲学"的复权	NF	解说《梅原猛著作集》	19811200	
当代大阪女性语作家（Imanonaniwano Megata Ribito）	NF	解说《田边圣子长篇小说全集》	19820100	
等待Nova!	NF	《飞船上的合成器》	19820200	

作品名称	类别	初出	初出年月日	备注
大阪梦之阵	S	OORU读物	19820200	
作为"士大夫"的作家	NF	解说《山崎正和著作集》	19820500	
成熟女性的视角	NF	《夏木静子作品集》月报	19820500	
作为体验的漫画家	NF	《OH!漫画》	19820600	
日本填埋论	NF	季刊大林12号	19820600	
SF研讨会	NF	SF研讨会	19820625	
美丽而精悍的"生物"	NF	《天空的魔术师们》	19820800	
首都消失	L	东京新闻	19831201	
再见、朱庇特剧本	NF	新作	19840115	
山片蟠桃——"科幻先锋"	NF	历史群像 第11卷	19850100	
虚无回廊1	L	SFA	19860200	
虚无回廊2	L	SFA	19860800	
月球开发时代与日本的立场	NF	季刊大林25号	19870401	原题目：日本与月球开发
时空地球旅行	L	读卖周刊	19870308	
国际大都市大阪的古代与现代	NF	Greeting	19870700	
大阪的"地基下沉"及其战斗	NF	季刊大林28号	19890100	
古代的难波	NF	季刊大林31号	19891200	
科学与虚构	NF	照明 第5号	19910400	
再访滩	NF	季刊大林37号	19930200	
这是关西	NF	产经新闻	19930416	
关于"相遇"的好故事	NF	转述	19930730	
启动庞大的工程	NF	叙述	19940629	
石榴	SS	Adoinfanitamu	19941220	
总结讨论"宗教与未来"	NF	宗教的未来	19941227	
"AMAKARA"老少名组合	NF	产经新闻晚报	19941228	

小松左京作品列表　1995—1999 時期不明作品

作品类别标记：L 长篇小说；S 短篇小说；SS 微型小说；J 青少年读物；NF 纪实作品

作品名称	类别	初出	初出年月日	备注
谈综合物流的未来	NF	地球物流100年考	19950100	
我的这一只	NF	产经新闻	19950101	
吉鹿氏作为战后重建的象征	NF	产经新闻晚报	19950104	
在一个看不见的转角已成为过去的"未来"	NF	朝日新闻晚报	19950106	
预测21世纪	NF	AERA	19950109	
"落语会"保持大阪文化	NF	产经新闻晚报	19950111	
时隔400年"直击近畿"……	NF	日本体育	19950118	
日本的宿命是没有安全区	NF	东京新闻	19950118	
兵库县南部地震 询问住在关西的作家	NF	每日信浓	19950119	
地震灾后恢复，首先要进行生活防卫	NF	朝日新闻	19950120	
建立"灾害社会心理学"	NF	日本经济新闻	19950121	
小松左京"预言应验"和警钟	NF	产经运动	19950121	
"牙齿剥落的地球"	NF	每日新闻	19950123	
日本最初的电视广播接收机只有800台！	NF	产经新闻晚报	19950125	
主题演讲"思考城市和宝冢"	NF	TOWNVIEW/REPORT NO.2	19950200	
阪神大地震当天我的备忘录	NF	中央公论3月号	19950201	
即便是豪华阵容的节目，订阅数也是...	NF	产经新闻晚报	19950201	
大地震中我在信息系统方面的宝贵经验	NF	读卖新闻晚报	19950202	
恐怖的大地震！《生存手册》大型研究	NF	周刊邮报	19950203	

作品名称	类别	初出	初出年月日	备注
广泛而慷慨的支持	NF	京都新闻	19950205	
那个时候，我…	NF	Sunday每日	19950205	
《日本沉没》作者小松左京会谈	NF	紧急增刊全纪录阪神大地震	19950205	
值得称赞的是受灾者的道德水平之高	NF	周刊朝日	19950205	
小松左京"我的神户重建计划"	NF	读卖周刊	19950212	
图书租赁和图画小说热潮萌芽的昭和29年	NF	产经新闻晚报	19950215	
在这次特别报道的地震中暴露的豆腐渣工程	NF	东京新闻	19950215	
因高速公路坍塌而震惊	NF	富士晚报	19950220	
"阪神大地震与日本经济"座谈会	NF	朝日新闻	19950221	
滑稽故事收听率之战	NF	产经新闻晚报	19950222	
关于复兴此次特别报道的神户复兴的视角5	NF	东京新闻	19950224	
漫画——过去/现在/未来	NF	续《手塚治虫对谈集》	19950225	
以大地震为素材验证日本文明	NF	后大震灾时代的城市建设	19950228	
NASA的太空发展计划	NF	Pla-topia14	19950300	
小松左京的毕生事业	NF	每日新闻PR版	19950300	
"为了未来"的万物有灵论	NF	岩田庆治著作集	19950300	
民间电视台的开播热潮	NF	产经新闻晚报	19950301	
有关重建大阪神户地区的建议	NF	东洋经济临时增刊	19950301	
我也参与了1970年世博会	NF	产经新闻晚报	19950308	
堤清二	NF	产经新闻晚报	19950315	
一瞥古代史幕后的女人	NF	日本史再探讨	19950320	
最新信息源百科辞典《技术》	NF	WORLD PLAZA No.38	19950320	

作品名称	类别	初出	初出年月日	备注
忙于苛刻的消息记录	NF	产经新闻晚报	19950322	
"首次体验大都市圈直下型地震"	NF	紧急研讨会	19950322	
没有地图的未来之旅	NF	文化演讲会	19950323	
小松左京谈大阪影像文化	NF	大阪视频比赛 第12回	19950325	
引以为豪的街道	NF	OBP25周年纪念杂志	19950328	
向21世纪发出更加活跃的信息	NF	产经新闻晚报	19950329	
出自小松左京《活在地球上》	NF	雪之科学馆 通信	19950331	
怀旧	NF	新刊展望4月号	19950401	
阪神大地震当天我的备忘录（接前文）	NF	中央公论4月号	19950401	
阪神大地震 首次体验发生在大都市圈的直下型地震	NF	正论4月号	19950401	
1995年的大地震	NF	每日新闻	19950401	
为所有当事者做记录	NF	每日新闻大震灾 1995	19950401	
我们遭遇了阪神大地震	NF	别册文艺春秋SPRING	19950401	
询问小松左京	NF	Sunday每日	19950402	
毫无预告的"残暴的非日常"	NF	每日新闻大震灾 1995	19950408	
"危机管理"重要，"安全投资"更重要	NF	实录 阪神大地震全记录	19950408	
《日本沉没》中的强震成为现实	NF	每日新闻大震灾 1995	19950415	
小松左京、能村龙太郎 阪神大地震对谈	NF	Examiner 5月号	19950415	
关西作为地震信息中心	NF	日本经济新闻	19950418	
超越课本知识...	NF	每日新闻大震灾 1995	19950422	
无法汇总所有数据吗?	NF	每日新闻大震灾 1995	19950429	
这条路 手冢治虫500人的证言	NF	运动日刊	19950430	
无党派时代考1	NF	东京新闻	19950430	
给SF留的遗言	NF	小说宝石	19950501	

作品名称	类别	初出	初出年月日	备注
对潜力无限的新媒体寄予厚望	NF	WOWOW节目指南5月号	19950501	
我的广告观 小松左京	NF	会议宣传5月号	19950501	
人类VS病毒 十万年战争的去向	NF	Bart	19950508	
它突然从地下室袭来	NF	每日新闻大震灾 1995	19950513	
城市面貌完全变了	NF	每日新闻大震灾 1995	19950520	
相机正在看着一切	NF	每日新闻大震灾 1995	19950527	
少儿电台台长时代	NF	这里是JOBK	19950531	
The Day the Big One Struck	NF	JAPAN ECHO VOL.22	19950600	
用防洪手册代替	NF	每日新闻大震灾 1995	19950603	
数亿本书在空中翩翩起舞	NF	每日新闻大震灾 1995	19950610	
应尽快着手建设防灾中心	NF	经济界特别增刊	19950615	
意外的拯救塑料瓶	NF	每日新闻大震灾 1995	19950617	
"超越灾害的新社会制度"	NF	岐阜县经济同友会会报115	19950619	
依赖于"中央"而判断延迟	NF	每日新闻大震灾 1995	19950624	
与京都保持距离感的尾张霸主打开了近世之门	NF	WEDGE 7月号	19950625	
讲师访问<1> 面对神户夏季大学	NF	神户新闻	19950630	
阪神大地震当日我的备忘录（西班牙语版）	NF	Cuadernos de Japon Vol.8	19950700	
思考"文学使命"	NF	小说宝石7月号	19950701	
跳过广告的"地震特别节目"	NF	每日新闻大震灾 1995	19950701	
对政治专业人士感到厌恶	NF	剖析青岛闹克现象	19950705	
空中、陆上的记者们蜂拥而至	NF	每日新闻大震灾 1995	19950708	
住在高井一的中心!	NF	CIACREPORT Vol.39	19950710	
执念之深	NF	梅特尔老师	19950711	
"边境3000"	NF	彩虹	19950712	

作品名称	类别	初出	初出年月日	备注
平时的"程序"变成累赘	NF	每日新闻大震灾 1995	19950715	
让历史走向未来	NF	第17期草津市民教养大学	19950719	
信息收集正在萌芽	NF	每日新闻大震灾 1995	19950722	
近畿的精神是什么?	NF	第14回近畿文化大学校	19950726	
旅伴	NF	NIRA REVIEW('95 SUMMER)	19950728	
令人不安的气象台观测网	NF	每日新闻大震灾 1995	19950729	
新"大航海时代"的开始	NF	爱知21世纪的城市建设	19950729	
阪神大地震当天我的备忘录（德语版）	NF	JAPAN ECHO	19950800	
阪神大地震当天我的备忘录（法语版）	NF	Cahiersdu Japon 65号	19950800	
未来的潜力	NF	道路	19950800	
对谈 谈论"空海"	NF	季刊大林 满浓池	19950801	
虚拟现实与医学	NF	新药与治疗 No.391	19950801	
谈谈阪神–淡路大地震和铁路	NF	Railway 第6号	19950801	
加速度显示方式不同	NF	每日新闻大震灾 1995	19950805	
"战后50年"——日本、世界和文明的变化	NF	战后50周年和平纪念演讲会	19950805	
重新刊载 对话大江健三郎 把现在的时代送给未来的人	NF	每日MUCC YESTERDAY	19950810	
每台400 万日元、是贵还是便宜?	NF	每日新闻大震灾 1995	19950812	
深吉野夏日祭	NF	奈良新闻	19950813	
小松左京谈8月15日与和平	NF	诸口明的晚间雷达	19950815	
最新的航空电子工学机械	NF	每日新闻大震灾 1995	19950819	
跟随提示征兆的电磁波	NF	每日新闻大震灾 1995	19950826	
超导技术改变铁路	NF	Pla-topia 15	19950900	
灾难——这座城市学到了什么?	NF	灾害广播～收音机传达什么?	19950901	

作品名称	类别	初出	初出年月日	备注
"地震局"的成立不可或缺	NF	每日新闻大震灾1995	19950902	
现代社会的金丝雀——小松左京面向2001年而讲的启示文学	NF	达芬奇9月号	19950906	
我想问人类生存的方向	NF	读卖新闻晚报	19950908	
尽管是灾难群岛……	NF	每日新闻大震灾1995	19950909	
"思考千年后的未来"研讨会	NF	日本经济新闻	19950913	
全员紧急集合时间是6点半	NF	每日新闻大震灾1995	19950916	
神户准备大力发展海运业（Kobe poised to become great maritimeac）	NF	每日新闻	19950922	
缺失的"灾难转移"	NF	每日新闻大震灾1995	19950923	
暴露出的政府组织缺陷	NF	每日新闻大震灾1995	19950930	
保护城市和建筑物	NF	K-i	19951000	
酒店和我	NF	别册文艺春秋AUTUMN	19951001	
关西时代	NF	KANSAIFORUM	19951001	
不能以研究发达国家自居的日本	NF	每日新闻大震灾1995	19951007	
没有地图的未来之旅	NF	札幌商工会议所创立89周年特别纪念演讲会	19951009	
特别纪念讲座"没有地图的未来之旅"	NF	取决于仪式	19951009	
对于知识富有热情的纯粹	NF	《狂野的复兴》	19951010	
是否有可能重新排列文明？	NF	未来研讨会	19951011	
百万年中有1000米的落差	NF	每日新闻大震灾1995	19951014	
小松左京先生寄语	NF	渡边庄的外星人	19951016	
纪念电台开播的节目	NF	HELLO CO CO LOPART 3	19951016	
12月特别讲座	NF	摄大校园	19951020	
想要增加观测密度	NF	每日新闻大震灾1995	19951021	
没有地图的未来之旅	NF	全NECC&C系统用户会全国大会	19951026	

作品名称	类别	初出	初出年月日	备注
同一代人的同时代经历	NF	萤火虫之墓	19951027	
在关西开设"地震博物馆"	NF	每日新闻大震灾 1995	19951028	
技术革新也有滥用的危险	NF	日本经济新闻	19951030	
日经卫星新闻 秋季大丰收节	NF	日本经济新闻晚报	19951102	
没有成见的研究很重要	NF	每日新闻大震灾 1995	19951104	
"非科学"也有效	NF	每日新闻大震灾 1995	19951111	
相互认同彼此"心意"的关系很重要	NF	京都新闻第2集	19951116	
专题 地震灾后重建与文化	NF	每日新闻	19951117	
缺失的"海洋"视角	NF	每日新闻大震灾 1995	19951118	
制定恢复"海洋"的计划	NF	每日新闻大震灾 1995	19951125	
作为21世纪地球港的神户港	NF	促进神户港国际物流复兴	19951200	
文化是重建的纽带	NF	每日新闻大震灾 1995	19951202	
"受伤的人是弱者"吗?	NF	每日新闻大震灾 1995	19951209	
根据行政情况推进的重建措施	NF	每日新闻大震灾 1995	19951216	
缩小了的神户市	NF	每日新闻大震灾 1995	19951223	
"1000年后的人类——来自未来研讨会"	NF	日本经济新闻晚报	19951228	
把梦想寄托在更好的未来	NF	每日新闻大震灾 1995	19951230	
致21世纪的讯息	NF	东北日报	19960101	
致21世纪的讯息	NF	茨城新闻	19960101	
致21世纪的讯息	NF	冲绳时报	19960101	
致21世纪的讯息	NF	下野新闻	19960101	
致21世纪的讯息	NF	宫崎日日新闻	19960101	
致21世纪的讯息	NF	京都新闻	19960101	
致21世纪的讯息	NF	熊本日日新闻	19960101	
致21世纪的讯息	NF	高知新闻	19960101	
致21世纪的讯息	NF	山阴中央新报	19960101	

作品名称	类别	初出	初出年月日	备注
致21世纪的讯息	NF	山阳新闻	19960101	
致21世纪的讯息	NF	秋田先驱	19960101	
致21世纪的讯息	NF	神户新闻	19960101	
致21世纪的讯息	NF	中国新闻	19960101	
致21世纪的讯息	NF	北国新闻	19960101	
致21世纪的讯息	NF	北日本新闻	19960101	
致21世纪的讯息	NF	名古屋时报	19960101	
预见21世纪	NF	静冈新闻	19960101	
科学未来主义者看到了光明 （Science futurist sees light ahead）	NF	朝日晚报	19960101	
也有可能是侏罗纪公园	NF	福井新闻第5部	19960101	
致21世纪的讯息	NF	爱媛新闻	19960103	
致21世纪的讯息	NF	长崎新闻	19960104	
"神户的演出魂"不死	NF	每日新闻大震灾 1995	19960106	
致21世纪的讯息	NF	中部经济新闻	19960106	
什么是震灾后的文化重建?	NF	埼玉新闻	19960108	
神户…震灾后的文化重建	NF	熊本日日新闻晚报	19960109	
立足根本的重建	NF	每日新闻大震灾 1995	19960113	
神户作为文化发送基地	NF	京都新闻	19960116	
艰苦奋斗，现在开始重建	NF	每日新闻大震灾 1995	19960120	
重建完成前不会终结的研究	NF	每日新闻大震灾 1995	19960127	
没有构建地震学的地震大国	NF	THISIS 读卖2月号	19960201	
整理者的记录收集	NF	每日新闻大震灾 1995	19960203	
打动人心的"市民视线"	NF	每日新闻大震灾 1995	19960210	
"困难的时刻即将到来"	NF	每日新闻大震灾 1995	19960217	
需要大范围的应对	NF	每日新闻大震灾 1995	19960224	
我希望你根据自然在其悠久的历史中本身的特征来思考21世纪	NF	我的河流故事	19960300	

作品名称	类别	初出	初出年月日	备注
让所有体验成为遗产	NF	每日新闻大震灾 1995	19960302	
我们要从宇宙中学习什么	NF	Fai 3月号	19960305	
今后的电子机器会成为弱者的伙伴	NF	serai	19960307	
被要求的实践和公开	NF	每日新闻大震灾 1995	19960309	
运用CG的通俗易懂的表现很好	NF	TeLePAL	19960309	
阪神文化重建大会	NF	阪神观Press风速3海里	19960315	
上下应对皆是漏洞	NF	每日新闻大震灾 1995	19960316	
上下应对措施不足	NF	每日新闻大震灾 1995	19960323	
重新看看我的建议吧，神户	NF	京都新闻	19960329	
恐龙文化奖评选委员会评语	NF	我想成为恐龙学家	19960330	
人都是大陆的一块	NF	每日新闻大震灾 1995	19960330	
小松左京《入伙》	NF	Bart	19960408	
10部最佳悬疑电影	NF	TeLePAL 9 号附录	19960420	
为创建21世纪的故乡	NF	21世纪的家乡建设	19960425	
近畿的精神是什么？	NF	近畿文化大学报告书	19960500	
综合设计道路、汽车和人的ITS	NF	Pla-topia 16	19960500	
访问"时代之书"24	NF	诸君！	19960501	
大阪世博会大型仪式的始末	NF	无边 5月号	19960501	
发生"家乡的全球化"	NF	日本经济新闻	19960504	
"家乡"全球化进程	NF	读卖新闻	19960504	
传递城市和村庄的温暖	NF	朝日新闻	19960504	
以"家乡全球化"为目标	NF	每日新闻	19960505	
《21世纪是"家乡全球化"的时代》	NF	产经新闻	19960506	
从大地震的灾难中学习	NF	第二届名古屋工业大学建筑论坛	19960510	
在我的预测太空旅馆举行峰会	NF	产经新闻	19960516	

作品名称	类别	初出	初出年月日	备注
儿童的人权和儿童的主张	NF	联合国儿童基金会50周年国际研讨会	19960521	
作为对话媒介的速度	NF	20世纪的媒体（2）	19960524	
值此咨询之际	NF	近畿地方的"水工"的宏伟设计与通信货币	19960600	
关于第49届日本推理作家协会奖评选	NF	会报	19960601	
我想留下能够丰富感性的儿童文学	NF	读卖新闻	19960607	
"预兆"	NF	前兆证言1519！普及版	19960610	
有关重建的几句话	NF	每日新闻	19960618	
特罗君的1996神户文化节	NF	日本物流	19960621	
推荐词	NF	可以预知大地震	19960701	
日本作家久违的真正科幻小说	NF	OORU读物7月号	19960701	
市民生活防卫的新时代	NF	地震信息报	19960710	
思考"从防灾到救生"	NF	日本经济新闻	19960729	
人与河流、城市与河流	NF	河在诉说，河在诉说	19960800	
未来工厂中人与机器的交流	NF	Forbes日本版8月号	19960801	
为什么不发布"地震预警"？	NF	中央公论8月号	19960801	
左京小松千里～OBP～天保山	NF	文艺春秋9月特别号	19960901	
从日本沉没到阪神大地震、这个时代走向太空	NF	TAC报告秋季刊	19960901	
论坛 提倡"综合防灾研究"	NF	朝日新闻	19960903	
你的防灾工作没问题吗？	NF	生气勃勃的热线	19960903	
科幻是大众娱乐	NF	小说工房第6号	19960910	
关西非常有活力呀	NF	朝日新闻	19960927	
"这就是为什么火星很有趣"	NF	现代10月号	19961001	
关西能为全球经济做些什么？	NF	经济人10月号	19961001	
信息高科技时代与大地震	NF	广播丛书论坛1996	19961005	
小松左京口中的精彩"藤子世界"	NF	富士晚报	19961008	

作品名称	类别	初出	初出年月日	备注
玛哈罗巴博览会寄语	NF	朝日新闻宫城版	19961011	
"广播丛书"论坛	NF	日本经济新闻	19961017	
对未来的建议	NF	第二届世界航空文明设计会议	19961024	
基于核电40周年之际思考下一代能源	NF	原子能40周年纪念展览会	19961026	
朝日文化中心	NF	朝日新闻	19961028	
南日本纸上论坛"鹿儿岛和空间"	NF	南日本新闻	19961030	
小松左京持续奔跑的20世纪终点	NF	20世纪	19961031	
迷上"深夜航班"	NF	现代11月号	19961101	
玛哈罗巴博览会寄语	NF	朝日新闻青森版	19961108	
小松左京ＶＳ浅田次郎	NF	Bart NO.33	19961111	
文化与心灵的大航海时代	NF	日刊建设工业新闻第2部	19961115	
有灵气的遗迹——绳文精神	NF	绳文鼎谈 三内丸山世界	19961125	
来自关西的信息发布	NF	关西大研讨会	19961126	
超越1995年大地震的21世纪	NF	终身学习研讨会	19961130	
心灵的时光机	NF	无线电深夜航班3冬季刊	19961201	
空袭、地震和未来	NF	神户新闻	19961207	
对寄予梦之高速公路第二名神的期待	NF	京都新闻	19961208	
小松左京推荐！10部最佳科幻电影	NF	Star Clip 创刊号	19961230	
如何建设平安城市？	NF	每日新闻	19961230	
广播丛书论坛1996	NF	BL闪光灯 冬季刊	19970100	
寄予梦之高速公路第二名神的期待	NF	高速公路与汽车	19970101	
小松左京	NF	高明的老年生活方式	19970110	
"平安城镇建设"	NF	每日新闻晚报	19970113	

作品名称	类别	初出	初出年月日	备注
描绘灾害和防灾的"愿景"	NF	ABSTRACTS	19970113	
描绘灾害和防灾的"愿景"	NF	PROGRAM	19970113	
对大城市的警告	NF	挑战大地震1997	19970113	
信息高科技时代与大地震	NF	广播丛书论坛1996记录	19970115	
"城市记忆"研讨会	NF	自治之城	19970117	
小组讨论"详情面谈"	NF	1997丝绸之路详情面谈	19970118	
了解面条的起源、传播路线，享受品尝过程	NF	每日新闻	19970119	
其根源是"详情面谈"	NF	奈良日日新闻	19970119	
彻底贯彻"预防危机管理"	NF	每日新闻	19970123	
迷上"深夜航班"	NF	拔笔缀集	19970129	
描绘灾害和防灾的"愿景"	NF	每日新闻	19970129	
展现人类共同的愿景	NF	航空文明 NO.7	19970200	
探索"作为机器的生命"	NF	Pla-topia 17	19970200	
《小松左京》防灾建议	NF	喘口气生活 增刊号	19970200	
伊丹机场	NF	航空与文化 第57号	19970215	
描绘灾害和防灾的"愿景"	NF	挑战大地震1997报告	19970300	
禅和日本的大众文化	NF	禅风	19970301	
机场城市的未来	NF	新机场评论	19970320	
空袭、震灾和未来	NF	一年的进展 第40号	19970331	
留给SF的遗言	NF	留给SF的遗言	19970630	
为了我的战后	NF	不明	不明	
口琴	FIC	每日新闻	不明	
太空矿山	FIC	（铁矿业的报纸 广告用）	不明	
计算机	NF	朝日新闻大阪版	不明	
再会	FIC	能源	不明	
火药和火	FIC	能源	不明	
"马儿"啊，再见	NF	科学画报	不明	

作品名称	类别	初出	初出年月日	备注
性	NF	讲座 比较文化（4）日本人的生活	不明	
如何从未来看现在	NF	广告美术56号	不明	
看不见的东西的影子	FIC	高1课程	不明	
浦岛次郎	FIC	铁臂阿童木?	不明	
很久很久以前……	FIC	不明	不明	
印着SOS的特制葡萄酒	FIC	不明	不明	
弗拉弗拉国始末记	FIC	不明	不明	
寂寞的时候看立体电视	FIC	不明	不明	
可怕的孩子	FIC	ARUKU	不明	
最后的秘密	FIC	历史读本	不明	
圣六角女学院的崩溃	FIC	FIVE 6 SEVEN	不明	
秘密产品	FIC	日本?	不明	
龙虎拥抱	FIC	历史读本	不明	
因果报应	FIC	越南和平市民联盟明信片系列2	不明	
嫁给太空	FIC	不明	不明	
在立星观光	FIC	不明	不明	
向高处挑战	FIC	不明	不明	
适应	FIC	不明	不明	
疯狂中的理智	NF	实业日本	不明	
进化和幸存的可能性	NF	实业日本	不明	
人类神秘之谜	NF	实业日本	不明	
日本变得孤独的那一天	NF	实业日本	不明	
日本式教育的危险之墙	NF	实业日本	不明	
民族的才能和智慧	NF	实业日本	不明	
大气污染与地球的未来	NF	日本人之家	不明	

后　记

　　当今世界正经历百年未有之大变局，后疫情时代为我们提供了一个急需理清一些概念的来龙去脉、梳理我们的研究史、全面调整我们思维模式的时间窗口。应对风险危机，推动世界共同发展，已经成为各国共同面对的刻不容缓的时代命题，科幻较之其他文学类型，尤为关注人类的生存危机与未来发展，如何以科幻之笔，为大力书写人类命运共同体的故事提供更为开阔的想象与合作的空间，如何在"科幻大文化"的构建中努力开拓人类未来之路，是今天科幻作家与研究者的历史使命，也是我们开展中日两国科幻交流合作的重大课题。

　　小松左京是日本当代的科幻大师，2021年是他诞辰90周年、病逝10周年的纪念时点。我们发起的小松左京科幻文学的专题研究，一方面是为了纪念；另一方面，更是由于我们的时代需要小松。

　　长期以来，中国对小松左京的了解还相当不充分，如小松科幻文学对于世界乃至中国科幻的当代价值以及历史认知、中国情结、战争记忆以及独特的艺术成就，都有待于我们深入研究与发掘。因此，我们认为有必要在今年这个特殊的节点，将小松左京研究作为一个切入点，把这一工作大大地向前推进。在重新认识东西方文化的基础上，以日本为鉴，开拓人类认知，重新界定文学观念，为建构本国理论话语体系提供新思考，并促进更为深入的世界文化交流，破除霸凌主义话语，进入多元共赢和而不同的话语体系，在当下的融媒体时代，构建人类与自然的和谐共处、构建人类命运共同体，这是一个长期的、具有战略意义的任务，也是我们发展"科幻大文化"的方向所在。

　　当前，为了更深入多方位地进行中日SF文化艺术交流，中日两国有关人士经过长期筹划准备，已经筹建了"小松左京工作坊"，这是让人感到欣喜、引人瞩目的合作新平台。"小松左京工作坊"不仅促进"中日科幻大文化"的发展，创建出更多更好的、具有本国特色的科幻新成果，而且它将把两国人民对新时代的理解带入新境界。我们对小松左京的合作研究势在必行，对中日科幻的创作、研究和文化产业都具有现实意义。

我们围绕中日科幻创作，集思广益，将本书收录的论文分为四组：小松左京专题，日本科幻与动漫、新时代中国科幻展望以及相关的重要研究资料。从中日科幻的代表大家精品出发，探讨科幻文学如何在现实、历史中汇聚科学之思、文学之美，在多元谱系渊源的滋养下汲取精华，最终成长为当今时代独具特色、极具前瞻性的"大科幻文化"之路径。

在小松左京科幻文学的专题研究中，孟庆枢《守魂 创新 与时代同行的小松左京》一文，从人的生命意识、创新意识、矛盾统一意识、回归意识，对小松生平追求、科幻特色及其"思考实验"作一全面介绍、深入研读，破解SF之魂。显然，小松是敏锐的时代思想家，他的思考是跨越时空、跨越学科、面向全世界的，为我们打造"大科幻"文化和科幻多元化的创作与理论搭建了意义深远的桥梁。而这篇文章也可谓是国内学界对小松左京展开全面研究的发轫之作，旨在克服改换标签式的粗放笔耕，强调深入文本肌理、作家精神世界的精耕细作。

在作家专访中，王晋康先生对科幻的真知灼见随处可见，启迪众多。他结合自己阅读与创作实践，提出了一个本源性的问题：何为科幻小说？或者说东方式独具特色的科幻文学从何而来？王晋康先生指出小松左京创作具有东方儒家文化的思想基因，小松左京对生命价值的尊崇、对整个人类的忧患意识，正是中国古往今来的仁人志士所倡导的"先天下忧"。他认为自己创作的"哲理科幻"在题旨上对生命的思考与小松异曲同工，常常在作品中呈现整体利益与个体利益既有统一又有矛盾的悖论属性。对于中国科幻文学的未来构想，王晋康先生归纳说：科幻创作者和研究者要理科思维和文科思维并重，既要适应这个日新月异的商业社会，又要保持以超然的、俯瞰和远眺的目光来看世界宇宙和人类种族，就如小松左京所开展的思考实验一样，迎头赶上，多出优秀成果，为中华民族伟大复兴做出贡献。

如王晋康先生所言，科幻文学的深度来自"站在历史反思自我，也要站在未来反观自身"，丁卓和宋祥玉两位青年学者正是从这两个不同的侧面对小松左京的代表作《日本沉没》展开了具体论述。丁卓指出《日本沉没》中多学科交叉复杂的科技解说一方面架构了整部作品的理论背景，成就了科技救世的未来寓言；另一方面也表明科学技术不但无法全面有效认知地球和宇宙的运行规律，更不能从根本上保障社会持久的安全发展。面对危机，小松追求在人文光芒的照射下，以文学想象力作为科学的终极突破力量，这显现了科幻文学的初心所在。宋祥玉则通过细致地对战争历史和作家创作语境的剖析揭示了《日本沉没》文本背后隐藏的战争记忆，地震火山海啸等自然灾害发生的地点暗合了美军对日本作战计划中的登陆点和重点占领区域，小松左京通过对战后日本社会进行批判为读者创造了一个对日本战时意识形态和战后社会重新进行反思的文本空间。

科幻既与未来结伴同行，也与人类生命本源血脉相通。于长敏先生《从日本人对水的敬畏来重新思考人类与水的关系》一文从民俗学视角对日本文化基因展开分析，"与水合一"，从共生到俱生，日本民族这种对待水的意识和模式足以反思、参照和学习。伊库塔通过"人本位的人文情怀、故土情怀、去英雄主义、留白的想象力"等层面解析梶尾真治《怨仇星域Ⅰ：挪亚方舟》，侧重阐明人类作为地球上唯一同时兼具种族认同感与个体同理心的生物，即便在极端环境下仍然能够实现对人类本身与社会形态的重塑，获得新生。人类具有不容忽视的"回归意识"，这一点笔者在多篇论文中表述过，无论科学技术如何加速发展，人类的本能始终是眷恋着人类的心灵故乡，人总是和自己的历史、过去的精神家园保持着一种"脐连"，科幻作品中的"回归意识"不容忽视。

每个人都与地球的发展紧密相连，也是研究科幻文学的重要命题。借用韩松写给吴岩书评的内容："记忆创造未来。"记忆成为一种叙述，构建人类的未来。人类怎样构建未来依托个体的记忆，成为集体记忆的一部分。与日本现代性密切相关的战争历史记忆也必然成为科幻文学书写的重要内容，这也使得日本的科幻文学具有鲜明的地缘政治的特色。刘健在《哥斯拉电影诞生的"战后"动因解析》认为，哥斯拉系列电影"巨型怪兽"这一科幻元素，取材于生活场景和社会议题，意指"原爆"等系列事件，其实质是"战后"这一特殊而复杂的历史的复合产物，是"战后"重新塑造日本民族与日本社会现代性的象征之物。刘研在对宫部美雪的《蒲生邸事件》的解读中明确指出，在这部时空穿越的科幻小说中，小说家通过建构二·二六事件的"记忆之场"，凸显了20世纪90年代日本社会的战争历史认知的种种"症候"，不仅如此，如此重塑的战争历史，对日本年轻一代对侵略战争的认知所起到的所谓记忆传承的作用不容忽视。冲方丁是日本近年来非常活跃的一位大众文学作家，曲宁对冲方丁文学世界的存在主义特征进行了较为全面的考察和分析，面对出乎意料、无可避免的生存危机，在清醒认知其残忍性的同时，做出认真的自我抉择，从而获得生命的力量。这是冲方丁文学世界给予读者的文学力量。

融媒体旨在强调"与技术融合、人人融合、媒介与社会融合"，融媒体在当今艺术创造与文化传播中愈来愈发挥着重要作用。科幻作为文化产业的排头兵在与融媒体结合方面比其他的文学艺术形式显得更突出。科幻离不开报刊、影视、动漫、互联网、游戏、cosplay等媒介的传播，文学形式与媒介形式的融合构成科幻文学多文本共生的特点。对此，日本著名学者大塚英志知识考古学，阐发了"日本的漫画和动画是作为法西斯体制下迪士尼与爱森斯坦的野合而存在的"观点，无论是战后手塚治虫的写实主义漫画，还是如今的"御宅族"漫画，日本亚文化的出身均与法西斯主义体制密切相关。而在日本除了宫崎骏，其他人人都在"传统"或后现代主义的文脉中，非历史性地、非政治性地继续谈论着日本漫画和动画的历史传承，这显然是片面的。

祝力新、张鹤凡《日本战后科幻的融媒体发展与后疫情时代科幻产业化》全面考察了日本战后科幻产业的融媒体发展历程。日本科幻产业的融媒体运作模式成熟，其"漫画—动画—电视媒体—出版行业"与模玩、网络、游戏等文化形式互相反哺的产业链结构，成为国家经济利益的支撑点之一，在海外文化输出上的成功尤为引人瞩目，日本科幻产业发展至今的利弊得失，可以为中国科幻产业提供更多的他山之石。

在世界科幻蓬勃发展的今天，中国科幻还有众多尚待垦拓深耕的领域和空间。身兼数职的作家、学者和编辑王侃瑜老师在《走向世界的中国科幻》中梳理了中国科幻作家海外传播的曲折历程，并指出由于科幻是一种具有普适性主题的文学类型，较之传统文学来说更易于被不同国家、不同文化的读者接受，因此，呼吁中国作家和科幻爱好者们，不遗余力地以"科幻生产力"为实现"中国梦"贡献中国科幻人的力量。齐秀丽、王雨《从乌托邦文学到新人文主义：科幻文学的源头和未来》，通过溯源进一步论述了科幻作为世界普适性话语成为未来"主流文学"的发展趋向，认为人文主义理想始终是科幻文学的主导精神，科幻书写的是人类未来的可能性，为之发出警示和提醒，这一点是世界共通的话题。主张中国科幻文学通过"重新定义人类"建构"新人文"，建构新人类，重新界定人与宇宙、人与自然及其他物种的关系，尝试预设和铺展通向未来的道路，实现中国科幻的超越性发展。

综上所述，结合中国的国情，我们应该把科幻打造成什么形式，怎样对中华民族伟大复兴起到更大作用、更见成效，是本书的指向所在。我们期待着在新时代的中日文学文化交流中创造新的成果。

为研究者研究的便利，我们还附了2020年日本学方向的博士论文文献综述以及小松左京的创作年表，仅供研究者参考。

本书在出版中非常感谢学界同仁和出版社编辑老师的关心和帮助，特别鸣谢杭州量子泛娱影视文化传媒股份有限公司、心象天地株式会社、北京多点乐科技有限公司，尤其要感谢各位撰写者的积极投稿与大力支持，谢谢你们，期待我们在研究中经过不断地精诚合作，将中日科幻与小松左京研究不断推向深入。最后期待学者方家、广大读者的批评指正。

编　者
2021年8月